个体户
笔记

罗海 ◎ 著

吉林文史出版社
JILINWENSHICHUBANSHE

图书在版编目（CIP）数据

个体户笔记 / 罗海著 . -- 长春 ：吉林文史出版社，
2020.7（2022.2）
ISBN 978-7-5472-7039-4

Ⅰ．①个… Ⅱ．①罗… Ⅲ．①散文集－中国－当代
Ⅳ．①I267

中国版本图书馆 CIP 数据核字（2020）第 123197 号

个体户笔记
GETIHU BIJI

著　　者：	罗 海	
责任编辑：	柳永哲	
封面设计：	四川悟阅文化传播有限公司	
出版发行：	吉林文史出版社有限责任公司	
地　　址：	长春市净月区福祉大路 5788 号　　邮编：130118	
电　　话：	0431-81629363（总编室）　　0431-81629372（发行科）	
网　　址：	www.jlws.com.cn	
印　　刷：	三河市嵩川印刷有限公司	
经　　销：	全国新华书店	
开　　本：	145mm×210mm　1/32	
印　　张：	9.5	
字　　数：	228 千字	
版　　次：	2020 年 9 月第 1 版　2022 年 2 月第 2 次印刷	
定　　价：	49.80 元	
书　　号：	ISBN 978-7-5472-7039-4	

印装错误可与印刷厂联系退换。

前言：这部书是怎么写出来的

这部长篇主题散文真正动笔是在 2017 年 5 月，可是我却思考了几年。定稿后的某些篇章分别陆续发表在《山西文学》《安徽文学》《金田》《广西文学》等刊物上；另有一些，被某些刊物留用中。

2013 年春，在一个细雨霏霏的下午，我坐在门面仰脸看天。

霏霏的春雨在天空中是看不清踪迹的，似有若无。

只有低下头来看着门面外的花朵和树叶，才会清晰地看见沙粒一样的雨，在花瓣和叶片上凝结起的晶莹的水滴，正毫无声息地一颗一颗向泥土滴落。

春雨那么不动声色，不着痕迹，好像漫不经心，却悄然地滋润了大地。

新叶长出来了，花开了，草也绿了。

我们的生命也像是被这春天的雨，拍打着，滋润着，生发开来，绽放开来。

生命在这春雨里绵延和生长，生生不息。

这一年，我干个体户已经二十一年了，而写作也已经十六年了。

在这十六年的写作生涯里，我没有写过个体户，个体户在我的笔下是一片空白。

正是在这个细雨霏霏的春天的下午，我突然觉得很惭愧，我国有6000万个体户，我是其中的一员，我干了二十一年个体户，却没有为个体户认真写过一个字，我想我应该为个体户、为我置身的这个群体好好写字了。

这个想法让我兴奋。

我把这个想法告诉了静子。静子听了也十分兴奋，她也觉得我早就应该写一写个体户了。

我决定以"个体户笔记"为书名，写一部关于个体户的长篇主题散文，总字数大约在二十万字，每篇几千到几万字不等，每写完一篇就先行投稿给杂志，看看结果。

可是，真正拿起笔来，头脑里完全是一团糨糊，理不清，写不出。

直到2013年秋才写出了一篇《领证》。

文章写出来了，但我非常不满意，自我评价是，写得太差太差了，简直不忍卒读！就没按原来的想法投稿给杂志。我都不好意思拿出手！自己把它毙掉了。

《个体户笔记》的写作出手就令我扫兴，就此陷入困顿。

2013年，2014年，2015年，2016年，我一直在思考怎么写《个体户笔记》。感觉始终写不出，不再敢轻易动手，直到进入2017年年中我突然脑洞大开，莫名地有一种豁然开朗的感觉，我在我的电脑上急忙打出"生命年轮里的关键词"，并且当天一口气就写下了几千字。

至此，我才感到我可以写我的《个体户笔记》了，我应该能够把我的《个体户笔记》写下去了。

《生命年轮里的关键词》写到一万五千字的时候，也就是仅写到中途的时候，我就向各位师友，包括一些相熟的做编辑的朋友，在QQ和微信上吆喝了。

　　静子见了感到分外吃惊。我的写作一贯低调，写了什么，发表了什么，基本不会特别向人谈起。这篇文字还没完成呢，最后能不能完成还是个未知数呢，我居然就到处吆喝了。静子说这完全不符合我的风格，完全不是我的性格。

　　我嘿嘿地笑。我也不知道我这是怎么了。

　　2017年8月《生命年轮里的关键词》完稿了，共约三万字。投给了《山西文学》，得到了编辑老师的肯定，分上、下两部分别发表在《山西文学》2017年第11期和第12期。

　　这更进一步激励和促进了我的写作。边深入生活边创作，开笔写出了《光影中的庸常生活》，约一万五千字。定稿后投给《安徽文学》，得到了认可，刊发于《安徽文学》2018年第9期，以头条推出。我喜出望外。

　　之后写作我加快了进度，陆续写出了其他篇章。

　　这部以长篇主题散文的形式反映个体户题材的书，能由我写出来，我感到十分荣幸。

目录
contents

生命年轮里的关键词

——一个人的编年史

1969年：奶粉

奶粉就放在橱柜顶边沿，显眼地站在那里。马口铁做的奶粉罐：乳白色的漆底，印着一个胖乎乎的面色红润散发着健康气息的娃娃，正朝着天空傻傻地笑。

大人们都出门了，只剩下小舅舅和我。

小舅舅大我10岁，他说："你敢不敢去偷橱柜上的奶粉？"

我看着小舅舅的眼睛，亮亮的，带着怂恿，我不能拒绝，我说："敢。"

奶粉是专给比我还小，只有几个月大的军军吃的，我们偶尔能品尝一次。所以对奶粉垂涎欲滴。

在厨房里，面对着差不多有两米高的橱柜，小舅舅蹲下身，让我踩着他的肩膀，然后慢慢站起来。

我攀扶着柜壁，随着小舅舅慢慢将我托起，我的眼睛终于同柜顶一般高了。

我用平视的眼光看到了柜顶上的世界。

这是一个神奇的世界，放着许多瓶瓶罐罐。这些瓶瓶罐罐的每一瓶每一罐里都装着一些奇妙的东西，外婆下厨的时候会在外婆的手里拿起又放下。随着外婆拿起又放下的过程，美味可口的菜肴就变魔术般地次第出现在了饭桌上。

我经常仰望柜顶，对柜顶充满好奇，猜不透上面的世界。现在，我的目光同它们平行了，有了平等的高度，我终于可以看清它们各自站立的位置。它们站在那里，很平静，很安详，似乎在等待我的检阅。

正当我陶醉于检阅中的时候，小舅舅却在下边急了："快点快点，快拿快拿。"

我只得慌忙放弃检阅，匆忙把奶粉罐用双手拢在了怀里。

小舅舅慢慢将我放了下来。

我们一块儿欣喜地打开奶粉罐。随着盖子打开，浅黄色的奶粉呈现在我们面前，奶香扑鼻。我们等不及拿碗冲奶水，连忙竖直手指探进奶粉罐里，当指头触到奶粉的时候，用手指一挖，一撮奶粉就被手指挖出来了，然后急忙舔进嘴里。

奶粉在嘴里先是结作一团，然后慢慢被唾液融化，一点一点浸出奶酪的味道，化开在嘴里，满嘴生香。我们细细地品味着。所有的一切都美妙极了。

1970年：疼痛

中午幼儿园老师安排午休，小朋友们都乖乖睡在自己的小床上。我不明白为什么要午休，睡觉是夜里的事情。我的眼睛一下睁开，一下闭上，东看看西看看，睡不着。我发现我旁边的松子也毫无睡意。

"走，去外面玩。"我说。

他点了点头。

我们偷偷爬起来弓着腰悄悄走出教室，再走几步就是大门，大门正对着操场，连接大门和操场的是十几级楼梯。我突然不愿走楼梯，于是我爬上扶梯刺溜就滑了下去。

松子见了也学我。

但是，他滑下时出了问题，跌了个仰面朝天，他先是坚持了一秒钟，终于躺在地上仰脸朝天地动山摇地大哭起来。

哭声惊动了幼儿园所有的人，老师惊慌地跑出来，问："怎么回事？怎么回事？"

松子指着我哭喊着说："他让我滑扶梯。"然后伸手一摊，满手是血。更加放声地哭。

傍晚，松子妈带着松子来到我们家告状，松子妈说："你们家儿子教我们家儿子学坏，你看都跌成这样了。"

母亲一迭声地向松子妈道歉，掏出一沓钱塞在松子妈的手里，松子妈接了还不依不饶，母亲突然扯出一把硬尺来，朝我小腿肚不停地打起来，一边打一边说："看你还学坏！看你还学坏！"

赤裸的小腿肚被抽出了一道道血印，我咬着牙不哭。松子妈这才拉着松子走了。

松子妈走得刚一不见了身影，母亲一把丢下尺子紧紧抱住我，眼泪流了下来，轻轻问我："痛吗？"我咬着牙忍住疼痛说："不痛。"

1971年：歌谣以及鱼

这一年，我从上海外婆家被父母接回了他们身边。这时他们在偏远的广西一座叫融水苗族自治县的县城人民医院做医生。

医院建在一座庙宇里，院了里有参天的大树和凹凸有致的石板。风吹过连片的树，沙沙地响，还有许多的鸟在树上飞翔和鸣叫。

每当下雨，我就一个人跑到院子里，站在青石板上让雨水淋着，仰脸朝天而歌。

很多年以后，我家隔壁的小燕子姐一再向我提起我在雨中让雨淋着仰天而歌的情景。她觉得很有趣、很神秘、很不解，也很傻，问我到底是怎么回事。

我回答不上来，但我记得确有其事，还依稀回忆起我歌的内容大概是下雨喽，什么什么下来喽。这是我从上海带来广西融水唯一的歌谣，可是我不能完全记住了，心里始终遗憾。有了互联网后我多次在网上搜寻，希冀无所不能的互联网能把这首曾经一再在我的童年出现并伴着我度过孤独童年的歌谣给搜寻到，可是，至今也找不到。每次搜寻，我的头脑里都出现一个 5 岁的小孩孤孤单单又有些兴奋地站在雨中，旁若无人地、任性地让雨打湿着发梢及全身，仰天歌唱。

不久，我的父母被下放到了一个叫安陲的小山村。

第一次进山，先是乘汽车，汽车开到了一条叫泗维河的河水边，就没路了。

我们从车上跳下来，开始沿着河边走。

走着走着，我一低头，突然发现河水中都是鱼。

鱼儿在清清的河水中悠然地游着。很多的鱼甚至似乎在同我们用心地竞赛，看谁行得更快。它们一边觑着我们一边奋勇争先地向前游，鱼尾有力地在水中摆动，它们的游动看上去无比优美，也无比迅捷。

"我们捉些鱼回去煮吧。"我对父亲说。父亲对我笑笑没说话，牵着我的手走得更快了。

很多年以来，我一直记挂着这些鱼，我总疑惑和好奇：一条小河里怎么会有那么多的鱼？

很多年以后，当我再走在泗维河的水边，已经看不到一条鱼了。河床被捞金矿的人翻了个底朝天……

1972年：大蛇

歪歪斜斜的木屋，我总以为很快就会倒塌，或者一阵风吹来，就会倒塌。事实上它一直顽强地挺立着，从来也没有倒下。

木屋用杉木原木做的柱子，围以杉木板，屋顶是杉木皮，棕黑色的。

木屋里居然铺着木地板。地板是这样铺的：下面垫着木方条，然后用一块块两米长短、十几、二十厘米宽的杉木板铺在上面，用铁钉钉住。人踩在上面叽嘎叽嘎响。几个人在上面走动，响声连片，像一曲交响乐。最令人受扰与受惊的是，木板下面到处是老鼠，有些木板被这些老鼠挖了洞，老鼠们时不时突然从洞里冒出头来，然后一蹿，蹿在地板上贼眉鼠眼地走来走去。

我们就住在这样的木屋里，东边是我们的住屋，中间是诊室，西边是药房。每天大门一开，病人就拥进来，用痛苦的声音叫着"医生"。父亲和母亲连忙把听诊器挂在脖子上，开始一天的工作。

夏至以后，传说每到夜里就有一条大蛇在木屋出没。深夜，一群养在诊室后窗下的鸡会突然扑腾着翅膀惊叫起来，接着诊室里的木地板叽嘎叽嘎连片山响，似乎有一件大物正在上面带着风呼啸而过。第二天早起一看，一只鸡或者两只鸡就会神秘地失踪。

公社王干事猎人出身，带着他的猎狗来到我们木屋，安慰我们："莫慌莫慌，看我怎么捉住它。"

5

他在这里看一下，那里看一下，然后在一些地方撒下一些什么，拍拍手，气定神闲地走了。

刚一入夜王干事又来了，手里拿着一把钢叉，说："你们该干吗干吗。"说完扯了一张椅子像入定一般坐在诊室里，一动不动，钢叉陪伴在他的身边，在暗夜里他的眼睛和钢叉闪闪发光。

王干事就这样一连坐了三夜，这三夜，风不起，水不动，四周静悄悄的，似乎连老鼠也不敢出没。

可是到第四夜天要亮没亮的时候，诊室里好像突然地动山摇起来，木地板叽嘎山响，狗狂吠不止。"你们不要出来。"王干事一边听着动静，一边大声叮嘱我们。我和我的父亲母亲果然不敢有所动作。后来一切沉寂了，连王干事的声息也没有了，天已大亮。

父亲开门出来，就见王干事一脸笑嘻嘻地站在我们的门口，身上缠着一条四五米长的大蟒蛇，蛇身长得一直拖到地，蛇头在他头顶上吐着芯子，两只小眼睛露着火一样的光，吓了我们一跳。

现在想来，还真怀念这些有大蛇入屋、夜鸟敲窗的日子。

1974年：隐秘的家

在卫生所面河的山坡上，长着连片的灌木，草木葳蕤，芭芒茂密，我钻进去，顿时就把自己藏住了，不见踪影。

我在里面左右开弓，双脚腾挪，很快弄出了一块上有藤蔓树叶遮罩，下有杂草铺陈的地儿。

后来我继续建设。悄悄从卫生所搬来包装药品的纸箱，用纸箱将四面围起来，只留了一个小小的门洞，地上也铺垫起纸皮，顶上再扯起块塑料薄膜，建成了一个能遮风避雨让我心满意足的隐秘之家。

我高兴而得意，兴奋又孤独。

没事的时候，偷偷钻到里面，跟自己玩。比如摘来酸咪咪，我一边吃着一边兴趣盎然地用左手跟右手斗酸咪咪；比如捉来蚂蚁，用一颗饭粒逗引它们，在它们闻着饭粒的气味眼看要找到的时候，及时将饭粒拿开，让蚂蚁们一无所获，急得团团转，如此反复，我乐得抿住嘴笑。

更多的时候我在里面读书，读的书不是课本上的书，那是令人生厌的，读的是我外公从上海专门给我寄来的小人书：《一支驳壳枪》《地道战》《地雷战》《鸡毛信》《刘文学》等。

我喜欢这隐秘的家，能让我独处，能让我存放自己。我真正的家就在几十米开外，我待在隐秘的家里能听见父母在屋里说话的声音，但我常常听而未闻，哪怕他们在找我，我也不应答，不出来，把自己藏得更深了。

1975年：砍柴，放排

我们家来安陲最初几个月，烧火煮饭的柴火都是从村上买来的。我觉得这是对我的侮辱。所有人家的柴火，都是自给自足，都是由家里的小孩负责打来的，我理所应当地认为我们家也应该是这样，对此我责无旁贷。父母却不以为然，他们似乎不太主张我担起这个责任，我每回出发，他们也只得无可奈何地叮嘱："小心，小心啊。"

我不识路径，也不懂哪里有柴，只有跟随同学一起上山。

在安陲烧的柴火是杉树枝。这就要提前知晓最近哪一山的杉树被队里砍伐了，然后就去那一山砍柴。

跟着同学到山上，看到一山被伐倒的杉树极其壮观，满山遍野地铺开在天地之间，有一种天荒地老的感觉，有一种时间被砍伐下来，藏在这些杉树里晾晒的感觉。

在深山里，太阳高照，鸟儿低鸣，看着这些，我站着发呆，不知所措。同学们都噼噼啪啪动起手来，砍柴声此起彼伏，提醒我要赶忙加入。

最初尽管我十分努力，也赶不上同学们砍柴的进度，当他们把柴捆扎好了，我的柴常常只有一半。为了跟上他们的速度，我取了巧，偷偷把别人早些天砍好堆在一边插着一根草标表示有主了的柴，拢一些到自己柴堆里，这样我也好像很快砍好了柴。有一次被同学发现了，他厉声指责我，我满脸热烫，感到很羞耻，从此不敢再这么干。沿路上，总有许多别人早些日子砍好的柴火，插着一根草标堆放在路边。以前我总会动一点儿心思，但这以后，我也可以视而不见了。

我渐渐由生手成了熟手。有一次，我与胡民族同学一块儿去砍柴，我很贪心，觉得砍一担柴回去太少了，我看到队里大人们把杉木伐好了，拖到泗维河里，扎成排，随水而下，又多，又快，又省力。我建议我们也这么干。胡民族开始不同意，他觉得我们没这本事，但是我坚持这么干，他也只好随我了。

我们砍了好多柴，一捆捆抱到河边，然后用藤条扎起来，扎成排的柴捆停靠在河边，整装待发。我站上去，手里挥动着一根竹竿，意气风发。等胡民族也站上来了，我便将竹竿朝水里一撑，排随势向前一漂，顺流而下了。人在上面有一种腾空而行的感觉，果然美妙无比。

我们一边行着，一边快乐地放声唱歌："小小竹排江中游，巍巍青山两岸走……"好不得意。

可是，走着走着，坏了，排在下一个急滩的时候，忽然就散架了。我们的柴火一下四散开来，铺满在整个河面。胡民族和我都慌乱地跌到水里。

我在水里游着，有了放弃的念头。却见胡民族在水中奋力将四散的柴拼命地东拢西拢，一点儿也没有放弃的打算。我连忙抖擞起精神，也赶忙拢起在顺流而下或在漩涡里打转的柴。

我们就这样在水里不停地游动，放羊似的赶着河里的柴。后来，越来越没有力气了。我对胡民族说："民族，算了，我们回家吧。"

胡民族咬着嘴唇，不依。

只好继续干。

太阳已经落山，天边虽然还亮着昏黄的光，可是我们在河谷里望着彼此却黑影憧憧了。一时感到天地苍凉，人缈缈而孤独，分外岑寂。

胡民族忽然嘤嘤地哭起来。"喊你不要放排你偏要放排。"他一边哭着一边说，整个人突然崩溃了。他爬到河岸瘫倒在岸上，再也不动，人由顽强走向崩溃原来就在一线之间。

1977年：老公、老婆

我家隔壁住着两个比我小两三岁的女孩，一个很乖巧，被我母亲叫作小白兔，是妹妹；一个很理性，像个小大人，是姐姐。

姐妹俩平常爱和我一块儿玩。

我们最爱玩的游戏是扮家家。我扮老公，姐姐扮老婆，妹妹是乖女儿。在卫生所地坪的一角有废弃的建筑木架，我们就在这架子下面安下我们的家。我们采来各种野菜野草，有黄花菜、鱼腥草、酸咪咪等，然后用从卫生所药房里拿来的瓶瓶罐罐盛起来。老婆操持家务，择菜、洗菜、做饭。她还真像那么回事，一件件细细做来。菜择好了，拿一个罐子盛着，假装在水里清洗，然后把另一个罐子当作锅，把菜倒进去假装炒菜。老公照看女儿。女儿真乖，喊爸爸妈妈像真的一样。

多年后，再看到姐妹俩，是在融水县城里，她们都已经出落成十八九岁的大姑娘了，都长得很清秀、很漂亮，望着我羞羞地笑。一定想起了当年的扮家家，想起了当初的老公、老婆和女儿。

我常常暗想，如果我们一直生活在一块儿，没准儿真能成一家呢。

1978年：哑巴妹

我很气恼哑巴妹朝英，她常常有事没事就招惹我，不是忽然撩一下我的头发，就是抢走我在看着的书。有一回，她居然靠在教室的门沿上，手一伸拦住了门，不让我进教室。

同学们都看着我俩，我仿佛听到了各种嘲笑、起哄。

我羞得满脸通红，愤怒得热血偾张。

我握起拳头，对朝英恶狠狠地说："你让不让？"

朝英见把我成功地拦截，抿着嘴，脸上挂着得意的微笑，不让。

我更觉得被羞辱了，抡起拳头朝她脸上狠狠地就是一拳。

朝英啊的一声，捂着脸痛苦地蹲了下来。

刚好老师来了，立即让我陪着一块儿上卫生所。

朝英的爸爸也急匆匆赶来了，满脸怒气。

我父亲帮朝英处理着伤口。只见朝英的眼角外破了一点皮，血正从那里渗出来，凝成血滴在她脸上淌着。

老师低下身来问我："你是用什么打的？"我不吭声，握起拳头示意就是这样打的。老师摇摇头表示不信，不再问。

朝英的爸爸见状，忽然使劲地用他肥大的手把桌子嘭地一拍，桌上摆放着的器具被惊得乒乒乓乓一阵乱跳，他对我父亲喊道："你说怎么办？！"似乎就要挥拳相向了。

老师连忙站在中间劝解。

朝英见了急得咿咿呀呀地喊，表示不能难为我们，她不怪我。

父亲没有说话，一直在忙着处置伤口，拿出针线，为朝英的伤处缝针。

朝英爸始终紧紧地捏着拳头，气鼓鼓的模样挺吓人的。只见他额头青筋暴跳，一脸横肉，暴戾而狰狞。我看着心里直发毛。他这老拳如果朝我捶来，还不把我捶扁。

老师悄悄示意我："走吧走吧。"我愣愣地站着，一脑子糨糊。

只听见父亲忽然向我吼了一句："还不快滚，丢人现眼！"

我夹起尾巴连忙跑开了。

晚上从学校回到家，父亲问我："你是怎么打的？"

我握着拳说："就是这么打的。"

"手里没藏有别样的东西？"

"没有。"

父亲沉吟地看了看我，相信了。

这真是一件很怪异的事。难道我稚嫩的拳头生起气来就会变得铁一般坚硬？

我偷偷握着拳仔细瞧着，却瞧不明白。

朝英原来是与同学同桌坐着的，发生这次事件后，他爸爸自己扛了一张书桌来，摆放在教室一角。从此朝英单独坐一张书桌，显得更孤单了。

我一直在想，朝英为什么总爱招惹我，甚至欺负我。很多年以后，有一天我恋爱了，我才忽然觉得我想明白了：因为朝英喜欢我啊。她所有的方式都是在表达对我的喜欢。

1979年：《三字经》

暑假，我在城里的姑妈从安陲把我带到泗维河，预备让我进城玩。

可是在泗维河却没有等到车，我们便改变路线，过了珠玉渡口，在那里有一个小火车站，希望能从那里坐上火车进城。

果然将有一趟火车经过，但得等五个小时。姑妈一脸无奈。别无选择，只有等啊。

我却不在乎这种长久的等待，一点儿也不觉得无聊。我时而坐时而又躺在候车室的椅子上，从书包里翻出油印本《三字经》，抑扬顿挫地开口朗诵："人之初，性本善。性相近，习相远。"

姑妈看着听着，扑哧笑起来："小鬼头，什么时候把这种东西带身上了？"

我挺得意，不答，继续念："苟不教，性乃迁。教之道，贵以专。"

那时候，《三字经》啊、《神童诗》啊、《百家姓》啊，还有什么秘籍呀，等等，以油印本的方式纷纷出笼，在安陲江门街的半坡上，常有人公开在地摊上摆卖，没人管了。

我逛街见到了，把《三字经》《神童诗》《百家姓》，还有一些杂七杂八的油印书都买了。翻读到如《三字经》里的"人不学，不如物。幼而学，壮而行"，如《神童诗》里的"别人怀宝剑，我有笔如刀""将相本无种，男儿当自强"不仅朗朗上口，而且觉得写得很好，极喜欢。那一阵，总带在身边，读而不止。

我在珠玉火车站就这么念着《三字经》，乐此不疲，五个小时的等待也在不知不觉间过去了……

1980年：春天

这是一个春暖花开的日子，这是一个阳光灿烂的日子。自从1976年以来，对于许多人，特别是知识分子和他们的家庭来说，都是阳光明媚、温暖晴和的日子。压抑多年的思想开始得到舒展和释放，生活、工作的境遇得到恢复和改善。我的父母也被调回县城，重新回到了县人民医院工作。

郭沫若在1978年全国科学大会上作《科学的春天》讲话，说科学的春天到来了，让我们张开双臂，热烈地拥抱这个春天吧！

春天真的来了。

父亲听了，激动了。科学的春天已经到来了，我们的人生已经被耽误浪费了十年，不能再蹉跎岁月了。作为眼科医生的他，养小白鼠，养小白兔，夜以继日用来做各种眼科手术实验，钻研各种医术，查资料，写论文。每天风风火火，生活得意气风发。县科学大会上，父亲发表的论文得了科技创新奖。

我也被爸爸的精气神儿感染了，每天都感到倍儿精神，上学的时候，走路昂首挺胸、气宇轩昂。

那时候的日子真是如沐春风啊。

课余，与三五好友聚在同学何政一家里，谈天说地。上到天文，下到地理，古今中外，家国大小事，无所不及。很像西方人所喜欢的那种私人沙龙。

为了能在沙龙里表现得有见识、有学识，为了自己不要落伍，我努力读报、读书。每天的报纸特别是《参考消息》一定留心地阅读，还看了大量的中外小说，特别是外国小说，《约翰·克利斯朵夫》《红与黑》《钢铁是怎样炼成的》《基度山伯爵》等，都是在那个时期读的。

与书为伴，与三五称心的雅儒的朋友为伴，面目清爽，心灵纯净。

1983年：高考

1977 年，国家恢复高考，无数青年激动得夜不能寐，安陲村的很多知青一边参加生产劳动一边发愤读书，迎接高考。

结果却无一人考上。

还闹出了许多笑话。比如在解释"拿破仑"的时候，竟有考生写道：拿破仑，就是拿起一只破仑（轮）。

闹出的这种笑话曾广为流传，也被我们的老师拿来做案例，教导我们要好好学习、努力念书，不要弄出这种不学无术的白痴笑话。

公布考题的时候，我像很多同学一样也去瞧了热闹。我瞧着瞧着发觉，在文、史、地方面，所考的那些知识好多我都读过学过，许多题目我都会，我想那时如果就能参加高考，大概我可以考上。心里激动不已，既渴望参加高考，又为不能参加高考而遗憾和失望。心想，为什么对什么人能参加高考做那么多限制呢？我如果这时能参加高考，是一件多美的事啊。

1983 年轮到我真正参加高考了，我却考得一塌糊涂，最后名落孙山。这是我厌学的必然结果。人如果在他能做愿做什么事的时候就可以去做，人生的结果可能会大不一样，未来可能将完全不同，大概会美好美妙许多吧。

1984年：待业青年、个体户

我成了"待业青年"，我对这个词很反感，主要是反感"待业"这两个字，失业就是失业，不好好承认，偏要言不由衷，玩弄词汇，巧换名目，这与很多年后出笼的"下岗"一词一样令人生厌，让我反感。

毕业即失业，我没想到摆在我面前的结果是这样的。我无比焦虑、焦灼，无地自容。面临这样的尴尬，我无法接受。我已经18岁了，成年了，我觉得我必须自食其力。

我的父亲好像是发觉了我的思想，他对我说："我和你妈妈都是国家干部，养得起你。"

这更让我无地自容。

我想了想我的出路，一时想不出来。高考失败了，不愿再考了。工作又去哪里找，怎样找？很茫然。一个高中生，国家不分配工作。真的是四顾茫茫。

有一次父亲不知是因为什么谈到了个体户，开玩笑地对我说："你可以去当个体户呀。"

当个体户？我还从来没有这么想过。

当时我没有应父亲的话头，关在屋子里自己想，觉得这也不失为一个好主意，当了个体户，我立即就能自食其力，不再赖着父母吃白食了。

我对医院的银院长说了我的想法。

银院长听了，似乎大为高兴，那时每个领导都有解决本单位待业青年就业的责任，他们也很着急啊。"好呀好呀！"他连说，"医院大门那里，有一个门面，不收你的租金，你就在那里开一家相馆。"

我父亲业余爱好摄影，在县里面的影展总有他的摄影大作。我也屁颠屁颠地跟在父亲屁股后面学，常常同他一块儿到文化馆的暗室做他的助手，帮他放大照片，医院里的人都知道，有不少人不好意思请父亲就来求我帮忙放大照片呢。没想到这门手艺可能会成为我安身立命的职业。

可是那时候当个体户可不是一个让人羡慕的职业。我虽然心动了一下，也进一步去询问了银院长，最后还是打退堂鼓了。也就是说，我宁肯继续做待业青年，另谋他法，也不愿干个体户。

1985年：当兵

我对人生并没有多么慎重，常常怀着一种满不在乎的心态，让自己随意地往前走。

我选择当兵也是这样。

在这之前，我好像没有想过要去当兵，更没有规划过当兵的人生。果真当上兵了，我也做好了三个月后被退兵的准备，因为大家都觉得我实在不是块当兵的料，我也这么觉得，自己一定不能胜任。

在十月秋阳明丽的一天早晨醒来，我听到窗外人们议论今年正在征兵的事，我心里一激灵，翻身起床跑到父亲的诊室对父亲说，我要去当兵。

父亲听了，哈哈大笑，并没有答话。父亲对我常有一句标准评语，就是我们这里的一句俗话：鸡屎头前热。说我对一件事情只有一阵子的热度。父亲这么说我让我很苦恼，难道我真的对做一件事情只有一阵子的热度吗？每回他这么说我的时候，我仔细想了想，好像真是这样。

我见父亲对我哈哈大笑，不打算搭理我，扭头就走了。

去找胡院长，他是这年征兵办公室副主任。

我找到了胡院长，对他说："胡叔叔，我要去当兵。"

胡院长听了，笑吟吟地说："你果真要想去当兵？！"

"果真！"

"当兵很累很苦，你吃得消吗？"

"吃得消！"

胡院长说："好，那你写份《决心书》来。"

我没想到胡院长竟会支持我去当兵，也没想到他决定支持我去当兵也不征询一下我父母的意见，更没想到我还要写一份《决心书》！在这年头没有谁去当兵得写份《决心书》的。

我答应了，当场写了份《决心书》交给了胡院长。胡院长收下了，不再说什么。

然后我就开始去走程序，报名，填表，体检。体检的医生全是我们医院的叔叔阿姨，他们笑呵呵的，一边帮我体检，一边同我聊天。我感到这一切都像在自己家里做的，像在家里一样温馨。

几天后，胡院长一脸郑重地叮嘱我："告诉你爸爸妈妈，还有你自己，今晚不要出去，在家等，今晚会有征兵的部队首长去家访。"

晚上，胡院长果然陪着一位部队首长来到了我家。首长30多岁年纪，面色严厉，眼神犀利，像能盯进人的灵魂里，我看了有点害怕有点慌乱。首长问我的依然是老问题，胡院长都问过了："你真的想去当兵？当兵很累很苦，你吃得消吗？"我原来怎么答的还是怎么答。然后他的面容突然带上了微笑，说："听说你为了当兵，还写了《决心书》？""是的，是的。"我连忙应承。我见他的面容忽然如此和蔼，一下子就不紧张不害怕了。

一切都像一个梦一样，我就穿上了军装。

1986年：空军、UFO

我以为只有那种身体倍儿棒的人才可以当上空军，像我这种见风要倒，一年病几次吃许多药的人，能混进革命队伍当个随便什么兵就可以了，没想到还能当上空军。当我穿上绿衣蓝裤的空军军装的时候，我还不敢相信我已当上了空军。心神恍惚，一切都不像现实。人突然得到自己不敢奢望的东西，会有一种梦幻般的感觉。在我曾经幼小的心灵里，空军是多么高、大、上啊。

在县武装部穿上军装后，我以为会有一个欢送仪式，比如像我每年都见到的那样，新兵们喜气洋洋地列好一队，满面笑容又带着一点儿羞涩地被敲锣打鼓的人们锵锵锵嘭嘭嘭地围着观着到县城各个街道游走一回，显摆显摆。结果我们连夜开拔乘上火车走了。心情难免有点失落。

火车一直开，我们问送兵的朱科长，我们将去哪里？朱科长答："你想当兵的人还能去哪里？严寒苦地！"我们咋了咋舌，觉得理所应当。可是，到达目的地下火车后，看到火车站上的两个字让我们不敢相信：广州。我们来到了繁华的大都市。原来朱科长是故意跟我们开玩笑，有意吓唬吓唬我们呢。

一辆军车把我们接到了营地。营地绿草茵茵，繁花盛开。白玉兰花儿散发着诱人的幽香，一阵阵随风飘送过来，令人心旷神怡。老兵们目不斜视地从我们身边大步走过。我们却都像《红楼梦》里的刘姥姥头次进大观园，又兴奋又好奇又不敢放肆，两只稚嫩的眼睛，东张张，西望望，一切都如此新奇。

这晚睡觉的时候，一直睡不着，夜深人静，战友们的鼾声此伏彼起，如青蛙闹塘。我突然被门外射进来的一道强烈的蓝白光给照射得眼睛都睁不开了，这道刺眼的蓝白光无声无息地缓缓地移动着，从我的周身扫过。我感觉这道光好像是从窗外空中一个碟状的东西上照射下来的。"UFO"，我脑海里立即闪过了这个词。心里一阵紧张。光过后四周漆黑，一切都看不见了。我不知什么时候沉沉睡去。早上醒来，我想我是不是已经被 UFO 上的外星人给掳掠了，正置身在飞碟上呢。睁开眼睛朝四周一看，不觉好笑，战友们正在我的身旁忙碌着穿衣叠被。我还以为会有人议论昨晚那道神秘的光呢，可是却没有一个人提起！我也只好缄言。第二天，又一个夜深人静的时候来临，我时不时看看夜光表，紧张地等待着蓝白光如约到来。果然，在昨晚的同一时刻刺眼的蓝白光又在相同的方向照射得我眼睛睁不开了，它扫过了我的全身，然后就消失了。第三晚，当蓝白光再次神秘出现的时候，我忍不住偷偷起床，跑到了门外面，我听到了嗡嗡的飞机声，看清了一架飞机正在夜空中盘旋着，机身上许多的指示灯忽闪忽闪，它的探照灯发出雪亮的蓝白色的光，照透了夜空。我不禁哑然失笑：科幻小说看多了。

1987年：班长

人的命运总是与个人自身的能力有着某种契合，它会依照你的能力展开生命的走向和维度。

我在军队本以为要摸爬滚打，天天拼体力拼身子骨，那我肯定吃不消，不仅拼不过别人，最后可能会不合格而被淘汰。

可是来到了空军后，我们一天也没有摸爬滚打。

新兵三个月，走走队列，练练正步，就过去了。

接着立即坐进教室，开始文化学习和专业学习。只拼脑力而不拼体力。这就是命运对我自身能力的一种契合。

文化学习，学些基础的语文、数学、物理、化学。

专业学习，学习的是莫尔斯码以及由此而来的其他种种：密码、编码、解码，了解和学习各种飞机知识，包括中国的、外国的。

这个我能胜任，而且几乎无比喜欢。它神秘、刺激，让人产生无穷的联想和遐想。那些数字以及不断发出嘀嘀嗒嗒声的收发报机尤其让我着迷。这一切，都挺合我口味，正合了我的长处。

有人被淘汰了，我却如鱼得水。

很快我在业务上拔尖，连组长、副班长都没经历，大把老兵还在头前，我就越过他们直接提升为班长了，并且立即升格为值班长，带队值班。

扎上武装带，将写着"值班长"三字用绸缎制作的红袖箍往手臂上一套，人立马显得又精神又威严。站在队列前喊："立正！讲一下。"我的兵们"唰"双脚并立，昂首挺胸，以立正的姿态迎接我的训话。神情间不免透出年轻而得志的得意，但我竭力地掩饰住了，尽量使自己低调，将这一切都努力以平常心对待。

当一种职业或者一种工作契合了自身的优势，人就生活得春风得意马蹄疾了，而这时人还能自约、自制，在无限风光处小心地走着，这样的人生不失为一种美好的人生了。

1988年：初恋

初恋的到来，总是在意想不到的时候，总是在意想不到的地方。很多事情你可能会有所思想、有所准备，甚至你还可能做了某种练习、训练，就如你走进职场前很可能你事先已在职业学校学习和训练了三年。而初恋来临时，你一定没有任何的历练，没有任何的准备，你大脑里一定还一片空白、空洞。我的初恋正是这样。

1988年初夏的广州，阳光明丽，繁花盛开，到处显出生命的勃勃生机，我却生病住进了空军医院，一副可怜兮兮的模样，身体因为病痛而双眉紧皱。医生过来了，看了看我，拍拍我的小脸，安慰我说别担心，住住院，吃吃药，很快就好。跟在医生后面的护士朝着我温婉微笑。

我住进了一个两人间的小病房，一名战士能住进这样的小病房，而不是八人间的大病房，是医生对我的格外关照。我的同室据说是一名营级干部，不过看上去挺年轻的。

傍晚的时候，翩翩而来了一位佩着少尉军衔的女孩，一身笔挺合身的空军军服，周身散发着妩媚的青春气息和英武的军人气质。我一下有点窒息，透不过气来。空军是军中骄子，而空军中的女兵是骄子中的骄子，万人瞩目，在我们营地驻扎着电话连，都是女兵，这些女兵基本连正眼也不瞧我们，她们骄傲而自负的模样令我们一再心生自卑，感到气馁。

来的女孩名叫桔如，听说她父亲是航空师的一名师长，她是空军医院刚从学校分配来的一名护士。可是她却没有任何倨傲神态，见我的桌上空空如也，立即不停地从那位年轻的营级干部桌上转移各种吃食到我的桌子上，"吃吧，吃吧。"一边转移一边用轻快的笑容可掬的口吻对我吩咐，盈盈的笑靥像我老家里的邻家小姐姐。我也赶忙报以微笑，不客气地拿起一个大苹果，大口地吃起来。苹果脆生生的，在我嘴巴里卡滋卡滋响，声震病房。

桔如每天都来看望那位营级干部，后来又分配到了本科室，走动得就更勤了。不久那位营级干部出院了，我却还继续住院，几次申请出院，主治医生都说我的身体指标还未达到健康标准，硬把我按下了。其实我早已活蹦乱跳，感觉恢复得比常人都健康了。我只好继续住院。桔如值夜班的时候，就常来同我聊天。我和她说约翰·克利斯朵夫，说牛虻，说基督山伯爵，说《悲惨世界》里的冉阿让，说《呼啸山庄》里的希斯克利夫。她原先不过把我看成一个还算有趣的小兵，这时突然觉得我虽然是一个兵，却如此博学，她

21

不禁对我刮目相看。

　　爱情总是产生于一种惊异、惊奇的心态。如果你对一位异性惊异了、惊奇了，那么你就要小心了，接下来你可能就会不可避免地爱上这个人。

　　桔如就这样和我恋爱了。

1989年：工人

　　在这一年的年底，我脱离了部队，复员回到了地方。

　　我很羡慕一种人生——既干过农民，又当过兵，还进过厂的人生。

　　小时候我亦多有对农事的接触，自以为也勉强算半个农民，这几年又当了兵，现在，我暗暗希望能进一家工厂，而且这家工厂最好是一家规模化、集约化的工厂，有着成千上万的产业工人，不要是那种人不满百的小作坊式的工厂。我拿着自己的档案袋和人事关系证明等材料来到了一座长江边上的江南城市马鞍山，将材料交给了民政局，忐忑地听候安排。

　　马鞍山是一座秀丽的江南城市，街道绿树成荫、繁花似锦，它是由一座钢铁厂发展起来的城市，在没有钢铁厂前，只是几户人家的小村庄，有了钢铁厂，迅速发展成一座拥有百万人口的城市。我原来以为因为是一座钢铁城市，马鞍山定是污染严重，空气中到处是尘埃和怪味儿。没想到真的置身马鞍山了，不仅没见到尘埃，没闻到怪味，反而见到的是草长莺飞、蓝天白云，让我好生欢喜。我暗暗对自己说，今生就在此过了。

　　不久接到民政局通知：到马鞍山市硫酸厂报到。硫酸厂是马鞍山市的一家重点国营大型企业。这令我一阵惊喜。

　　马鞍山市硫酸厂坐落在城市北面的慈湖，我拿着介绍信去厂里报到的时候吃了闭门羹。原因是下班了。我到厂里的时间是下午四点过几分，只见人们正在陆陆续续地走出办公室，登上即将驶离的厂车。劳资科的人一边关门一边说："下班了，明天再来吧。""才四点就下班了吗？"我充满着疑惑。"是，四点下班。"得到了肯定的回答，我又充满了欢喜：工厂原来是这样上班的啊！我的一位战友已经分配到市新华书店，每天六点下班，哪家单位不是六点下班的呢？而工厂四点就下班了，提前两个钟头，想到在这里上班将会有更多自由支配的时间，着实让我欢喜。吃了闭门羹，一点儿也不沮丧，乐呵呵地扭头回家了。

第二天，我一早就来到工厂报到，办好了各种手续后，被分配到了硫酸车间，在车间里领取了各种劳保：帽子、衣服、裤子、皮鞋、手套等，一应俱全。我把这些行头全都穿戴好，立即变成了一名产业工人。

在纷繁复杂的人生路途上，在一些重大的时刻，其实都挺简单的，格外直接，比如某种身份的改变就像变魔术一样，好容易好奇妙好简单：你穿上一身军装，你就是军人了；你穿上一身工装，你又变成工人了。

1990年：影展

我的父亲业余时间一直喜欢摄影，他不仅自己喜欢，还拉着我一块儿喜欢。孔子说过"己所不欲勿施于人"，那么自己喜欢的，就一定要施于人了，父亲正是按孔子的教诲做的。

进厂不久，工厂安排我去苏州学习半年，父亲说这是个好机会，到了苏州利用业余时间好好拍拍苏州，回来在厂里办个影展。父亲之命不可违。我如实照办了。回到厂里，我把在苏州拍的照片拿出米，展放在宣传科科长的面前，科长见了大喜，"人才啊！

人才啊！"他搓着双手，不停地说。"走走，"他说，"去见厂长。"我们到了厂长室，科长把照片摊开摆满在厂长宽大的桌面上，说明了来意。厂长眼睛一亮，一点头："立即布展！"第二天厂里的宣传橱窗里就展出了我的名为"苏州行个人摄影展"。

这在这个建厂几十年拥有数千人的工厂里是从来没有过的事。展窗前一时人头攒动，工人们干部们纷纷前来观看，一边看一边啧啧声不断，又欢喜又惊奇。其实我拍的照片也就是个滥竽充数，但是因为它是身边人拍出来的，就被拔高了、被欣赏了。连厂长和党委书记都来了，在展窗前厂长握着我的手："明天就去宣传科报到！"说完了转头对书记说："你看怎样？！""那自然那自然。"书记点着头连忙应答，也走过来亲热地握着我的手。

父亲对我说想在市里办个苗山风情父子摄影展，我立即赞同。我们去联系的时候，市摄影家协会的主席却极力阻挠，不同意，说我们不够格。父亲有点儿气馁。我说马鞍山不让展，我们先到南京、芜湖展，再杀个回马枪。父亲听了大为赞同。

我就去南京联系。

我跑到南京，走进江苏省摄影家协会，摄影家协会主席正巧坐班，我走进办公室喊了声老师，就把来意一口气不停地说完了，我担心我不这样，人家就再不会给机会让我开口了。说完了，我摊开带来的作品请主席观看。主席见了作品，眼睛不由一亮，下意识地从座椅上站起来，又细细看了一遍，然后抬起头来说："小伙子，你要我做什么？"我说："请你们作为主办方让我们在南京办展。"主席听了，沉吟了好久，最后说："你是马鞍山市来的，不是安徽省来的，不对等，我们出面不太合适哦，这样，你去找南京市摄影家协会吧。"然后坐下了，有端茶送客的意思。我急了，但是知道事情无可挽回，就连忙退而求其次，请求说："那您能不能给南京市摄影家协会写张字条？"主席再次沉吟了一会儿，打开笔套，竟然唰唰唰地给南京市摄影家协会写了张字条。我喜不自禁，乐颠颠地握着字条跑到南京市摄影家协会。在南京市摄影家协会，接待我的是一位副主席，当他看过我递给他的字条后，什么都不说了，立即协商如何承办影展。一切居然那么顺利。回到马鞍山我告诉父亲，父亲也没想到我竟然把事情办成了。我们去找市文联汇报。文联主席听了汇报，坐不住了，要求市摄影家协会出面协办，摄协主席却当场拒绝了。也许在他眼里，我们拍摄的有关苗山风情的专题摄影实在不怎么样吧。文联主席无可奈何，就做了另一个决定："你们摄影家协会不出面，那就由文联出面吧。"结果布展以及开展的整个过程都由文联的秘书长一块儿协助南京方面操弄。开展的当天，南京的许多媒体都做了相关报道，连发行量几百万份的《扬子晚报》也来捧场报道了。由于我是复员军人，开幕式上南京方面居然还请到了一位老将军出场。当老将军握惯了枪杆子的有些粗糙的手拉我的手时，我受宠若惊，嗫嚅地说不出话，神态张皇，模样一定极其可笑。现在回想起来也忍不住想自嘲地大笑。

南京的影展结束，我转身去了芜湖。芜湖市摄影家协会的主席年纪正当壮年，正是干事业的时候，看了作品，当场决定承办。开展当天在开幕式的座谈会上，芜湖几个摄影家突然轮番出来发言，发言的内容如出一辙，全面否定影展里摄影作品的水平。这让芜湖摄协主席大感意外，大为尴尬，坐立不安，他没想到会有这一出么蛾子，被人算计了，如果他想到了会不会就不承办了？现在是不是悔得肠子都青了？！场子似乎眼看就要砸了，他把控不住，焦灼得大汗淋漓，座谈会里的气氛压得他憋不住了，他终于走到了门外。一分钟后他却喜气洋洋地手里拿着一份报纸出现在会场。他打断一名正在抨击我们的摄影家的发言，清了清嗓子说："我打断一下，念一个和本展有关的报道，这是刚刚到来的最新一期刊登在《中国摄影报》的报道。"然后就放声念起来。报道的内容写的是我们在南京的影展，充分肯定和赞扬了这个影展。一锤定音，主席念罢这个报道，会场一片沉寂，那位被打断发言的摄影家也不继续发言了。我觉得有趣极了，《中国摄影报》的报道早不来迟不来，偏偏在这个时候到来。生活经常会这样充满滑稽和戏剧性。我掩口莞尔。

两市影展成功举办，马鞍山市摄影家协会主席压不住自己的阵脚了，只有答应为我们在本市举办苗山风情摄影展。开幕式当天的座谈会上，市里的几个摄影家轮番上阵，从艺术的角度评价我们的摄影作品，无非有诸多缺点，有诸多缺陷，不一而足，总之水平极差。我看看父亲，父亲捻须微笑，我却紧张得不得了，却也假装微笑。座谈会罢，参加座谈会的厂长已经在走道上等着我了。他面目被气得都歪了，吹胡子瞪眼睛，十分光火，粗声大气生怕别人听不到地对我喊道："第一，你从今天开始不用回厂上班，就守在这里，这里就是你的岗位！第二，办展的所有费用，你开列出来，回厂报销。"我那个乐啊，我没想到厂长生起气来那么可爱，生起气来的厂长做出的决定那么英明。

1991年：个体户

这算是生命的一种轮回吗？我绕了一圈，又回到了个体户，又回到了原点，我当初的人生就是从这里出发的，我社会的历练就是从这个想法开始的，但是在 1985 年我选择了离弃，抛弃了干个体户的想法，现在，在 1991 年，我又拾起了这个念想，这不知是受冥冥中的一种运命左右，还是自己自主的一种抉择，跟什么运呀命呀，没有半毛钱关系？

在工厂，我生活得风生水起，事业有成，人生得意。在三月，党委书记要去中央党校学习，临走嘱咐我，好好待着，等他回来，就把我调党委办，在他身边工作。年底有一批老同志要退休了，书记打算安排一班年轻人补上。他渴望新鲜活力。我听了叮嘱频频点头，唯唯称是。想着不久后我可能就是办公室主任了，那么年轻就将是中层干部，心头美滋滋的。

可是这时，父亲和我进行了一次谈话，改变了我接下来的命运。

有一天晚上，吃过晚饭后，坐下来他就开始了同我的谈话。他说的主要内容就是再在工厂干不会有出路，而且前景堪忧、前途暗淡。父亲有时会有很超前的预知和预感，他认为我们当时如日中天，一些主打产品都出口创汇的工厂在不久的一天就会衰颓衰败，到时候工厂都自顾不暇了，谁还能管你工人死活。我当时听了，大不以为然，我不太相信我们厂会出问题，我想着我们厂会生生世世、世世代代地生存下去发展下去，成为上百年、几百年的工厂，就像外国的许多工厂那样，一定会是这样的，它是国有的呀，还是市里的重点企业，这样的粗腿还能靠不住吗？但是我没有说出来，我更没有想到父亲的预言成真了，我们厂、我们厂的工人在某一天，果真也不能幸免地面临下岗的命运。我听父亲接着说，现在这个社会，谁都靠不住，得靠自己，命运要掌握在自己手上。他认为把命运掌握在自己手上最简单、最好的办法就是去干个体户。我听了大为兴奋，我想着我在工厂干这两年，每个月只能存下可怜巴巴的二百块钱。那时我们厂搞集资房，像我们这些年轻的工人，要出三万块钱，对于每月只能存下二百块钱的我，这是一个怎样的天文数字呀，我拼命地存钱，也要存个十多年，那时我都已经老去了，我还要这房子来干什么，还有什么意思。如果去干个体户赚大把大把的钞票，不要说一辈子买一套房子了，你高兴，你每年买一套恐怕都可以！这样想着，我笑眯眯地，乐开了怀。父亲扭头来看到我奇怪的笑容，问我笑什么，我立刻敛颜，说没笑什么。

人在想着去干什么的时候，基本上都是尽往好里去想，把未来可能得到的好处放大了几倍甚至数十倍无穷大，自己把自己哄得高高兴兴，而对失败想得不多，甚至不想，认为自己哪可能失败呀。

就这样我干上了个体户。

1992年：相馆

一个人要到什么时候他的思想、他的想法、他的行为，才会不受长辈的影响和左右？在我迈出人生的这一步的时候，完全受到了父亲的影响。他觉得我不该再在工厂待，我也就真觉得我不该在工厂待了。如果他不这么认为，如果他这么认为但不对我说，我一定还在工厂春风得意地待着，还在工厂里做一个在别人看来十分有为的、前途无量的青年。

现在，这一切都成过去式了。我悄然地离开了工厂，同谁也没有告别，我怕我这一告别就走不成了。我还带着稍微有点愧歉于党委书记的心情，想到他从北京兴冲冲地回来了，却找不着我了。

我回到了广西，在一座叫融安的县城驻扎了下来。融安是我的老家，我的祖父大约在一九三几年逃避战争的时候从广东来到了这里，并在这里定了居安了家。从此这里就成了我的老家，成了我的家乡，成了我冥冥中生命已经注定得从这里出发的原点。

我在融安的大街上走着，东张西望，然后看中了矿产局的一个双开间门面，要在这里开一家相馆。

我走进矿产局找到局长。局长是位四十开外的中年人，人精瘦，脸麻黑，面上总是不动声色，让人无法捉摸。我提出了我的申请他嗯唔着，最后淡淡地说回去等通知吧。我觉得毫无希望，走了。第二天却意外得到回音：来签合同吧。赶紧去了矿产局，我的手有点颤抖地在租赁合同上签下了自己的名字。这是我第一次和经济打交道，也是我头一回一次拿出那么多钱。当我把作为押金的这些钱交给矿产局的财会人员的时候，我的手再一次颤抖起来，让人家好生奇怪地问我怎么了。她大概怀疑我突发疾病了。我也想我是不是应该大病一场。

在人生的路途上自主迈出的头一步总是如此胆怯、如此怯懦。我的父亲在一旁鼓励："别怕，大不了失败、赔钱，我和你妈妈养得起你。"这让我又鼓足了勇气。

我拿到了门面的钥匙，打开门面，里面空荡荡的、黑暗暗的，散发着久未使用的霉味。我站在这空荡荡、黑暗暗的屋中想，我另一崭新的人生开始了。有一点儿激动，又有一点儿莫名的失落。

1993年：县长照相以及联防费

一切没有自己臆想的好，一切也没有自己担惊受怕时想象的坏。相馆开起来了，并没有白花花大把大把的钞票滚滚而来，也没有付不起租金，以致潦倒。

我每天早上9点钟把相馆的门打开，等待顾客。

最先来的顾客是县长。司机开着一辆小车载着他风驰电掣般地到来。小车到我门口停下，夹着公文包的秘书打开车门，伸出手挡了挡车门沿，县长弓着腰就从车里走了出来。县长看上去30来岁，上穿白衬衫，下穿笔挺黑西裤，小分头，书生模样，面色和蔼，毫无派头。秘书指挥他照镜子，他就照镜子；秘书指挥他坐下，他就坐下；秘书说挺胸收腹，他就挺了挺胸脯；秘书说笑一笑，县长就眯眯笑起来，像个乖乖仔。让我觉得有趣极了，心里暗暗偷笑。我抬起相机咔嚓一声就为他照了相。秘书对我说要 30 张一寸、30 张二寸。那可是好几十元钱，我心里又乐又担心。乐的是头一把生意不错，居然来了县长，更不错的是还送了好大一笔生意；担心的是他会不会不给钱，拍拍屁股走人了？如果真是这样，我也只好准备吃这哑巴亏。生意人最怕的就是和人纷争，宁肯自己吃一点儿亏也要息事宁人。和气生财嘛。相照完了，果然只听见秘书对县长说，走吧走吧。县长站起来，还保持着笑眯眯的神态，对我说了声："谢谢师傅，辛苦了。"就大步迈出了门口。这是一笔蚀本买卖！我摇了摇头，准备叹息一声。只见秘书安顿县长坐进车里了，转头来到了我面前，一边问："好多钱？"一边伸手欲掏腰包。我大喜，大脑里的算盘连忙噼里啪啦一算报出了价。以当时一般人的消费能力，这可是一笔不小的消费，我想秘书会不会听我报出了价后，大大地不高兴，觉得我收得太贵了，生出别样的枝节和麻烦。我可不想管那么多了，该怎么收就怎么收。秘书却没有任何言语为难，把一把钞票掏出来，数了数，交给我，说："你看对不对？"我数着钱，说："对，对。"他笑了笑，说："麻烦师傅了。"转身就走了。我手上捏着钱，长喘了一口气，并笑眯眯地把钱又数了两遍。

下午来了两个戴红袖章的男青年。叼着烟卷，昂着头。他们走进我的门面，东看看西看看，然后向天吐一口烟雾，问："就你一个人？"我答："是。""交联防费。"其中一个说着，把夹在手里的烟卷叼回嘴里，用双手打开一个本本。我说："交联防费啊？""嗯。""那你跟我来。"他们互相看了一眼，真跟着我开步走了。我带他们拐上楼梯，直接进了二楼局长办公室，说："喏，你找里面那个人要吧。"转身走了。在身后我听见办公室主任高声大骂："联防费收到老子头上来了！"我忍住了没放声大笑。不久，我看到这两个红袖章一脸煞白灰溜溜地下了楼，我有点担心他们会来找我麻烦，那也无可奈何了，我作弄了人家，让人家回头来出出气，也是该的。没承想他们急急如丧家之犬，一溜烟儿就跑走了。从此再也没见到他们。

1994年：彩扩机

在1994年，我多么希望有一台彩扩机。我曾对远在安徽马鞍山市的影友张芳写信说，我的理想就是拥有一台井冈山812型彩扩机。对此张芳没有回信说什么，可能她认为我的理想太低太不够档次了。井冈山812型彩扩机是上海产的完全国有化制造的一种彩扩机，与外国产的原装进口彩扩机肯定是有差距的。但当时我就只有这么一点儿小理想，觉得能拥有这样一台彩扩机，人生就知足了。在摄影彩扩服务业内，彩扩机在那个时代被誉为"点钞机"。这倒是有点形象，相片一张张、一片片从彩扩机的出片口出来，就像点钞机吐出的一张张钞票，不仅外表上类似，实际上也相似，它吐出的确实也等同于一张张钞票啊，所以拥有一台彩扩机，在1994年就真的等于有了大把大把的票子啊。可是一台最低档次的国产彩扩机的价格也在十万元以上，如果是进口彩扩机那动辄就是好几十万论了。这样的天文数字，我那时想我永远也无法企及，高攀不上。我那会儿经常幻想如果我拥有这样一台彩扩机，能从梦里笑醒。

父亲知道了我的梦想，说："我们无钱买一台新的彩扩机，我们可以买一台二手彩扩机呀。"这样的想法让我兴奋，我说："可以吗？"父亲和我就去柳州市。二手的彩扩机倒是有，也不难找，可是售价基本也在五六万，我们也买不起。父亲看见我极其失望的模样，又说："二手的我们也买不起，可以买一台坏的呀，修好了，照样能用。""可以吗？"我又问，充满了怀疑。父亲很有信

31

心地回答："可以。"他说他看了一下井冈山彩扩机的图纸，他应该自己能修。我们又去了柳州，这次就把人家使坏了淘汰下来当废铁丢在仓库里的一台井冈山811型彩扩机，差不多以废铁的价格买回来了。把彩扩机运回家里，我没有兴奋，只有担心：父亲能行吗？他只是一名眼科医生，可不是电气工程师啊。

可是父亲看来是有某种天赋的，比如，在20世纪70年代他就能自己动手组装收音机，那时他的书桌上摆满了电容、电阻等电子元件。我还清楚地记得当这台收音机终于组装成功，突然从它的喇叭里传出嘹亮的歌唱声时，我和母亲是怎样又惊奇又欢喜！

父亲每天下班回来就开始琢磨这台彩扩机，夜以继日。父亲一贯干什么事情都是这样，可以长时间不吃不喝不睡，通宵达旦。这样，在某一天，他果真就把彩扩机修好了。开动起来的隆隆的机声嘹亮，再一次给我和母亲无比的惊奇和欢喜！

父亲说："要想完全发挥这台彩扩机的功力，我们得去找一个没有彩扩机的空白市场。"他这么说，我非常认同。我在柳州市周边的县份调查，终于找到了永福县。这里山清水秀、民风淳朴，最重要的是，这里的照相服务业里还没有一台彩扩机！

我在永福租了农行的门面，起了"8号冲印部"这样一个奇怪的店名就开业了。父亲问我为什么起这样的名字，我说没为什么。其实还真没为什么，在申请工商执照的时候，脑子里突然冒出了"8号"我就顺手写下了。后来好多人问过我为什么是"8号"，好像我是很有用心地有意为之。

冲印部开业了，顾客盈门，从早到晚前来冲印照片的顾客走马灯似的络绎不绝，如滔滔江水。彩扩机有时不得不日夜不停连轴转。数钞票没夸张到数到手软，赚的钱可是让人心满意足啊。这是彩扩机最美好的时代。

1995年：病、医生

我对医生充满了信任，如果生病了，把自己交到医生手上，就安全了可以放心了，健康就有了保障，恢复健康指日可待。这种信任当然是来自我从小的生长环境。我从小在医院里长大，我的父母都是医生，他们的医术和医德的确令人信赖。

在8号冲印部定址的时候，我看到隔壁开着一家诊所，非常高兴，父亲来看我时发现了隔壁这家诊所，也十分高兴，有点放下心来，说："以后你有个什么头疼脑热看起病来，又及时又方便，很好。"

这家诊所的主治医生是原某医院的一名内科主任，姓杨，大家都叫他杨主任，在当地名声很响，口碑很好，都说他医术高明，前来找他瞧病的病人从早到晚络绎不绝。自然也是大发其财。

我在冲印部从早忙到晚，经常不能休息，顾不上吃饭，恶果就出来了，胃痛了。

这天不仅胃痛还全身软绵绵的。

我去找杨主任看。杨主任问了问情况，说："不要紧，吃点药，打两针，就好了。"听了医嘱，回来我拿着杨主任开的药依言服食。可是病况不仅不见好转，却更严重了。

再去看，他让我打吊针，打了两天吊针，也不见起色。

这时候我该立刻就上医院看病的，我已经有了转诊的想法，可是我没有这么做，我很信任杨主任，我觉得他是医生，把自己交给他，他自有主张，自会为病人考虑，该转诊自会转诊的，我要无条件听从他的安排。在我父母工作的医院这样的事我瞧得可多了，他们治不了的病，立即就会向上级医院转院。杨主任开的药由每天几十元，到100元多，又到差不多200元了，只见药费越交越多，病情却越来越恶化。可是杨主任好像没有让我转诊的任何想法，再过一天，我已经不能起床了，他就到我的床边来给我打针。

在前一天我打了电话给父亲告诉了他我的病情。"立即住院。"他说。

他走不开，让我的伯父立马赶来。

伯父来了，看我还躺在家里，很生气，立即找车子把我拉到医院。

在车上我就昏了过去，人事不省。当我醒来的时候在医院的病房里躺着，已经是第三天了。

我终于醒过来了，守着我的医务人员以及我的伯父都松了口气。

我的病是胃出血，因为拖了那么多天，不仅失血过多，出血部位的伤口也越来越大，已经非常危险，再来晚点就有性命之忧。

这时我的父亲母亲都来了。我的伯父非常气愤，说定要找杨主任算账！父亲听了连忙阻止，说："算了，是医生看病总有误诊的时候。""这哪里是误诊，这是要人家的钱送人家的命哪！""算了，算了。"父亲坚持这么说。伯父最后也就不好再说什么了。

从此，我对医生几乎要彻底失去信任了。心里不由得一阵悲哀。

1996年：休养生息

8号冲印部仅仅开业一年多就被迫关张了。我无比心痛无比惋惜。我本来主张冲印部暂时歇业，回父母身边休养休养，待恢复了健康，再回来重整炉灶开张的。可是父亲坚决不同意。"你还要不要你小命了？"他说。不由分说，连夜就把我的整个店搬空走人了。

我的人生顿时陷入了停顿和迷茫。

一个年纪轻轻的人，正是干事业的时候，却需要停下来什么也不能干，就需要休养生息了。心情无比沮丧，但也无可奈何。突然想起《钢铁是怎样炼成的》这部小说来。小说中保尔也是被病痛阻碍，不得不停下他伟大的社会主义建设的事业，休养生息。他在养病的时候悟出了关于生命的至理名言：人最宝贵的就是生命，生命对于每个人来说只有一次。人的一生应该这样度过：回首往事，他不会因为虚度年华而悔恨，也不会因为碌碌无为而羞愧；临终之际，他能够说："我的整个生命和全部精力，都献给了世界上最壮丽的事业——为解放全人类而斗争。"觉得挺有意思，不禁放声大笑。

我的母亲听到我放声大笑，停下了她手中的针线活儿，连忙走过来不放心地摸了下我的额头。

我每天在街道上乱走，这座叫融安的小城我从来也没有细细地打量过。现在，我可有大把的闲暇时光好好地看看这座县城了。我幼年在融水的时候，融安是紧邻着融水的一座县城，我对融安基本没有好感，觉得它十分粗俗，这个印象让我很讨厌融安。那时我不知道融安居然是我的老家、我的故乡，我就是融安人，说到"粗俗"，我自己正是这粗俗里的一分子哦。那时对于"老家""故乡"之类没有概念，现在有了概念了，我却融不进去，我常常疑问：这真是我的故乡吗？就像与母亲失散经年的孩子无法接受自己的母亲。我总结了我对融安"粗俗"的印象，第一是这里的人爱讲本地一种叫"土拐话"的土话，音调难听，很粗很俗；第二是这里不管老幼基本满口粗话脏话，可以说凡是你听到的话语中，没有不夹带脏话粗话的，这让我极其不喜欢，难以接受。我想起我生活的融水，在那里的生活圈中，人们语言干净，甚至文雅，带着一点儿书卷气。——好像也就这样了，现在仔细想来其实我对融安也并没有太多太实在的可以不屑的东西能够指责。一个人对一种事物的印象，看来很多时候都是一种没来由的主观印象，并且会一直受这个主观印象的影响，对事物的评价便往往不知不觉地失之偏颇。这是很不公平的。

我每天走在融安的街道上东看看西看看。融安有一条古老的街道，叫骑楼街，已经有百年历史了，我最喜欢去那里游荡。街道是石板铺就的，凹凸里面都是历史的陈迹，耸立的房子比较破旧了，年久失修，可是在破败里面时时显露着精致的建筑工艺，窗棂上的雕花，廊柱上的饰纹，都分外考究，衰败里面透出高贵、华丽而端庄的气息。那是我们祖先的气息，可惜，却没有能承传下来，只剩这些遗迹让人瞻仰了，而这些遗迹说不定哪天也会没有了。

我的伯父见我整天四处游荡，很是看不惯，说我缺乏思想。他这样说让我很自惭形秽，我就想着要赶快去做一点事情了。

1997年：打工

柳城的表哥来请我出山帮他开起一家彩扩部，对彩扩他是门外汉，一窍不通，我不答应帮助他开不起来，我就答应了。

我和他去上海索维尼彩扩摄影中心看机器，机器的演示厅里摆满了几十台彩扩机，新崭崭的，刚喷的油漆锃亮，闻得到香味，可以照出人影，看得人眼红，多美好多美妙的机器呀，这些"印钞机"很快将有一台会是表哥的了。

表哥看着这些彩扩机，眼睛发亮，他情不自禁地走上前去，用手轻轻抚摩着彩扩机，感觉一下不久就会给他带来白花花钞票的机器的温度和质地，他点着头很满意。

我们很快就交了钱定下了机器。半个月后机器就来到了柳城，安装调试完毕，机器正常运转了，就等着数钱了。

20世纪八九十年代是一个生意人赚钱的最美好的年代，不单是开一家彩扩部，你随便开个什么部什么店，如果上了点规模一定会有白花花的票子滚滚而来。多少赚钱的机会呀。对一些人来说机会丧失在不够大胆没有勇气，对我这样的人来说，机会起初丧失在没有起动资本，最后丧失在身体状况不佳。

我在表哥这里，对自己的定位就是友情支持，我不认为我是来这里打工的，也不认为我在这里不过是一个打工仔。我每天把机器开动起来，帮他扩相。相片从机器里流水一样哗哗地出来，色彩艳丽鲜亮。顾客拿着照片笑盈盈地交钱走人，表哥赚得票子顾客赚得心情。许多顾客都说："你这里的相片扩得好，不像某某处的相片，色彩不是色彩，简直一塌糊涂。"表哥听得乐呵呵地笑，满脸生光。

我住在表哥的家里，像一家人，我一直把自己当作是他们的一家人。表哥有一儿子，也就是我的表侄，六七岁，我刚到来时，他对我言听计从，很乖顺，整天表叔表叔地叫着缠着我。因为表侄很听我话，表嫂表示要我多管教他，我也就真的经常管教表侄。后来情况突然发生了变化，有一天我管教表侄的时候，表侄不服管教，说："你凭什么管我？你不过就是我家一打工的！"我愕然，一下子说不出话来。这才忽然醒悟，是的，我不应该是这里的家庭成员，我不过就一打工的，是我自作多情了。心里失落，但是表侄把我点醒了，我明白了。

一个人对自己的定位，有时真是很无知的，甚至是很自作多情而可笑的。比如在表哥这里，人家很客观地把我当作一打工仔，我却把自己定义为是他们一家人。

1998年：写作

　　人生有着某种必然，又有着很多偶然。如果决定人生命运的往往是一种必然的话，那么让人生活得更多姿多彩、更鲜生活泼、内心更丰富的却是很多偶然。你偶然看到了一些东西，你偶然去干了一件事。它们向你打开了人生的另外一扇窗口，你有了人生的另外一道风景线。

　　柳城表哥店的隔壁是县图书馆，没事的时候我喜欢到里面去借书读书。一家县图书馆书不算很多，却足够我阅读了。我很惊喜和满足于能有书可读。从小那么喜欢书，每到一地必要逛当地的书店和图书馆。现在，柳城县的图书馆近在咫尺，我自然不会放过。

　　一天在图书馆阅览室翻阅报纸的时候，偶然翻阅到本地的一张叫《柳城报》的报纸，又偶然看了看副刊里的文字。我觉得我也可以写几个字，在上面登一登。晚上回到自己的房间，打开笔套就写了起来。写好了，拿到报社的邮箱去投递，然后以为就等着发表了。

　　可是我左等右等也不见发表。大失所望，不服气，再写，再投。

　　表哥知道了，哈哈大笑，说："报纸是让你随便登的吗？"

　　他这么说，我觉得很对。

　　他又说："没有关系你莫想。"

　　这句话我觉得就不对了，就反驳了他。

　　他不再说话，只睨斜着眼看了我一眼就走了。

　　我坐下来，握起笔又继续写，写好了又投。

　　三个月，所有投出去的稿子都石沉大海。

　　表哥让表嫂转告我，县上的报社有他同学，不如他去给那位同学打个招呼好了。

　　表哥的人生哲学就是关系学、人情学，他认为凡事都要走关系、靠人情，办一件事，如果不走关系不靠人情，他会一下子不知所措，四顾茫茫。

　　几个月过去，报纸一期期如期而出，没出的就是我写的文字。

　　我不仅失望，还有点不好意思了，心里也开始疑惑：难道发表文章真的像表哥说的要走关系要靠人情？

　　我对表嫂说就投最后一次吧，如果这最后一次投出去仍没结果，就不写不投了。

　　没想到这最后一次投稿却发表了。

　　这使我的疑惑一下乌云散尽。

　　失败往往带来消极的人生总结，往往背离了对社会的正确的认识和评价，不客观。如果我的文章一直不能发表，因而辍笔了，我将得出的结论是：这个社会处处讲人情讲关系，报社也不例外，你没有人情没有关系，你的文章就不得发表。所幸这最后一次投稿，不知是谁的眷顾，不知是谁在冥冥中对我的照拂，发表了。这使我对报社的认识端正了态度，也仍然能执着我原先对社会对人生的认识和看法：不管是在一家报社还是在一家单位或者是在这整个社会，并不是事事讲人情讲关系，一件事、一个人的成功，还是要靠真才实学。

　　从此，我的业余生活里多了一个内容：写作。写作使我枯燥，但是，单调的生活平添了许多明亮的色彩。

1999年：时间就是金钱

　　我最先听到这句话的时候，略微有一点点诧异，或者说有一点不能接受，就算是现在，我也不能完全接受。时间不仅仅就是金钱，时间它所包含的内容，比金钱不知广大高阔了多少，金钱在时间的内涵根本不值一提。但是我也觉得这句话说得很好。

说这句话的人中给我留下深刻印象的是我伯父。

我伯父是一名小学教师，生性严肃，不苟言笑，他一说话往往就是同我们晚辈讲做人的道理。看着他那板着的面孔、认真的神态，听着滔滔不绝的道理，许多晚辈表面上在规规矩矩地洗耳恭听，思想其实早已神游万里不知所终了。偶尔回过神来，发现伯父还没讲完，偷笑一下继续神游。

我的伯母当时在县城开一家照相馆，伯父空闲的时候就去帮忙。相馆忙时我也去帮忙。就在这个帮忙的时候，伯父讲出了"时间就是金钱"，他说要把时间放在能挣更多金钱的地方。

他居然会说时间就是金钱，要用时间挣更多的钱，让我暗暗惊奇。

在我的印象里伯父书生气重，应是那种视金钱如粪土的人才对。

我的伯父和我的父亲都有相同的个性，就是某些思想能跟随时代的步伐，常常不是周围人所能及。时代在飞速地变化，他们的思想也跟着在飞速地变化。像我父亲居然会主张我去干个体户。他一辈子都是体制内的人，国家干部，不思量着让我也当上国家干部，居然有脱离于体制内的思想。

伯父提出"时间就是金钱"，说凡是能用金钱买来的时间，就不要浪费时间，比如做饭，多浪费时间，不用做，去饭店点餐。

我听了大赞，很好很好。

伯母却迟疑了，舍不得："那多花钱呢。"她咕哝着。但她不敢执拗，果然就去饭店点餐了。

饭菜送来，我大口地嚼着，觉得味道好极了，不是家里菜可以同日而语的。

那时小县城还没有快餐业，但是不久小城里许多人也有了要用金钱来购买时间的观念，为了节省时间，自己不煮而都去点餐。快餐业便像在别的城市那样在小城应运而生，很快就成了气候，如今更是做得风生水起了。

2000年：家族行业

我在表哥那里打了一两年工，然后回到融安再开起了一家相馆。

一种职业，或者一个行业，一个人进入以后，往往会带动一个家族的许多人进入。在照相行业，由于父亲对摄影的爱好，最后使得我们家族里许多人都进入了照相行业，比如我的伯母、二娘、小娘，我的表哥、表弟，还有表妹以及我等，先后都各自开了相馆。在我们的小县城形成了一定的垄断。这是一个小小的标本，更大的标本，比如医疗行业的所谓"福建帮""莆田帮"，规模更大，影响更广，他们不仅整个家族，而是整个村、许多个村庄的人都由于一个人的入行而进入医疗行业，他们人口众多，规模遍及全国，四处开花，就在我现在居住的城市，基本上有点规模的私立医院都是"福建帮"在经营着。又如复印行业，在这里有着众多的江西老乡在经营，他们在本地的复印行业举足轻重。我认识一位做复印的江西人，问他是怎么做起的，他告诉我，是他们村里的一个人先在做，然后带着他们纷纷都做起来了。

这种有趣的现象既令人赏识也让人担忧。他们在做大做强的同时必然在一时一地形成某种形态上的垄断。凡是被垄断的行业一定不是一个健康发展的行业，对消费者也一定不是福音。

41

2001年：留一手

桂花小表妹幼师毕业，她觉得整天跟小孩子打交道没意思，决定来跟我学摄影也开一家照相馆。

我说好啊好啊，欢迎欢迎。

她就来了。

先学摄影的基本知识，什么光圈呀，速度呀，顺光呀，逆光呀，等等。又拿起相机来学习相机的结构。再进暗房学胶卷和照片的冲晒。

桂花小表妹人聪明，一教就会，一点便通，不出两个月影室内的基本摄影都会了，照个证件相什么的，已能应付自如。

进入新世纪，小城的变化明显加速，城镇建设变化的标志就是仿佛一夜之间高楼四起。随着不断耸立起来的高楼，暗夜中的小城几条主要街道，霓虹灯闪亮，变得更美丽了。

随着小城的这种变化，我立即抓住商机，在商业街上选了一个点，每到入夜就为顾客拍摄小城夜景。从来还没有哪家照相馆夜晚出夜景的，而夜景照片顾客基本没见过，觉得很美丽很新奇，一时前来拍照的顾客如云，生意火爆。

桂花小表妹要求我也教她拍夜景，不知怎么我想到书上说的"教会徒弟，饿死师父"，突然起了私心，支吾了。桂花小表妹几次提起，我都顾左右而言他。小表妹明白了，啥也不说了，不久就离开了。

我每次想起这件事，都为自己突然而起的那点小私心后悔，这是干吗呀。

2002年：有枣没枣打一竿

我很喜欢这句话：有枣没枣打一竿。我们在小时候都有这样的经历，大人们把树上的果都采摘了，一眼望去只看到树枝树叶，已看不到一颗果实，树上还有没有果已无法判断，但是管它呢，先打一竿再说。这一竿打下去，往往会得着意外惊喜。

我们长大了，成人了，有枣没枣打一竿的事儿我们却越来越少做、越来越不去尝试了。对世界的那种试探之心也越来越缺少敏感，越来越麻木，越来越不愿浪费精力，越来越害怕失败，越来越故步自封。为什么人生经验的增加积累与对事物的好奇敏感往往要成反比呢？

2002年，偶然看到广西作协发有一文，意思是自认为写作成绩突出的人，可以以个人名义直接向广西作协提出入会申报，而不需要像以往首先经县然后再经市，一级一级审核上报。我看了，拿给静子看，静子说："那你上报呀。"我十分犹豫。

作为个体户，我想加入省级作协一直有两道过不了的坎儿，几乎连一道也过不了。首先是县文联，这两年我都试图申报，县文联都以不理不睬应对，连县一级门槛都迈不过，更不要说迈过市一级门槛了。面对这种排斥和冷漠，好在我有一颗还算坚强的心，虽被打击却没有感到被伤害。

现在有一个申报入省级作协的机会出现在我眼前了，我竟然犹豫了。这种犹豫是担心自己不够资格。静子比我看得清，她说："你犹豫什么呀，有枣没枣打一竿，你又没什么损失。"

我就申报了。

几个月后批文下来，我成了广西作协会员。

这里还有一个小小的插曲，批文下发到县文联后，县文联居然不通知我。邻县的一位文友偶然看到了广西作协一份发展作协会员的文件里有我的名字，立马打电话告诉我，我才知道有这回事。立即与广西作协联系，才把入会的相关手续办理了。

2017年5月17日初稿
2017年7月30日定稿

光影中的庸常生活

——家族照相馆简史

1.小娘的龙岸照相馆

"我只跟二哥学了三天照相，回来就把照相馆开起来了！"小娘平生最得意、最自豪的就是她常挂在嘴头的这句话所陈述的事。

1982 年，嫁到龙岸村的小娘再不愿面朝黄土背朝天，雨天一身泥、晴天一身汗地做农民了，她请教我爸这个当时在融水县人民医院当医生的业余摄影爱好者："二哥，不做农民我还可以做什么？"

我爸答："你还可以开照相馆呀。"

"真的吗？"小娘像是在听天方夜谭。

小娘不像她的大哥、二哥。大哥、二哥生长在二十世纪四五十年代，他们出身在地主家庭，可以上学读书接受正规教育。等到小娘成长起来，时代已经发生了变化。小娘只读到小学三年级就被勒令退学回家种地了，基本成了一个没知识没文化的农民。

渴望改变命运的小娘听了我爸的话，决心把照相馆开起来。

她来到我们家，跟我爸学了三天照相，就回龙岸把照相馆开起来了。

至于为什么只学三天，而不多学几天呢？我爸的解释是小娘迫于生活的压力，少干一天活儿就少挣一天口粮，当时小娘有两个嗷嗷待哺的小孩呢，她耗不起呀。

一个没文化没知识的人，仅仅跟我爸学了三天照相，回家就能把照相馆开起来了，真是奇迹。小娘应该得意，应该自豪。

小娘的家在龙岸镇街头，不仅完全偏离镇中心，而且是在镇子的边缘，再往前走就是一条横亘着的河了，蹚过这条河，是去县城的路。小娘就在这样完全不适合做生意的家里开起了照相馆。她不敢到镇上商业地段租门面，怕租了给不起租金。在家开把风险降到了最低。

当时镇上还没有照相馆，小娘的照相馆是镇子里唯一的一家。

照相馆里的一面墙上挂着从一寸到十二寸大大小小一溜的照片，有老人，有小孩，有姑娘，全是镇上、村子里来照相的人拍下的，小娘觉得照得好，一是照片里的人上相，二是自己抓拍的水平也不错，就把这些照片多晒了一份，镶在相框里，将它们展览出来做样板。一者显示自己的照相水平，二者让前来照相的顾客直观地明白，各种尺寸的相片到底有多大，好做选择。

照片摆出来了，让小娘没料到的是，居然引起小小的轰动，在镇上村里，人们奔走相告："阿兰，你的相片上照相馆展览了呢！""老四哥，我看见你的照片在照相馆挂着了呢。怎么，你还不知道，照得多好，快去看吧。"人们三五成群前来观看，一面看，一面指手画脚。照片上的主人翁，老的带着自己的家人，小的带着自己的小伙伴，兴师动众，挈妇将雏，前来把看。老四哥看着挂在墙上自己的照片捋着胡子呵呵笑，神采飞扬，很得意。阿兰悄悄带着自己的几个闺密，有点嗫嚅又有些羞涩，手指半伸不伸，悄悄指点着："喏，这张，这张就是我啊！"脸上绯红，含羞带笑。那时没有肖像权的概念，更没什么侵权维权之说，照相馆里挂出自己好看的照片是一件美事。

小娘的照相馆虽然偏在一隅，就这样不出一月，已妇孺皆知，成为镇子里一道特别的景致。人们有事没事走过来瞧一瞧，瞧瞧墙上的照片，瞧瞧摄影室里挂着的用来照相的布景。布景有两三幅，人们最喜欢的是那张画着沙滩、椰林和海的风景。看着看着，互相扯动着，推推搡搡、扭扭捏捏地，就走进来打算照相了。小娘连忙招呼："照相呵，进来，进来，喏，梳梳头，整一下衣领。"经小娘这么一指引，有的更羞了，忽地笑着跑开了，有的受到鼓励变得勇敢了，正正经经地迈进屋来，对着镜子梳头整装，准备照相了。有的小孩子有事没事跑到暗室门口掀起暗室门上挂着的黑布，探头探脑想看清里面藏着些什么神秘的东西，可是他们什么也没能看清，里头不仅黑黢黢的，还散发出一股刺鼻的药水味道，让他们忽然有些害怕，终于没有谁敢进去探秘。还有小孩拿起桌子上用来照相的各种道具，比如铃铛啊、拨浪鼓啊，叮叮当当地把玩，它们发出的声音如此动听让他们不忍释手。

1984 年，镇里开展居民身份证照相，派出所所长就到各家相馆来嘱咐，要求多准备些胶卷相纸，说要有好多好多人照相啊。小娘听了嘱咐，赶紧跑县城里买胶卷、相纸、药水等用品。

这时龙岸已经有了两家照相馆了，但大家都规矩，没有各种歪门邪道。两家照相馆谁也没有试图通过不正当手段形成垄断，各照各的相，各有各的顾客群。

前来照相的人果然多得出乎小娘预料，从早到晚门口被挤得水泄不通。小姑爷也就是从这时加入了照相馆，从此干照相馆就成了小娘和小姑爷一生的职业。尽管有了小姑爷的加入，还是忙不过来，小娘赶紧给我爸打电话求援："二哥，罗海放假了吗？刚放？好了好了，让他赶紧过来！赶紧过来！！"

那时我还在融水中学读高中，课余在父亲带领下也玩摄影，对于照相、晒相算是一把里手了，匆忙捡了几件衣服连忙赶往龙岸增援。

到了龙岸进了家门已是入夜时分，相馆里面却仍然是人挤人，等待照身份证相的顾客熙熙攘攘，络绎不绝，好大一个场面，把我吓了一跳。

小娘胸口上挂着照相机，声音嘶哑，面色青黄、憔悴，她肯定是累趴了，见了我来，也顾不得说话，或者说也没有力气同我多讲两句话，只点了点头，要我立即加入干活的队伍。

我看小娘累成那样，把行李一丢，抢过她胸前的相机挂在自己脖子上立刻充当起摄影师来。

我那时十七八岁，是个未长成的小青年，不仅没影响顾客前来照相，还引来一片惊叹和钦佩：多年轻多出息的小青年呵。人们啧啧议论着。

一直忙到夜里 10 点，这一天接待的顾客才全部照完相。

简单地开了夜饭，开始冲胶卷，晒相。

不用说，这一夜肯定是要熬通宵了。

这个暑假在小娘这里帮忙，也不知熬了多少个通宵。

相晒出来了，太多了，一台小小的烘干机根本不胜任、不够用，干脆不用了，在各个房间里摆开许多夏收、秋收时用来装谷子的箩筐，箩筐上蒙上白纱布，照片经过水洗后，就一张张摆放在白纱布上，让它们自然晾干。

如今想起 1984 年在龙岸照身份证相的场景，还让我无比感慨。

2.伯娘的泗顶照相馆

伯父是泗顶镇小学的一名老师，原先业余时间喜欢画画，后来跟我爸学了照相，就喜欢上了摄影，课余背着一台相机四处采风，风光相也照新闻照片也照，每年都要在报刊发表一定数量的照片，还参加县里、市里以及各地举办的摄影展览，发表的照片还上过《人民日报》呢，在泗顶镇里小有名气。

我伯娘是农民，改革开放以后，农民的出路有了多种选择，不再被拴死在田地里了，她便不再做农活，把田地承包给了邻居，自己做些小生意。

在做照相馆前，她做得最多、最长久的一门生意就是倒腾食油。每三天带上两只25公升的大油桶去一次柳州，购进食油，然后运回泗顶贩卖，赚点差价。

刚开始这样的生意有点投机倒把的嫌疑，只能偷偷做。

这让作为人民教师的伯父很不满，不仅觉得有失身份，还涉嫌违法。他要求伯娘做一门正当生意，学照相，开一家照相馆。

很长时间伯娘一直抵触，不愿意。

伯娘虽然不是文盲，可是文化程度并不高，年纪又大了，对照相这门时髦的技术心生畏难，不感兴趣，觉得学不会。无奈被伯父逼着，只好硬着头皮学。人只要学习，好多东西以为是学不会的，不可能学会的，但是只要去学了，终于还是学会了。我伯娘对照相就是这样。在伯父的督促和手把手指教下，居然一点儿一点儿掌握了照相这门对她来说非常深奥的技术。

在泗顶街上我们有一栋老屋，原来住着伯父、三叔和小叔，后来伯父搬到学校去了，三叔进了新房，小叔又去外地打工，这间老屋就一直空着，现在这间老屋又重新有了用武之地，被伯娘拿来开起了照相馆。

老屋为二层泥砖结构，一楼分三进，第一进是堂屋加一个房间，第二进是个露天的天井，第三进是饭厅加厨房。伯娘把堂屋拿来做营业厅和照证件相的摄影室，中间的房间做暗室，天井砌起假山、鱼池，种上花草。有山有水，水中有鱼。有花有草，草茂花繁，真一个好天地、巧天地，拿来照生活照用，镇上人都喜欢，三五成群蜂拥而来，指定要照这处风景。

伯父课余是这里的大摄影师，他照相与别家不同，用光考究，追求美轮美奂，什么环形布光啊，分割布光啊，什么伦勃朗布光啊，还有什么蝴蝶光啊之类的，把每一张简单的证件相，都当作一次艺术摄影的实践或创作。顾客常常说："罗老师，可以了，随便照一张就行了。"但伯父总板着脸说："不行，要照就要照好！"伯父名气大啊，顾客不敢反驳，只有听任他摆布。终于，伯父说："可以了，照好了。"伯父脸上露出满意的笑容，顾客也终于可以松一口气了。

伯娘提醒伯父："这样照不行，这不是做营生，这是搞艺术了。"伯父眼一横："你懂什么！"

伯娘只好沉默了。

伯父为了追求质量，长期使用座机拍人像，尽管座机拍人像非常麻烦，不好拍。每次照相先要扯起相机上盖着的黑布把头蒙进去，在黑布蒙着的黑暗里调焦，焦调好了，再将头从黑布里移出来，这才开始抓拍顾客表情，按动快门。特别在炎夏将头蒙在相机的黑布里滋味更加不好受。他说，过去城里那些国营照相馆照的相为什么好，就是因为都是用座机拍的啊。为此，他还进一步探究和做过实验，发现座机拍出的人像影调丰富、质感好，是单反相机无法比拟的，原因其实并不主要在座机身上，而是在底片上。伯父原装的座机使用的是胶片，后来他把座机改装成既能使用胶片也能使用胶卷，使用座机加胶卷照出来的人像与使用单反加胶卷拍出来的人像，在影调和质感上，就基本没有什么区别了。父亲听到伯父把照一张普通证件相讲究和追求得这么细致，不免吃惊。

许多照相馆为了追求速度，在冲胶卷时一律选择 D72 显影液，不单如此，有时为了更加快速地将底片冲洗出来，还给药水加温。D72 显影液冲胶卷的显影时间比 D76 快几倍，能节省大量时间，但是冲洗出来的底片与 D76 比起来颗粒粗，反差大，层次损失严重，因此尽管 D72 有冲洗时间快的优点，为了追求质量，伯父始终坚持用 D76 冲洗底片。有时顾客来照快相，急得上火，他还是不紧不慢坚持使用 D76，让伯娘在一旁干着急。如果伯父不在照相馆，伯娘冲底片也像别的相馆那样一律使用 D72，为此常受到伯父批评。最后是你说你的，我做我的。伯父人不在，鞭长莫及，也无可奈何了。

有一次，一群学生来照毕业相，学生们叽叽喳喳，一致要求说："罗老师，把我照白点。"

"好的，好的。"伯父连连点头满口答应。

可是照片出来了，学生们都不满意：我的鼻子边怎么有个黑三角呀？我的脸怎么一面黑一面白啊？议论纷纷。

伯父听了，痛苦得直摇头，觉得给一帮不懂摄影的学生照相真是很痛苦。

他拿出邓小平的标准相让学生看，说："你看邓小平的相也是要有这样的投影的呀，这叫伦勃朗光，知道吗？"

学生一齐答："不—知—道！然后又叽叽喳喳表示着不满。

伯娘站了出来，说："同学们，我帮你们重照吧，好吗？"

"好！"学生们立即高兴地答。

伯娘就去把灯全部重新布置了：所有其他的灯全部废弃不用，只在正面打上两盏平行灯。咔嚓咔嚓就帮学生重照了相。

相片晒出来，因为全是顺光，没有任何投影，脸上平淡而白净，除了头发、眼睛、鼻子、嘴巴显露出来以外，其他就是一个白，脸蛋没有层次，没有质感。

伯父看了觉得是废片："这能交吗？"

伯娘说："能。"

学生来取相片了，伯父觉得简直没法交代，不敢出面，躲到一边去了。

伯娘笑盈盈地把照片拿出来，一份一份地分发。

这次学生们看了自己的相，个个露出高兴的神色，欢喜不已，连声说"谢谢阿姨，谢谢阿姨"。有的还给伯娘鞠了躬表达谢意才欢天喜地地离开。

学生走了，伯父才出来，直摇头。

伯娘说："时代不同了，顾客要求也不同了，我们得跟着变啊。"

3.珍表妹的河西照相馆

珍表妹是小姑爷和小娘的大女儿，小姑爷和小娘事业有成，在龙岸的照相馆开得风生水起，身上有钱了，便不满足于再在那座闭塞的乡镇生活了，他们要进入更广阔的天地。1990年，把龙岸照相馆整体租给别人后，一家迁到了融安县城，雄心勃勃，说是要在城里办厂开公司。

珍表妹这时是一个情窦初开的少女，虽然十六七岁正应是读书的年纪，却天生不好学，厌烦读书，初中毕业就成了无业游民，什么也不干，什么都无心干，这还不要紧，让小姑爷和小娘担心得要死的是她整天痴迷于情呀爱呀的，整天就知道和男孩谈情说爱。珍表妹是第一代从个体户家庭成长起来的孩子，经济宽裕，也许小时候珍表妹让小姑爷和小娘像捧着珍宝一样地给惯坏了，很任性。

这让小姑爷和小娘忧心忡忡：这可怎么办呀！

最让他们头疼和愤怒的是珍表妹居然决心嫁给一个比她大十多岁的男人。这个男人如果是个好男人也还罢了，却也是一天无所事事的，天天除了跟珍表妹谈情说爱就是打麻将，并且麻将打得昏天黑地无日无夜，将来要是真成家了，他们这小日子该怎么过啊？

可是珍表妹执意就要嫁这个男人，觉得这个男人就是她将来跟着过一辈子的人，任何劝阻都没用，只会加重这种执着。爱情大概就是这样的，总喜欢按自己的认定一条道走到黑，对也好错也好，就这么走下去了。

没办法小姑爷只好另辟蹊径，另想办法做说服工作。珍表妹说不通，他就托人约那位男人到家里来谈。

小娘知道了，撇了撇嘴说："他会来呀，他有胆敢来呀？！"

这个男人会不会来小姑爷也拿不准，他想，反正话已经带到了，来不来，只有等着看了。

这个男人居然应约而来了。进了门并不露怯，也不叫人，就像一根木桩直直地戳着，等小姑爷说话。

小姑爷说："你放过我女儿吧！你看论年纪我大不了你几岁，这样我把你当兄弟，你就是我的老弟吧，啊？"

男人说："兄弟不敢当。但是我想澄清一点，并不是我缠着你女儿，是你女儿自己不肯离开啊！"

一听男人把责任推得一干二净了，小姑爷很气愤，他脖子一挺、青筋暴跳刚要发作，转念一想事实可能真是这样呢，自己的女儿如果不缠着对方，他们一定也好不起来。这么一转念，一下也就泄了气，挥挥手让男人走了。

小姑爷和小娘只好向珍表妹发出最后通牒："你要真跟这个男人好，我们就不认你这个女儿！"

珍表妹回答："不认就不认。"捡了几件衣服就离开了家门。从此跟这个男人居家过起了日子。

好多的爱情总是这么决绝。

这令小姑爷和小娘很伤心，心都凉了。小姑爷和小娘开始真不认他们，还嘱咐所有的亲戚都不要认他们。可是过了不久，小姑爷心就软了，主动向小辈示好。他们和好的方式就是租了一间门面开起了一家河西照相馆，把这家照相馆作为和解的礼物送给了他们。希望他们接手这家相馆，好好经营，从此有一个依靠，赖以为生。

小娘要和小姑爷打赌，说："你这么操心，为他们办好了这个相馆，他们一定不领情，不会要的。你敢不敢同我赌一次？"

小娘没有赌成，因为小姑爷听了小娘的话，连连点头赞同："是呀，是呀。"他也认为这个心一定是白操了，女儿一贯任性、硬气，要了老爹送的这家相馆就等于抹杀了自己的性子，她怎么会呢？

可是事情总是出人意料，珍表妹同她老公居然愉快地接受了这个馈赠，在相馆开业那天，珍表妹还唱了段"相公哎……"的戏文拿自己的男人逗趣，引得大家呵呵笑。从此一家人破镜重圆，其乐融融。

伯娘看到他们一家人重新欢聚，说很好很好，但是她有一个担忧，担忧珍表妹和她老公性子野惯了，玩惯了，会耐下性子经营这家相馆吗？

后来的事实证明，伯娘是多心了，她的担忧是多余了，珍表妹和她老公不仅接手了相馆，并且还好好地开下来了，虽然不说经营得风生水起，却是也经营得温饱无忧，直到今天，2018 年了，相馆依然好端端地开着，不觉间，竟已经成了融安县城里最老招牌的相馆。

我也不知道为什么珍表妹结婚后好像性子忽然就完全变了，居然能守家守业，老老实实经营起了照相馆。也许对于某些人来说，未婚和已婚真是人生的一个分水岭，岭这边和岭那边，迥然不同，各有各的风景。

20 世纪 90 年代，融安也像全国一样兴起明星照，那个火热，令人心动眼热，经常有顾客来相馆指定要照明星照。

可是珍表妹不会啊，顾客来问了又走，问得越多，走得越密，她就越急，急得上火，嘴巴都起泡了。她说这不行，她一定要学会照明星照。自己就在那里琢磨，用这盏灯，摆弄那盏灯，挪来挪去地布光、试照，试照、布光。总是照不出来那种明星照靓丽的效果，感觉太难了，真弄不明白。

后来苏州有一家摄影公司招生，专门教授照明星照的技术，学费要好几千块钱呢，她得到了消息，毫不犹豫不远千里就报名去学习了。只学了半个月便回来了，抱着她男人大笑："我的妈耶，原来照明星照就这么简单呀。"

男人一头雾水："那不是好深奥的技术吗，怎么说简单呀？"

珍表妹去买了一些道具特别是化妆品，让我们的一个小表妹做模特，她现场演示怎么照明星照：着装、化妆，然后说好了，开拍。

灯光是平板光、完全顺光，当然有时也打一盏造型光，再在纯色背景下用一盏背景灯。咔嚓就把相照了。

照片冲晒出来，果然光彩夺目，把我们的小表妹照得明星气十足。

珍表妹这才揭开谜底：照明星照有个鬼技术，就是服装加化妆，特别是化妆，一个妆化得漂亮的女人你想让她变丑都不能！

二十多年过去了，当初谁能想到，珍表妹这人生的故事跌宕地开始，却平静平凡地过着，慢慢过得像明星照一样也有了自己的底色和光彩……

4.二娘的拥军照相馆

二娘原先在融安县城开了一家米粉厂，专门生产一种融安特有的米粉。这种米粉传到她手里在融安已经是最后的米粉了，就是说，她是融安最后一家仍生产这种米粉的加工厂了。

米粉是用大米做成的。先把大米用水泡软，然后磨成浆，再滤为膏，将这米膏放进专门的榨机里榨出粉条。粉条成形从机器里一根一根出来了，晾干、切割、打包，就可出厂了。

我经常到二娘的厂里煮米粉吃。我觉得最美味的米粉是在它晾干得要干还未干时，从晾架上取下来，握在手里仍感觉到它的柔软却又有一点点硬挺了，这时的米粉拿来下锅，也不用多复杂，加点葱、加些肉末一锅烩了，味道美极了，好吃得不得了。现在写到它，回想那种独特的美味，我不禁嘴里哈喇子都要流出来了。

我发现，好多食品，总是加工到半成品的时候，拿来煮食，味道最好。

关于米粉，不单我这么认为，我二娘、二姑爷，我们所有能吃到这种半成品米粉的人都这么认为。

我感到很奇怪，问二娘："既然半成品的时候味道最好，为什么不就这样拿去卖呢？肯定更有销路。"

二娘回答说："是呀，我也想这样卖呀，可是不能呀，没晾干的米粉不趁着新鲜食用，隔了一天就会发馊了呀。"

美好的味道真的出不了门，令人遗憾。

二娘做米粉做得好好的，我以为她这一辈子就将把这种独具融安传统工艺的米粉做下去了呢，没想有一天她跟我爸说："二哥，我不想做米粉了，太累人，你说我还能做什么？"

我爸当然还是会这么说："你还可以开照相馆呀！"

他果然就这么说了。

二娘就跟我爸学起了照相，后来她便关了自己的米粉厂开起了照相馆，融安最后存留的这种美妙的米粉在她手上从此断流了，失传了。直到现在我都为这种米粉的失传，惋惜不已。

二娘大约在融安开了两年照相馆，又把照相馆开到柳州去了。

这是我们家族第一个由城镇开进城市的相馆。

二娘的相馆取名叫拥军照相馆，开在柳州的静兰桥头。那里除了居住着一些居民，主要驻扎着一支部队。因此她为相馆特别取了这个讨巧的名字。

部队的生意很好做，一是人数多，二是不讲价，你讲什么就是什么，相照得爽快，钱也给得爽快。

到了春节期间更意外，部队首长还带着礼物亲自前来拜访，表示感谢，感谢二娘能把照相馆开到他们军营来，为军人服务，免去了战士们为照张相而费时费力地四处奔波。部队首长向她庄重地敬礼时，二娘脸红扑扑的，又激动，又有点不好意思。

有一回部队首长提建议说："我们军民共建吧。"

二娘觉得这是好事呀，立即赞成。

共建的其中一项内容就是开展军、地两用人才培训。

部队聘请二娘为老师，向战士传授照相技术。

二娘带出了一批又一批徒弟，这些徒弟天南海北都有，不少徒弟退伍回到地方给她来信，欣喜地报告说，用二娘所传授的照相技术，自谋职业，也在家乡顺利地开起了照相馆。

二娘接到信后，心里很自豪、很有成就感。

部队搞联欢，请二娘参加。

二娘进了部队礼堂，只见黑压压一片人，有军人，也有老百姓。

军人们正在拉歌。

只见一排的排长霍地站起来，回头对他眼下的战士叫道："九排来一个，好不好？""好！"战士们一齐大声应道。接着就是"九排，来一个！九排，来一个"的喊声，又是"啪啪啪，啪啪啪"热烈的鼓掌催促声。

九排的排长站起来，也不说话，两只手一扬，把拍子打起来，歌声就从战士的口中唱了出来："日落西山红霞飞／战士打靶把营归／把营归／胸前红花映彩霞／愉快的歌声满天飞……"

九排的歌声刚响起，一排长把手一挥，一排的战士们更雄壮地齐唱起来："咱当兵的人／有啥不一样／只因为我们都穿着／朴实的军装……"声音几乎盖过了九排。

九排长把手臂挥动得更刚劲起来，从九排里飞出的歌声分贝一下提高了几度……

这时，不知从哪个地方，又有一支歌唱起来："团结就是力量／团结就是力量／这力量是铁／这力量是钢／比铁还硬／比钢还强……"

在二娘听起来，也不知哪里对哪里了，也不知唱的是什么了，只觉得各种音符在礼堂里嗡嗡嗡地回响。她觉得有趣极了，有意思极了。没想到部队是这么唱歌的。

后来二娘告诉我的时候，我也笑了。我曾经就是一名军人，就是他们中的一分子，二娘的叙说不禁把我带回了部队，带回了我曾经的那段难忘的青春岁月。

5.桂花小表妹的桂花照相馆

桂花小表妹大名桂花，她用自己的名字做照相馆的名字。我见了，觉得很好很好，很美。

桂花幼师毕业，她觉得幼师的工作整天带小孩、哄小孩没意思，就跟我学照相，学成在桂林她就读的幼师学校旁开了一家照相馆，主要的顾客就是她的学妹。

有一次我去她那里，正是学校的开学季，一群学妹挤在她小小的照相馆里，叽叽喳喳讲着好听的鸟语，像一群栖立在树上的鸟，一边唱着婉转的歌儿一边梳理着漂亮的羽毛。一个个美轮美奂，天真烂漫，像一道道闪光明亮了本来有点阴暗的照相馆。

桂花小表妹以学姐的身份招呼指挥着她的学妹们："别急别急，排好队，一个个来。"

这些学妹果然听话，立即排成了一列队伍，笑盈盈地依次照相。

学校边其实还有一家照相馆，打理相馆的是一位中年男人，桂花读幼师时就是在他那里照的各种相。

当初桂花就留了心，觉得他的生意好得不得了，如果自己毕了业，也能在这里开一家照相馆，生意肯定也会好得不得了，而且一定会比他更好。桂花那时心里想得美滋滋的。

她觉得生意很好甚至会更好的理由是：第一，她是一个女孩子，女孩子跟女孩子打交道肯定有先天优势；第二，她还是本校毕业生，除了先天优势更具备后天优势，来自同一学校的这种关系肯定使她具有别人不可能具有的亲和力；第三，在技术上她相信也要比那家相馆有优势，要知道，她背后站着一个家族群体呢，早在她之前，已经有好多亲戚开照相馆，这种传承使她起点绝对不低。

后来毕了业，桂花小表妹果然就在学校旁租了门面开起了相馆，而且果然不出所料，生意很好，远比那家早开的相馆好。

最让桂花表妹开心的是，在幼师学校开照相馆，做幼师的生意，节奏是跟着幼师走的，也就是开学时忙得不可开交，但是一到寒假、暑假，人去校空，生意极少，相馆也可关门休假了。很多时候，桂花表妹还真的关门外出旅游了。利用这些假期，她游了黄河，去了泰山，到了天安门，爬了长城。俗话说："不到长城非好汉。"她站在长城城头俯瞰茫茫众生，享受了一次当"好汉"的心情，感觉好极了。

当个体户还可以休假，这让她的许多领着薪水的学姐学妹羡慕嫉妒不已。

桂花表妹就笑逗她们："你们觉得好，也来跟我开照相馆呀！"

可是没有一个人真敢或真肯放弃工作，跟她做个体户开照相馆的。

这让桂花表妹不免感到落寞和孤单。

6.广龙表弟的河东照相馆

广龙表弟从学校毕业后，有自己的想法。

第一个想法：不仅要开照相馆还要做彩扩。他看到在摄影行业，更赚钱的生意是彩扩，他要做彩扩，赚更多的钱。

第二个想法：先打工，然后再自己做老板。

第三个想法：自己也要像当初的老爸老妈那样白手起家，不靠老子老娘，不要老子老娘一分钱，就把照相馆彩扩部开起来。

广龙是小娘的大儿子，小娘手里有得是钱。小娘对广龙说：

"儿子，你想开彩扩部买机器的钱娘还是有的，娘直接帮你把彩扩机买来，你把彩扩部开起来不就行了，何必去打工挣钱看人家的眉眼，受别人的脸色！"

广龙表弟笑而不语。

他孤身一人去到柳州，在柳州东寻西找，终于在一家中意的彩扩部找到了工作。

先是做打杂。扫地抹桌，端茶送水。他从无怨言。

老板看他勤快，本分，很赏识，问他愿意做什么技术活儿，摄影师、化妆师、彩扩师，任选。

广龙有备而来，早拿定主意了，指着彩扩机说："我要学这个。"

老板呵呵一笑就安排他跟师学彩扩。

一年以后他学成离开了这家彩扩部。

这下技术在手了，大家都以为他会回到融安，利用家庭资本把彩扩部开起来。可是他却直奔千里之外的江西吉安县，以技术入股的方式，同在柳州打工时结识的一位老板合伙开起了一家彩扩部。

这让小姑爷和小娘迷惑不解，大跌老花镜。

过了两年，广龙表弟带着一笔资金回到融安，在融安河东租了间门面，开起了"河东照相馆"，还买了套上海产的索维尼彩扩机，不但照相，更做起了彩扩生意，从此，财源滚滚，与父母比起来，更上一层楼。

7.表嫂的柳城照相馆

表嫂原先是柳城百货公司的售货员，她已经在这家百货公司干了十多年，而且打算一辈子这么干下去，对这份工作十分满意，别无他求。表嫂自从通过招工被招进百货公司那一天起，就对百货公司抱着万分感激的心情。如果不是百货公司招她，让她幸运地进了城，她如今可能还待在农村，每天做着面朝黄土背朝天的农民，靠天吃饭，为温饱发愁。哪能像今天这样，按月领工资，旱涝保收，衣食无忧。闲时串串门，看看电影。谈情说爱，相夫教子。一辈子这样生活，多么快活，多么美好。

正在表嫂沉浸在这快乐而美好的生活里，以为一定能相守到天长地久时，百货公司改制了。

表嫂下岗了，一时前途茫茫，不知路在哪里，该如何走。倒不如还当着农民呢，再无望也还能守着一亩三分地，饿不死啊。现在，上无片瓦遮身，下无立锥之地，叫人怎么过。

我的姑妈也就是表嫂的婆婆把头一扭，说："树挪死，人挪活。"又说，"蛇有蛇路，拐有拐路。我就不信，不靠它百货公司，人就会饿死！"

"树挪死，人挪活"是一句老话。但是为什么讲树挪会死呢，我看那些被挪了的树不都活着嘛；而人挪活，我倒觉得不见得，这现实中，本来活得好好的人，一挪，就活不下去了，活得更艰难了，这样的例子还少吗？！想是这么想着，但是，我不敢说出来忤逆我德高望重的姑妈。

"蛇有蛇路，拐有拐路"，也是我们这里的一句俗语。"蛇"，大家都懂，"拐"这个字，很多读者不一定明白，其实就是青蛙。在我们这里把青蛙叫作蚂拐，简称拐。在柳州市马鞍山附近还有个叫蚂拐岩的地方呢，那里几十年前每到春末夏至便蛙声一片，成为还健在的老人的一点儿小小的、伤感的回忆。

姑妈让表嫂跟我伯父学摄影，学成了回来开一家照相馆。

表嫂对婆婆言听计从，上泗顶到伯父家里跟师学艺。不久回到柳城，在图书馆旁果然开起了一家照相馆。

表嫂开这家柳城照相馆的时候，隔壁早已开了一家照相馆。老板姓甘，本地人，表嫂同他彼此相熟，原先关系还不错，可是自从表嫂也开起了照相馆，甘老板再见她就好像见着了仇人，从此断绝了两家关系，虽然近在咫尺，鸡犬声相闻，老死却不相往来了。

表嫂没想到事情会这样，不理解。她想，至于吗，不都是为了混口饭嘛。

甘老板趁表嫂立足未稳，立即降价促销，一是期望扩大业务提高市场占有率，二是排挤和打压表嫂的照相馆。可能他甚至想把表嫂新开的照相馆一举挤垮！

可是20世纪90年代，是个体户的黄金时代，不论做什么很少有垮台做不下去的。并且90年代又正是摄影业在中国蓬勃发展、蒸蒸日上的时代，是个百年不遇的美好时代，只要你敢下海开起一家照相馆没有亏本的，那时摄影业是个卖方市场，供小于求，谁能够挤得垮谁呢。

表嫂立即也以降价促销来应对。彼此到对方门口去拉客，你来我往，好不热闹。顾客被拉拉扯扯，无所适从。真是一出闹剧。

我听说了，笑嘻嘻地赶到柳城去围观。很多年以后想起这件事，想到我赶去瞧热闹，原来我也有这种劣根性啊，不禁自嘲。

表嫂见我到来，说："看什么热闹，去，到他门口帮我拉客去！"

我立即挽起袖口，雄赳赳、气昂昂地跨过表嫂的门面走到甘老板的门前，别出心裁地挥动着一竿写有"柳城照相馆"的红旗，放声吆喝："来啦来啦，照相啦啊，买胶卷了啊，柳城照相馆的相照得又好，胶卷卖得又便宜啦啊！"

表嫂站在她的门口看着，笑得快直不起腰来。

8.我的桥头照相馆

我原来从部队复员后分配在安徽的马鞍山市硫酸厂工作，父亲说今后的路还得靠自己，不能靠国家和单位，我信以为然。一天早晨从梦中醒来，我唱着"啊朋友再见吧再见吧再见吧"，离开了硫酸厂。那时硫酸厂还在晨曦中沉睡，还没有醒来，没发觉它的一个子弟已经悄然离去，从此再也没有回来。

我走的时候，心情有着空虚，有着失落，反正是不踏实的，不知道我这一走，走上的路途会是怎样。可是那时年轻，年轻就代表着无畏，前面的路途是根本看不清的，因为无畏，当然也因为无知，所以勇敢，看得清看不清都不要紧，敢一头朝前闯去。

我回到了我的老家融安，我在融安的河西桥头开了一家照相馆，取了一个现在看上去一点儿也不美丽老土得掉渣的名字：桥头照相馆。

说到做生意，说到照相，我早就有一手了。不说我曾作为支援部队，日夜兼程赶赴我小娘开的龙岸照相馆火速增援，还在融水中学读高一的时候，我就开始做生意用照相来赚钱了。

那时我因为跟我爸学会了照相，觉得应该用它来做点什么。

我爸教我学照相，本意是让我受点摄影熏陶，有些艺术追求，像他一样采风啊、投稿啊，有点高、大、上的爱好。

那时我觉得，这个没意思，这个不实在。当我看到我爸流水一样地花钱把胶卷买来，然后一卷胶卷只有一张、两张照片得以发表，能够为他赚来三五块稿费，觉得很心疼，觉得太不划算了。

在老爸面前是讲不得的，只有在老爸背后向老妈吹耳边风，希望老妈阻止老爸这样如流水一般花钱玩摄影。老妈并不受我蛊惑，呵呵笑着："你爸爱摄影，由他。他挣的钱，他爱怎么花就怎么花。"老妈这么说，我就没有发言权了。

高一的暑假，我百无聊赖，突发奇想，要用照相来为自己挣钱。然后我又继续想，想了好多天，终于把整个挣钱的流程都想明白了。我就呵呵笑起来。

母亲见我呵呵地笑了，知道我又有什么主意了，说："你不会还想拦着你爸，不让他搞摄影吧。"

"没有没有。"我答。然后我起身挂上我的海鸥 120 相机，骑上我的凤凰牌单车，就出发了。

我来到了一个叫大里村的村庄，然后把单车支在一家人门边，就去挨家挨户问："照相吗？"

每到一家，人家都一脸茫然地望着我，又带着怀疑甚至敌意，又带着无知。说望着我，还不如说隔着我望向天，当我不存在。

我原来想好的计划就是到村上去为村民拍照赚钱。没想到，没有一个人站出来给我拍照，更没有一个人给我一分钱。这一天，我铩羽而归，一无所获。

第二天，我总结了失败的原因，原因是自己的身份可疑，村民无法依托和信赖我。我决定坐实自己的一个身份再试。

于是我去找王宇，王宇是我的同班同学还是我的好朋友，他刚刚入团，而我还不是团员。我说："王宇，把你的团徽借我。""干什么？"王宇感到很奇怪，但是一边疑问，一边就从胸口上把团徽摘下来，交到了我手里。我说："不干什么。"拿着团徽一溜烟儿跑走了。

跑到背着人的地方，我仔细地把王宇的团徽别在自己的胸前，骑上车就意气风发地向大里村去了。

我进了村，逢人就说我是学校团委学雷锋小组的，到大里村来学雷锋，照相只收本钱，很便宜的，而且得了照片才交钱。照相吧，照一张相吧。我说着话，故意把别在胸前的团徽亮在阳光下让它发出闪闪的光芒。

这次村民们很亲切地围着我，一下我周围就热闹起来，开始有一个两个，然后有十个八个让我给他照相了。我心里喜滋滋的，计划终于成功！

后来我如法炮制，游走在县城附近的许多村庄，赚了一把又一把的钞票。真是美翻了。

而今，我开起了桥头照相馆，从业余做生意变身成正经做生意了，凭我以往的经验，我应该对自己有信心。

我先去把我的小叔找来，小叔脸相棱角分明，看上去十足的一条硬汉。我让他坐在我的摄影室里做模特，打上灯，让他一下故作沉思状，一下做出如猛虎下山状，一下露出硬汉才有的那种冷峻的笑。然后不断地按快门，使劲地拍啊拍啊，直拍到我满意为止。我又去把我的小表妹找来，我的小表妹十六七岁，如花似玉，但是又天生一种冷艳，让我喜欢。我请她摆各种pose，不管是何种pose，主调都是一个"冷"，一种"冷艳"，我很满意。我也是使劲地拍啊拍啊，她不耐烦了，我还在使劲地拍，把她的不耐烦也拍了，然后我才停下来说"OK，OK"。她气呼呼地走了，折腾得实在太久了。我望着她气呼呼僵直走了的背影，直笑。

我把拍下的照片选了一二十幅放大成16寸照片挂在我相馆的橱窗里展示。融安人从来没有看到过这么大的照片，更是从来没有看到过这么酷的照片，一时轰动，前来围观的观众人头攒动，连县长都惊动了，特地前来指定要我帮他照相呢。

我的相馆开得一举成功，一帆风顺，迅速立住了脚跟。从早到晚，我一脸笑靥，迎接前来照相的宾朋。"久仰，久仰！""哈哈，请，请。"好多都是慕名而来，我志得意满。我就这样脱离了工厂，脱离了国家对我做出的人生安排，选择了表面看来更像自主的人生。

9.表侄的欣图照相馆

表侄大学毕业了，整天无所事事，他的爸爸妈妈说干脆开个照相馆吧。我姑妈那句话叫"蛇有蛇路，拐有拐路"，我们家族的路不知是蛇路还是拐路，反正就总是开照相馆。几十年，我回过头来看，照相馆成了家族的行业链条了，这不知是好事还是坏事。

在2014年，表侄大学毕业一年后终于出道了，选择在柳州的白云路上开了一家欣图照相馆。他这家照相馆的名字，同以往我们家族人开的相比，风格大变，以往族人开的照相馆名字一般都是和自己的名字或者和当地的地名有关，这次同这两者都全无关了，开成了欣图，有点雅气，也有点时尚，反正就是不一样了。

2014年柳州的照相馆行业已经一年不如一年，大约从2010年开始，照相馆关一家就少一家，几乎已经再没有新开张的，柳州市由原来的200余家照相馆，一年年地逐渐萎缩，现在只剩下100多家了。照相行业自从完全进入数码时代就成了夕阳行业，生意江河日下，有别的门路的人纷纷改行，没有别的门路的人，忧心忡忡，不知这个行业还能干多久。

我很为表侄担心：他能开得下来吗？

表侄一副逆来顺受、无所用心的样子，好像爸爸妈妈让开就开吧。

相馆开起来了，表侄每天9点钟开门营业，到晚上9点钟关门休息。

我在自己方便的时候，就去看看他。问他："有生意吗？"

他总是摇头。

生意惨淡啊。

开了 6 个月，撑持不下去，就关张了。

2018年1月26日初稿

2018年6月14日定稿

穿越时光隧道的照相机

——私人照相机史

1.珠江牌S201单反照相机

我很胆大妄为，带着我们医院的这台珠江牌单反照相机就上路了。

那是 1983 年，我高二暑假的时候。

这个暑假父亲让我自由旅行，我在地图上画了一条线路，就准备出发了。

出发前，在整理行装的时候，突然想到我应该带上一台照相机，好把我旅行的沿途拍摄下来。

我觉得这是很有趣，很有意思的。光是这样想想就让我兴奋不已啊。

但是照相机到哪里弄呢？

我立即想到了医院的照相机。

我决定就带它了。

医院的照相机保管在医院办公室陈秘书手里，我就去找陈秘书，我说："陈阿姨，我想借照相机用一用。"

陈秘书刚从乡下调来医院做秘书，她不太想得罪医院的人，沉吟了一下，决定自己担担风险，就打开柜子，把照相机拿出来，交到了我手里。

我是有心地利用了她这个心理，果然计成。如果换作是个资深的老秘书，谁会敢把这么贵重的一台照相机交到我这样一个乳臭未干的小屁孩手里呢。

我乐呵呵地拎着照相机，第二天就出发了。

后来我听说，陈秘书被院长狠狠剋了一通，不得不硬着头皮找上门，对我父亲说了这个事。

我父亲听闻，大惊，他没料到我竟会来这一手，胆子也忒大了，太胆大妄为了。

我的行走持续了一个月。

很快全院人都知道我带着医院的照相机走了。

后来人们见我日久未归，甚至风传我是骗走了相机，再也不回来了。

那时，一台珠江 S201 单反照相机价值不菲，我起意骗着它跑了，也不是不可能啊。

这让可怜的陈秘书欲哭无泪。

我的父亲用毫无力量的话语安慰她："会回来的，会回来的，肯定会回来的。"

可是关于我跑路的传闻越传越甚，连我父亲也开始惊疑了，他心里竟也暗想：难道这小子真的带着照相机跑路了？

古时候的传闻会害人，今时的传闻依然害人啊。在传闻里我的父亲开始怀疑我了。

而我却在远方不仅毫不知情，还每日里乐呵呵地东奔西跑，行走在旅游的路途上。

我北上，穿过大山，直上桂林。

在途中，我到了百寿崖，去看百寿崖石刻。

这是我早计划好要到的地方。

传说百寿崖上有一块古石刻，古人用 100 种书体刻着 100 个"寿"字。

怎么能用 100 种不同的字体写出一个"寿"字的书法呢？我无法想象，对一个字，比如"寿"字，中国文字真的能有那么多种写法吗？我不敢相信，穷尽我的想象，我也想不出啊。

这让我无比好奇，决定去亲眼瞧一瞧，眼见为实。

我来到了百寿崖，果然就在离崖洞口不远的一块石壁上，看到了这块百寿图，在阳光的照射下，它们熠熠生辉，每一笔、每一画都光芒夺目，沉静而坚守。千百年来它在等待和我的邂逅，如今我们相遇了，相逢了。但是，我知道它了，它可能已经无法知道我了。我们都沉默着。我用眼睛和它对视，我用心灵同它对视。我希望通过这种对视，能与它融合融会，能相通知相。然后我架起三脚架，在三脚架上扭上照相机，定格，调焦，按下自动快门。我跑到照相机和百寿图之间，让照相机自动为我们照下了照片。旅游归来后，冲洗出来的照片上，我笑呵呵地站在百寿图前，百寿图却不动声色地站在我的后面。这使我很满意。

我还去了永州古城，站在古城门前用这台珠江照相机不停地拍摄。

那时候我对古代的东西很感兴趣，每到一个地方我都会寻幽访古。人真是很奇怪，在某个年龄段一定会追古思今。

就这样，我一边走一边用手里的相机拍摄。这是我第一次跟一台照相机的亲密接触。刚开始的时候它挂在我的身上总是不听使唤地摆来摆去，时时需要我弯起手来把持。后来渐渐就与我的身体融

71

为一体，似乎成为我身体的一部分了。在我不需要它的时候已经感觉不到它的存在了。物我就是这么一种奇怪的关系，你对物生分，它就是你身外的东西同你时时对峙；你接受它、爱戴它，它就是你的身体，就成为你身体的有机部分，与你融合为一体，不知有物不知有我，忘记了物我。

我按期回到医院，对于我的回归，我的父亲大大地松了一口气。但是他没有指责我一句话。后来我通过各种渠道得知我闯下了大祸。父亲竟然没指责我，反而让我好长时间每见父亲总心存羞愧。如果他大声地指责我、斥骂我，我的心情肯定会是另一种样子。而陈秘书接过我还回的相机时，也没有指责我，她不停地拍着胸脯，说："我的妈耶。"

2.海鸥A4照相机

其实在1983年，我们家，也就是我的父亲也有一台照相机，是一台海鸥A4照相机，那是他的宝贝。

1980年，父亲从乡下回到县医院后，不知什么原因疯狂地爱上了摄影，一有空就跟县文化馆的专职摄影辅导员张大光到处采风。他买了这台海鸥照相机，像宝贝一样地珍爱，特意地用一个大玻璃缸装着，里面还细心地盛满了蓝色颗粒的硅胶用来保护照相机。

我觉得他爱惜我也没有像爱惜他的照相机那样。

这使我暗生嫉妒。

在父亲去上班以后，我经常把这台照相机拿出来，好多次我把它举过头顶，想象着我正奋力地把它从头顶摔向水泥地。

我比画着，像电影里放着的慢镜头那样，我用双手拿着照相机画出想象中它应该摔出的弧线，慢慢由头顶顺向地面，接近地面的时候，我的嘴巴模拟着发出"砰"的一声响。并且立即在脑海里，浮现出照相机落地了，魂飞魄散，化为千百块碎片，四处飞溅的模样。这使我无比快意。

这个节目成为我为自己上演的保留节目，每上演一回，我就心满意足一次。

父亲不仅自己学摄影，也让我学摄影，教我光圈、速度、调焦，配显影药、定影药。还拿了许多摄影书要我学习，经常考问我。

我一点也不热爱摄影，可是没办法，只好敷衍。

那时候我曾经为自己很担忧，我发现身边的人都有各种爱好，有的爱弹琴，有的爱围棋，有的爱唱歌，反正是各种各样的"爱"，我却什么也不爱。这使我很担忧，很忧虑，忧虑自己为什么没有爱好呀。我常常暗想使自己也有一种爱好，我期望自己也能有一种爱好，我觉得一个人有一种或者几种爱好是一件很光彩、很值得自豪和骄傲的事情，反过来一个一无所好的人，实在应该感到灰头土脸和萎靡。我经常因为一无爱好而觉得自己很灰头土脸、很萎靡。一个没有什么爱好的人真是一个乏味而没有趣味的人。可是我怎么想也想不起来，我应该有一种什么爱好，能让我不再萎靡，好让我的身上有一些光亮，把自己照亮。这使我对自己极其地失望，失望到有点羞于见人。

尽管这样，父亲让我学摄影我也是半推半就，可是我终于还是学到了一点皮毛。

父亲不在家的时候，我展开三脚架架起父亲的照相机为自己拍照。我脱光上身，学着电影《少林寺》里的和尚，鼓起自己的胸肌、腹肌、臂肌，不断地按下快门，拍下一张又一张自己身体的照片，然后进用卫生间改装的暗房冲洗。拿着冲洗出来的照片自我欣赏不已，乐此不疲。在 17 岁，我对自己的身体充满好奇，它的肌肤、它的线条，每一点都让我好奇，甚至惊奇。而当它们形成照片的时候，那些肌理条丝如缕般地呈现在照片上，好像不是我的了，又确实是我的，就更好奇和惊奇了。这种好奇与惊奇就这样通过照片的形式，使我得到了某种探知自身隐秘的满足。

而父亲回到家的时候，照相机总会不动声色地早已放归原处，连放置的方向也毫无变化，好像从来没有动用过。有时父亲用他眼科医生的敏锐和细心有点怀疑地察看他的照相机，他拿出来，仔细检察快门、镜头、光圈，一切似乎毫无异样，可是他的直觉告诉他，是有一些异样，总有一些异常，但是又实在什么也看不出来。就把眼光从检查照相机的身上拿开，望向我，用怀疑的目光揣测我。我则装作若无其事，吹着口哨，吹着一支不成调的歌谣，拉开门径自走出门外。

这台海鸥照相机是父亲如此宝贝的东西，他虽然没明说，但我知道，没在他的监控、保护下，我是不能随便动它的，这是父亲与我的潜规则。所以高二暑假时我得到他同意外出行走一个月，想要带上一台相机，宁愿冒险去拿医院的相机，也从来不敢冒险打父亲这台照相机的主意，尽管这台照相机我随时唾手可得。

3.凤凰205照相机

凤凰 205 照相机是父亲买给我的照相机。

1985 年，我没能考上大学去从军了。父亲说在部队你要有爱好，要有特长。他觉得一个有爱好、有特长的人，才容易在部队上立得住脚，更重要的是，一个人要有爱好，生活才充实。

他让我具有的爱好还是摄影。为了能让我的爱好真正有机会爱好起来，他为我买了这台凤凰205照相机。他说，拿着这台205好好地拍照片吧。

我捧着这台照相机诚惶诚恐。我知道我并不爱摄影，但是我必须捧着这台照相机假装热爱摄影。我把这台照相机收下了，可是把它放在我的床头柜里，好长时间几乎忘记了它，从来也不动它。

父亲并没有忘记，他写信来督促我：拿起相机来，去拍一拍生活吧，拍一拍这个时代吧。

读完了父亲的信后，我赶紧把照相机拿出来，那时我在部队已经是班长了，我对我的兵说："走，去拍照。"

我的兵们听说了，并见我拿着相机，个个欢喜雀跃，整装而发。

我们一帮人穿着崭新的军装，先是在我们部队的营区景泰坑周围，东合影一张，西合影一张，人人脸上都笑呵呵的，人人脸上都阳光灿烂。后来，我们不满足了，跑到市里去，我们先到的中山纪念堂，我看到中山纪念堂门前伫立的中山先生的全身铜像，去同它合影。我特别喜欢中山纪念堂大门上挂着的一块横匾上写着的四个字：天下为公。我们又和"天下为公"合影。再跑到越秀山，和五羊合影、四方炮台合影。

照片晒出来了，分发到每个兵的手上，兵们拿着照片，喜笑颜开，纷纷回到自己的床上给各自的父亲母亲、哥哥姐姐、女朋友写信，信里都夹着照片。我也给父亲写信，信里也夹着照片。

父亲回信说很好很好，并指导我不仅要照这些纪念照，还更应该学学拍艺术照，拍真正反映这个社会、反映真实生活的照片。

我读了信，又赶忙拎着我的凤凰205，屁颠屁颠地在广州市到处转，希望能发现"艺术"并能拍到"艺术照"。我也看过不少的各种艺术照片，父亲订有《中国摄影报》《大众摄影》《国际摄影》，这些报刊我都常看常读，那里面的艺术照片也很打动我，让我爱不释手。我在广州到处转，偶尔也拿起相机来拍一拍。照片冲洗出来了，平淡无味，没有一点吸引人之处，更没有一张吸引我，我极其失望。我弄不明白，那些摄影家又是怎么拍的呀，总是拍得那么光彩夺目，总是拍得那么意味深长，总是拍得那么有"艺术"有"思想"。我拍的却如此苍白，如此贫乏，毫不动人。越拍越没有兴致，越拍越感到乏味。那时我太不理解"艺术"和"生活"的关系了，太不懂什么是"艺术"了，一谈到艺术，眼睛就向外，就去外头寻找，以为"艺术"在外面，得去外头寻觅。如果现在再让我去拍"艺术"照，我的镜头肯定会对内，对准部队的生活，对准我自己的生活。如果我那时能这样做，可以想见，留存下来的照片，会多么"艺术"，会多么令人回味，多么意味深长，是多么值得留存啊。

我把照片寄给父亲，父亲看了照片，也陷入了无语。

父亲肯定对我极其地失望，他肯定没想到他的儿子居然如此没有艺术修养。俗话说："有其父必有其子。"老子拍的艺术照片能够登上《大众摄影》、能够发表在《中国摄影报》上，儿子拍的所谓艺术照片却低劣得不堪入目，不忍卒读，真是一个天上，一个地下。怎么差别就那么大呢？！他弄不明白，他无语。

父亲不再多说什么了，这倒让我得到了平静。我的凤凰205好长时间只拿来照生活纪念照，更长时间只是放在柜子里睡大觉。

4.又一部珠江牌S201单反照相机

1990 年，我退伍回到了地方，分配在一家叫马鞍山市硫酸厂的国企工作。我的父亲当时在马鞍山市属的当涂县人民医院工作。工作之余他仍然玩摄影，并且在县里开办了一个摄影班，教青年人学摄影。这个班不收费，完全义务，吸引了许多年轻人，他们围着我的父亲罗老师长罗老师短地叫。我被我的父亲，以及父亲的学生晾在一边，完全没有存在感。

父亲大概认为我是扶不起的阿斗，对我太失望了，只好忽视我另寻高徒。

他果然觅着了高徒，这些学生里有一个叫王文生的，原来是学画画的，父亲办摄影班后，对摄影大感兴趣，成了父亲的学生。之前他几乎连照相机都没摸过，自从成了父亲的学生，买了一部尼康照相机，对摄影喜欢得如痴如醉，很快入了门，并且学有所成，立即有了成绩，还是大成绩，他只短短学了三个月的摄影，拍的一张春节期间当地乡村舞龙的照片，就登上了《人民日报》海外版，这在当涂县是开创纪录的，轰动一时，让父亲喜气洋洋，甚为得意，名师出高徒，无名之师也出高徒。一个人所取得的成绩总是和他的痴迷程度成正比的，一般来说，越痴迷越投入，取得的成绩就越大。后来听说这位王文生还取得了许多成就，很快加入了省摄影家协会，只是我和父亲都不在当涂生活了，只能道听途说了。

我在硫酸厂工作，先做捣料工，然后又做锅炉工。有一次，我的叔父从大老远的广西来看我。叔父是农民，改革开放后，不做农民了，在镇上开了一家五金店，生意好得不得了，荷包很快就鼓了起来了，摸着自己鼓鼓胀胀的荷包，志满意得。他想象中我在国企工作，一定也很神气，神气得了不得。

那天夕阳西下，彤云满天的时候，他兴致勃勃地来到了我们厂，事前也没打招呼，等我知道他的驾临，正在烧锅炉，慌忙从锅炉房跑到门卫室去接他。

他看到我一身灰不溜秋的工装，工装上还落满灰尘，顿时大失所望。"你在厂里，干什么工作？"他问。

"烧锅炉。"我答。

这令他失望至极。

"走走走，"他挥挥手，"去看看你的锅炉。"

我转身领着他走，走了好长一段路，来到一栋二层楼房，上了楼进了屋，屋里到处是自动控制的仪表，指示灯闪烁，还装有空调，凉凉的，很适意。他站在屋里说："我不是让你带我来休息的，而是让你带我看你的锅炉。"

我说："叔，这就是我工作的锅炉房。"

"什么？"叔惊讶了。

我说："我们的锅炉是为余热发电提供蒸汽，不是你想象的那种锅炉。"

叔听了，眼睛亮了亮，兴奋起来了，脸上有了笑容。

我透着现代化自动化气息的锅炉房终于为我争回了点面子，我轻轻吐了口气。

我不知道我要做多长的锅炉工，我也不知道我是否今后就是一辈子的锅炉工了，这么想着我有一点点丧气，虽然我非常喜欢做产业工人，但要我烧一辈子锅炉，却也非我所愿。

父亲也认为我不应该干一辈子锅炉工，水往低处流，人要往高处走，怎么走？父亲点拨我：通过玩摄影。

这次我有了领会，在父亲的暗中帮助下，我在厂里成功举办了一个摄影个展，一举成名。厂长立即让我到宣传科当上了摄影干事，改变了命运。

到宣传科报到后，领导交给我一台珠江牌 S201 单反照相机。

久违了的珠江牌 S201 呀，我握在手里摩挲着，想起了几乎是十年前，我曾名不正言不顺地摆弄过它，现在终于名正言顺地拥握它了。

不过盛名之下，其实难副，在摄影的水平上，我有几斤几两自己还是掂量得到的，对于摄影我一直就是那个南郭先生，虽然水平可能比他强一点点，却实在也好不到哪里去。

摩挲着相机，我心虚得很：我能胜任这份工作吗？心里像十五个吊桶打水——七上八下。好在考验我的机会并不严酷，我的工作几乎就是打着闪光灯在会议室拍拍会议照片，拍摄环境单一，掩盖了我的不学无术，每个月我执行几次拍摄任务，倒也没有露馅，没出洋相，做得中规中矩，大得厂长欢心。

在我之前，我们厂还没有一个合格的摄影师，现在厂长认为终于有了，常常以欣赏的眼光望着我大点其头。

5.理光-5单反照相机

理光-5单反照相机很长时间以来都是父亲的珍爱之物，父亲玩摄影买的第一台照相机是海鸥A4，第二台照相机是一款长城牌的，这应该是1984年左右的事，再后来就买了这部理光-5单反照相机。对这部理光照相机父亲极其满意，许多年来一直就用它，再也没换过。用它拍的摄影作品上过《大众摄影》，上过《人民摄影报》，上过《中国摄影报》，还上过许多非摄影专业的报刊，入选各种摄影展；用这部相机拍出的作品，在南京、芜湖、马鞍山等市举办过个人摄影展。在马鞍山市举办个人展的时候，市志办的王主任来我们家聊天，他抑制不住兴奋地对父亲说："罗医师，你们办的这个摄影展在马鞍山是建市以来的第一个，是要写进市志的。"我和父亲听了，都笑得合不拢嘴。现在，许多年过去了，不知当年的影展是否真的被写进了市志。

1992年，在父亲的鼓动下，我离开了硫酸厂干起了个体户，在我的老家广西融安开了一家照相馆。

开照相馆要有一部照相机，父亲一点也没有犹豫把他心爱的理

光 -5 送给了我。

　　这完全出乎我的意料。父亲生怕我粗手粗脚地会把他精密的、精细的照相机给弄坏，长期以来我是只能看不能动。因此我虽然对这部照相机好奇，却装作无动于衷的样子。现在，父亲为了支持我干个体户，开照相馆，竟然把他如此宝贝的照相机送给了我。我真是没有想到，无比激动。我捧着照相机，手足无措，不敢相信它从今以后就是我的了，我爱怎么动就怎么动了。这台一直来几乎被视被为圣物的相机，以后要为我服务了。父亲为此还又特意去买了一枚 28 到 105 的变焦头与之配套，好让我能更得心应手地开展照相业务。

　　父亲送了我这部相机后，他手上已经没有相机了，他望着拿着相机的我，有一种金盆洗手的味道。当时我还真以为父亲金盆洗手不再玩摄影了呢，却原来是我的错觉。当然在那一瞬，父亲肯定有金盆洗手的想法，认为车到码头、船到岸了，他把相机交到我手上了，以后摄影的事就是我们后代人的事了。蛮长一段时间，父亲果然不再玩摄影。有时看到他两手空空、茫然无措的样子，我真为他担心，他的这一双业余时间总是握惯相机的手，现在，显得十分多余、碍眼、无措，我感觉到父亲不拿相机的手都不知怎么摆放，不知怎么安置。终于，父亲忍不住空旷的手，又去买来了一部尼康照相机。当他那空空的双手又有安置时，当他双手又能再次握着相机时，他身上的一切立即显得和谐、自然，浑然天成了，他的人又生机勃勃了。他拿着相机又如平常那么把玩着、四处采风，父亲又像父亲了，父亲又回来了。父亲开始拿着新买的尼康照相机的时候居然还有点不好意思，后来好像见谁也没有在意，也就渐渐神色自若起来。我和母亲见着心里偷偷地好笑。

　　在 20 世纪 90 年代初，一般照相馆用来营业用的照相机几乎全是国产的，海鸥、长城、红梅、凤凰等，能拿着一部进口相机做营业用，真是好奢侈、好高级啊。而进口相机和国产相机的确不可相提并论，拍摄出来的照片，人像影调丰富，过渡自然，顾客拿到照片都满意。我在融安的照相馆很快声名鹊起，县城里的人们口口相传，都说我是一个有着高超技艺的摄影师，照的相好、漂亮。其实我哪有什么高超技艺啊，全赖有一部比别人好的照相机，古人讲"工欲善其事，必先利其器"，这是千古不变的真理，我们在做事的时候却往往给忘记了。哪样简单就哪样来，哪样省钱就哪样做。一件好的工具，是一个人事业取得成功的前提。

6.尼康F100

每次到摄影器材店看到琳琅满目的照相机，我眼花缭乱，双目迷离，特别是那些显现出端庄、高贵气质的中、高档进口照相机，比如潘太克斯、佳能、尼康等，我是又羡慕又渴望。它们摆放在打着灯光的玻璃柜台里，闪耀着温和、内敛的光泽。真正好的、高贵的东西，它一定不是咄咄逼人的，正如一个有品位、有文化、有涵养的富贵之人，他从容镇定、不动声色，需要你仔细地观察、用心地体会。

到2002年，我开照相馆已经开了十年，其中波波折折，相馆开了又关，关了再开，辗转各地，从融安开到永福，又开到临桂，还开到柳州、鹿寨。在这一年，我终于决定出手买一部更好的照相机了，我选中了尼康F100。之所以选择它，当然是由于它的售价与我的收入相当，也就是说我出得起，对于那些更高档的照相机只能心向往之，还不能企及，像哈苏、徕卡这些相机连企望都不敢啊。

我和静子去到桂林的十字街，在十字街口有一家桂林最大的摄影器材店。在那里，我们有点激动地伸出手指着尼康F100对服务员说："请拿这台相机我们看看。"服务员用钥匙把玻璃柜台打开，戴上手套，小心地捧出尼康F100，慢慢地放在柜台的绒布上，让我们看。

我把照相机拿起来，掂在手心，立即感受到了尼康照相机那种沉甸甸的分量。好的东西是自有分量的。沉实的尼康握在我手心里，让我欢喜，立即得到了我内心的认可。静子也伸出手来，摩挲着这部尼康相机，她应该也感到了相机身上透露出来的高贵的气韵，左看右看，然后拿起来把眼睛贴在取景器上，通过尼康相机的取器景端详着由尼康相机展现出来的世界。这个世界被限定在尼康相机镜头的视线里，可以想象得到，在镜头里看到的世界是怎样的如梦如幻，通过镜头看世界，有一种奇怪的陌生，疏离感吧。静子无疑也无比喜欢这款尼康相机，她用亮亮的眼睛望着我。我也望着她，我们都没说话，彼此坚定地点了点头，既向对方肯定和做出决定，更是向自己的内心肯定和做出决定：就买它了。

把尼康F100拿回相馆，我们忍不住爱不释手地不断把玩。这是我们拥有的第一台能自动对焦、自动曝光的照相机。特别是自动对焦，这个功能早就让我倾心不已了。有了F100，从此以后，为人照相，再也不用手握调焦环，左转一下右转一下，慢慢调焦了，只要把镜头对着拍摄体，轻轻按动一下按钮，相机身上的镜头就会滋地发出一声好听的轻响，自动旋转着就把焦对上，只等你按动快门拍摄了。这个过程是一种多么美妙的过程，这种感受是一种多么美好的感受。

拥握有一件好的物件，会使一个人变样。自从有了这款尼康F100照相机，我就感觉自己格外精神焕发，腰板硬朗。每次拿起这部相机，我的腰背就像有一种东西在支持，挺得格外直，心里非常充实。

可是 F100 带给我们的美妙都还没让我们享受够，居然就失去了价值。在 2003 年，数码相机仿佛是一夜之间降临了，它立即改变了照相机世界的格局，那些传统照相机迅速退出摄影世界和摄影舞台，我们的 F100 也不例外。它很快就被我们买来的一款数码相机取代，新崭崭的容颜还没有一点暗淡，没曾有一些些失色，它却不得不被我们无可奈何地抛弃了。世事变化得如此之快，真让人瞠目结舌，真让人手足无措。可是我们得跑着步赶上，否则将会被时代抛弃，我们要拼命地追赶时代的步伐、科学进步的步伐，就算开一家小小的照相馆也一样。我们先是学习黑白照相，既而很快又得学习彩色照相；我们先是学习手工晒相，既而很快又得学习彩扩机自动扩相；我们先是学习使用电脑，既而很快又得学习使用数码相机。一切都在变化，一切都在迅速更新。

7.数码时代我们的第一款数码照相机：佳能A70

数码相机的时代是一个缤纷的时代，是一个更让人眼花缭乱的时代，是一个有更多种选择和可能的时代。走进商场，走到摄影器材专柜，柜台里摆着各式各样的数码相机，琳琅满目，名目繁多，知名的不知名的。功能多样，价格千差万别。从卡片机到单反机，从几百元到几千元、数万元。自从发明了数码相机，自从普及了数码相机，照相机的生产、销售就进入了一个缤纷的时代。

我和静子多少次游走在桂林的十字街上，走完了桂林所有大大小小的摄影器材店，还不止一次在微笑堂的摄影器材柜台前徘徊。我们必须有一台数码相机，而且必须尽快有一台数码相机，刻不容缓，再不买就跟不上形势，就晚了。别的相馆有的已经装备了，有的正在装备，我们必须也立即装备。

数码相机在照相的结果上与传统相机大不同，有天大的优势。

一是即照即可看效果。这极大地拉近了经营者和顾客的距离，不仅这样，还能让顾客在消费后立即产生一种满意和放心的心态、心情。在传统相机时代，为顾客拍一张照片是摄影师的事情，美也好丑也好，都取决于摄影师，摄影师按下快门后，顾客唯一能做的就是心情忐忑地耐心等待被动接受摄影师交出的结果，照片拍得好坏美丑事先自己是基本不知情更不可能参与后期制作。现在，数码相机使一切都改变了，完全不同了。用数码相机照相时，每照一张相，每按一次快门，得出的最终结果，不单单取决于摄影师了，更取决于顾客。顾客在拍照的过程中，立即就可以参与结果的认定。照好了一张，起身看看数码相机里自己的影像，不满意或者觉得还有什么地方需要改进，坐下来调整，再照，直到照满意为止。并且在把照好的电子底片放进电脑 Ps 的时候，更是可以全程掺和：脸上有痘痘要消掉啦，皮肤磨一磨皮啦，眼睛拉大点啦，等等。想想传统照相机，哪能带来如此的好事啊。

二是方便快捷迅速。一张数码相照下来，几分钟就可以搞定，就可以等待到结果，拿到照片。这种方便快捷迅速，更是传统相机完全不可比拟，无法做到的。用传统相机为顾客照相，最快也要请顾客等待 45 分钟。而在这个如此快节奏的时代，45 分钟是一个多么漫长的、简直难以忍受的等待啊。当数码照相横空出世后，只需要请顾客等待几分钟，照片就可以拿到手上。不需要脑子想都知道，从此哪里还会有传统相机的机会和市场啊。

数码相机每天都在消解和侵蚀着传统相机的市场份额，速度之快，让所有人都没有料到，就是从业人员也始料不及，我们必须立即拥有一台数码相机的心情是如此急迫，内心受着许多的煎熬，焦急、焦虑，强烈地左右着我们的心绪。

我们频繁地出入桂林的各种摄影器材店，观看、挑选各种数码相机，迟迟难以出手的原因是机子太贵了，我们有点无从选择。而我们又必须尽快出手。最后终于选定了佳能 A70。这只是一款消费级别的低档数码相机，可是也花去了近三千元钱。在 2003 年一台数码相机有多贵啊，那时临桂的房子每平方米也不过四五百元，按五百元算，足足可以买下 6 平方米了。现在一台一万元的相机已经是相当好的数码相机了，在柳州却连 1 平方米的房子也买不起啊。而消费级别的数码相机两三百元就可以买到，简直不算钱，白送价了。一种物品，什么能保值，什么能升值，什么在贬值，真是难以说清，更像雾里看花一般地难以看清。

手握着这款佳能 A70，心情是如此复杂。既欣喜欣慰，又忐忑不安，得到和失落交替在内心挣扎，为逝去的而惋惜疼痛，为终于跟上了时代变化的步伐而暗暗欣慰、欣喜。

8.为什么要拥有尼康D40

2003 年年底，我们从临桂来到了柳州开相馆。进入 2004 年许多相馆都发现，自己手里的相机，竟然比不上许多顾客手里拥握的相机更专业、更高档了。

这在传统相机时代，是从来未发生过的事。

是不可能有的事啊。

那时绝大多数顾客手里拿着的都是傻瓜相机，甚至是胶卷自带的照相装置，这种装置简直不能称相机，偶尔有个别摄影发烧友才会拿着一台单反，那也是很稀罕的了。而照相馆哪家装备的不是单反呢。

现在，在数码时代，在来临的 2004 年，情况发生着变化，许多顾客来相馆照相，相馆的从业人员都面临一种尴尬：他们发现，随便一个顾客进店来，人家肩上挂着手里拿着的相机，都不比我们这些专业的从业人员使用的相机档次低。

那时绝大多数相馆配置的数码相机，正如我们一样，基本都是一款卡片机，还是一款消费级别的低档卡片机。

这样的卡片机面对消费者消费水平的迅速提高，越来越撑不住场面，拿不出手了。

某一位顾客进店来要求照相，相馆人员一看人家手里拿着的相机，竟然不敢出手了，都没有底气，不好意思把自己营业用的很低档的数码相机亮出来了。

我们也不止一次遇到过这种让自己脸红心虚的境况，只好虚与委蛇，顾左右而言他，放弃不照。

弄得顾客莫名其妙，走了一家又一家都没照成相。其实原因太简单了，老兄，谁叫你背着一台比这些相馆所拥有的相机更好的相机去相馆照相啊，而且看你这位顾客还有点挑剔。人家怵了、怯了、自惭形秽了，只好对你讲点别的了。

静子就对我说："我们换一台相机吧。这台相机不应该再是卡片机了，必须是一台单反相机。不管是什么级别的单反相机，只要是单反相机就成了，在营业上就可以对顾客拿得出手，能交代了。"

我们就去摄影器材店看，一眼就看中了尼康 D40，只因为它在所有单反相机里售价最低！这虽然是一款售价最低、入门级的单反相机，却确实就是一款单反相机。达到了我们的基本要求。我们就选定了它。

后来我们发现，大多数的相馆都选择了这款尼康 D40 作为相馆升级换代的相机。原因只有一个：因为它相对最便宜啊。相馆再也不是一个比较能赚钱的行业了。

进入数码时代，社会发生了无穷的变化，更快捷了，更方便了，更向好了，可是相馆的生意令人意想不到的日渐地在减少了，市场大幅萎缩了。数码化、电子化、无纸化了，好多时候不再需要纸质相片了，而相馆一直以来最大的生意就是向顾客提供纸质相片。

也许因为数码时代的来临，终于会终结照相这门生意，在不远的日子，照相馆将走向终结，它们不久后的命运也会像曾经的铁匠铺、修伞铺一样，以一种背影的方式与生活渐行渐远，最终消逝在历史的长河里。

想到相馆的命运将会如此，我不禁黯然。

9.一款让我得到无比享受和快乐的理光卡片机

我都不记得这是一款什么型号的理光相机了，但这是一款给我带来最多快乐和享受的数码相机。如果说以前我去照相都是被动型的，刚开始的时候是让父亲逼着学照相，后来则是为生计去照相，自从有了这款理光卡片机后，我几乎是第一次主动去照相了，还乐此不疲。

这款理光相机是一款二手相机。有一天，我正在门面上班，一位老者拿了这款理光相机来要求借我门面柜台为他寄售，他开出的售价不仅非常低，而且老人家还很会做人，主动提出，如售卖了，将给我50元的寄卖费，以酬谢我。我想了想，觉得既帮助了别人，又得到好处，何乐而不为呢，就答应了。

静子回来发现了这部相机，问我怎么回事。我把事情的原委告诉了她。她听完，把相机拿出来，握手里看了看，检查了各种功能，然后说："这么便宜，又是这么好的一台相机，干吗我们不把它买下来呢？"

我以为静子是开玩笑呢，我说："买来干吗？"

"不干吗，就是玩玩也好啊。"

静子这么回答，让我完全没想到。这十多年来我们一直奔波在生意场上，事事都是算计，事事都讲算计，事事总在算计。每做一件事，除了算计，还是算计。面临一件事，面对一件事，我已经不懂得有别样的思想了。现在，听静子这么一说，觉得很有意思，决定照着办。

就这样，我拥有了这台理光相机。它十分小巧，握不盈手，但它的功能还蛮强大，小广角，四倍变焦，结相能力亦不差。让我爱不释手了。

它真的是如此小巧，把它放进相机套里，挂在皮带上，感觉不到它的存在。就算放进裤子口袋里，也不算碍事。我就时刻带着它。上街溜达的时候，拿出来把玩，比比画画，东照一张，西照一张。反正照相又不花钱，大照特照。

有一回在城站路，我看到一栋三层民房整个外墙爬满了爬山虎，成了一栋绿屋，大感兴趣，围着房子左拍一张，右拍一张。回来，给静子看，静子也看得津津有味，兴味盎然，说："可以上报纸了。"

经静子这么一提，我连忙把《柳州晚报》翻出来，在头版的下方找到了投稿邮箱，便以游戏的心情，写了几行说明文字，把这张照片投给了《柳州晚报》。

第二天，就见《柳州晚报》上登出了这张照片。

翻着报纸，一看再看发表在报纸上的这张照片，感觉真是一种无比的享受和快乐。自从学会照相以来，从来没有这么享受和快乐过。这才发现，原来，照相也可以是一件令人愉悦的、美好的事情啊。

之后很长一段时间，我每天吃过中午饭后，就拿上这部理光相机，骑上自行车用一个小时时间游走在柳州的大街小巷，走马观花，见着什么感兴趣的事物就按动快门拍摄下来，对一些有意思的照片，整理了，然后配一段文字投给报社。

差不多有一年的时间，我带着这部理光相机，每天都拍有照片，每天将拍摄来的照片向报社投稿，这些照片也几乎每天都发表在报纸上。《柳州晚报》有时一期竟会选登我的三四幅照片。看来编辑把我的照片用得顺了手了，手滑了，来者都登。真是既大出意料，又喜出望外，心中十分得意。照相之乐，在这时一再得到了体验，令我有点乐不思蜀了。我还暗想将来有一天可以出版一部摄影集呢。

10.手机相机

手机相机的出现，让我再次感受到了世事的变化真快，真神速，隔那么几年就会翻天覆地。仅用了几年时间，数码相机特别是卡片机便完全取代了传统相机，一时间传统相机全军溃败、覆没，完全下架，数码相机不仅异军突起，而且所向披靡、势不可当。在消费市场独领风骚的主要产品是卡片机，可是卡片机能独领风骚竟然也就只有这么短短三几年，立即就被手机相机所取代了。在商场的这些摄影器材柜台里原来作为主要产品摆卖的卡片机，现在仿佛一夜之全部踪影全无、销声匿迹了。

当手机相机刚开始出现时，我是很瞧不上、瞧不起的。我认为一件器物它首先在外观上要有模有样、像模像样、正儿八经，是什么东西就是什么模样，如果既没模也没样，就像过去的胶卷自带的照相装置那样，是照不出好照片的，成不了什么气候。手机相机镜头像一片玩具，能照出好照片嘛。

果然，一些顾客把手机照的底片拿来晒相，我看到这些底片基本都像素低、结相差、锐度模糊，几乎没有一张看得上眼的。这就更坚定了我的看法：手机相机就是那样了，在手机上增加一个摄影摄像功能，不过是商家为营销增添的一个噱头，增添的一个能拿来吆喝的卖点罢了。

不过，很快我看到我的判断是错的，没过多久，手机相机照的照片就已经可与卡片机相媲美了，因而立即取代了卡片机，成了人们拍照的主流相机。现在在相馆接到的底片一百张也难遇到一张是正宗照相机照的了，都是手机相机照的，而手机相机照的这些相片，有些品质好到甚至可以放大到 20 寸的大照片了。

我用的第一款手机相机是赠送的。2012 年家里新装宽带，在装宽带与运营商签约时，其中有一种选择就是运营商向客户赠送手机。我接受了这种选择，得到了一款能照相的手机。

我原先以为手机是赠送的，很低档，自然好不到哪里去。而一款很低档的手机，它的照相功能大概更是不敢恭维，不过是一种摆设，聊胜于无罢了。

没料到，这款手机拿到手里后一试，发现不仅照出的相片完全能接受，而且在弱光下照相居然比我的理光卡片机还胜出一筹。真是令人难以置信。

很快如同别人一样，我的手机相机便取代了理光相机。

现在，我早已不再携带曾经为我带来无穷乐趣的理光相机了，业余里想拍照和需要拍照时，便很自然地掏出手机，大照特照。

这些年几乎每年换一部手机，每换一部手机发现手机上的相机品质都有更多进步，更完善，功能更强大。数码相机除了在营业时为顾客照相使用外，已经在不知不觉中远离了我的生活。

回想这些年来我的私人照相机史，想起我第一次使用的那台珠江 S201 照相机，宛若隔世。最初的那些，一切都已经离得如此遥远，好像不是我经历过似的。在为照相机不断变化而欣喜时，也感到失落和担忧。失落、担忧似乎隐隐地多过了欣喜。既为社会的发展和科技的进步而欣喜，又为照相行业不可逆的没落而感到失落和担忧，为我们这些照相馆的从业人员究竟还可以干多久，为我们未来的出路、命运而忧心忡忡。一部私人照相机史，折射出一个时代的发展史、变化史、兴替史。

2018年9月18日初稿

2018年10月22日定稿

我开的10家照相馆

——私人照相馆史

自从1992年我在融安开第一家照相馆至今，不觉已经27年了。

在这27年里，我先后在融安、永福、临桂、柳州、鹿寨好几个县市，陆续开过10家照相馆。

我没料到我竟然漂泊了那么多地方，开了那么多家照相馆。

这么多家照相馆，有些是我主动开的，有些是不由我的意志被动开的，是一种无奈之下的选择。

当我开第一家照相馆时，头脑里想，这只是我暂时的职业，等我把照相馆开起来了，赚钱了，我就要告别照相馆，告别个体户，去做我别样的营生去了。去做别样的什么营生呢？那时并没有想过，不知道，也不打算知道，但是以为自己确定知道的是我不会干一辈子个体户，开一辈子照相馆！

现在，回过头来，发现我却竟干了一辈子个体户，开了一辈子照相馆。

人生是你想象的那样吗？人生，真不是你想象的那样吗？

个体户笔记

我感到迷茫。

1992年，融安桥头照相馆

融安桥头照相馆在广西融安县城的河西桥头，它是我开的第一家照相馆。

在这之前，我是国企安徽省马鞍山市硫酸厂的一名产业工人，在1990年分配进厂的一年里我先后干过捣料工、锅炉工、宣传干事，后来，当党委书记打算把我调到党委办的时候，我却不辞而别，来到了我的老家融安县城干起了个体户，开业了这家融安桥头照相馆。

那时我的小孃还在马鞍山市金笔厂，她说她那会儿最担心的是忽然在报上读到我被厂子除名的通告。

自从我离开硫酸厂后，她每天的第一件事就是看当天新出的报纸，看报纸上的各种通告，看有没有硫酸厂的通告，看硫酸厂的通告上有没有登着我被除名的名字。她这辈子从来也没有这么关心过报纸。

她简直担心死了。生怕我被厂子除名，担心从此我就没了后路，将来的人生路途堪忧。

可是她看来看去，报纸始终都没登出我的名字，这才稍稍放下点心，又觉得莫名其妙。她不知道在相当长的时间里，厂里一直对我虚位以待。

那会《马鞍山日报》像中国各地的报纸一样，每天都会在夹缝中登出许多通告。这些通告不是要求某某立即回单位上班否则除名的声明，就是某某被除名的通知。

20世纪90年代初，人心浮动，经商的大潮席卷中国，在中国大地上风起云涌，翻江倒海。人人都口不离经商，不管在不在商都谈商言商。经商成为热门话题，时髦话题。人心思动，凡是有本事或者自以为有本事的人，都悄悄在做着下海的打算，很多已经实际行动了。他们或者申请停薪留职，或者干脆不辞而别，下海经商，遨游商海。正像现在千军万马考公务员一样。

我成了其中一员。

我之所以成为其中一员，不是因为我的人心思动，当时我很满足于干着我的宣传干事，我正干得风生水起，父亲却让我下海经商，他说你在厂里待着，没意思，去经商吧，去干个体户，开个照相馆吧。这样更来钱。

我听了大点其头，大为心动，认为很对，就一走了之，脱离了工厂，来到了我老家广西融安县城开起了照相馆。

年轻的时候，做人，做事，真是很洒脱，说走就走，说干就干。毫无顾忌。真羡慕年轻时的冲劲，如果再来一次，我想我还是会义无反顾。

想起几年前一位年轻教师扔下这样一封辞职申请书，就走了：世界那么大，我想去看看。不禁莞尔。

年轻就是这样。

但是在融安开着桥头照相馆的时候，我还在想，这只是我的一时之为，最多也就两三年，等我赚了钱了，发了财了，我还是会回厂上班，还是会回到体制内，做回我的宣传干事。许多人不正是这样吗？当夤夜之时，夜深人静，干完了一天的活，头脑空了下来，有时会突然设想到我也许从此再也回不到工厂了，再也回不到体制内了。心头就生出脱离集体，被集体遗弃的空虚和害怕。不敢深想。

我没想到最终我竟然会从此一去不回头，也不能回头了。

在融安开的桥头照相馆生意很好，顾客经常排着队让我照相。

我很快感到我的荷包有点鼓起来了。

这时父亲说，这样还不行，还应该有更大发展，还应该挣更多的钱、更快的钱。

我没想到父亲竟会这么说，这么不满足。

而如何挣更多、更快的钱，我有点茫然。

父亲说扩大经营规模，除了照相还要做彩扩。

我觉得很对。

想到要做彩扩就让我兴奋。在20世纪90年代的摄影行业，彩扩才是一门真正来钱、来大钱的生意。

但当时我对彩扩一窍不通，我问父亲："我能做吗？"

父亲说："别人能，你又不笨，你也能。"

我想想，是。

但是做彩扩需要买彩扩机，得拿出一大笔钱，我们有吗？

父亲说没钱我们可以融资，与别人合伙。

然后父亲找到了我的姑妈，与姑妈一拍即合。

当时姑妈的儿媳我的表嫂正下岗在家，正为无事可做而苦恼、而迷茫。

表嫂就与我合了伙。

合伙我们也还没有足够的钱，最后我们买了一台二手彩扩机。

父亲说要使彩扩机利益最大化得去个还没有彩扩机的空白市场。

我认为很对。

当时融安已经有一台彩扩机了，我到周边县城看了看，看中了永福县，永福县还没有彩扩机，我就关了我的桥头照相馆，转战永福县城了。

真没想到我开的第一家照相馆，只经营了短短一年，为了寻求更大的发展而关张了。

1994年，8号冲印部

我们来到永福，租下了永福农行的一间门面，开起了一家名叫"8号冲印部"的照相馆。

这是个十分奇怪的字号，是我起的。

来到永福后，一直也没为开个什么字号设想过，直到我填工商登记申请表时，面临要填字号栏目时才不得不想到。我是军人出身，拿着笔，我想起了军队的各种番号，觉得很有意思，我便决定用个类似番号来做我们的店名，于是就起了一个"8号冲印部"。一个人先前的经历，会在冥冥中影响，甚至注定了他后来一些事情的发展方向，比如我起的这个奇怪的字号，如果没有军队的经历，肯定不会有这样一个字号。

字号起好了，牌子挂出来了，我才发觉，任着自己性子一时起的这个好奇怪的字号，怪还不算，还让人看不懂。许多人走过，都不知道我们店是干啥的。

不断有人进来问："你们是个什么单位呀？"

我们答："我们不是什么单位，我们是照相、洗相片的照相馆彩扩部。"

"哦。"人们应着，好像明白了，又好像仍没明白。

我真有点懊悔，开了这样一个不伦不类的字号。可是，不好改了。

好在我们是独家经营，就算这个字号拗了口、莫名其妙，随着时间的推移，终于还是让人们知道了我们8号冲印部是永福唯一一家有彩扩机的照相馆。

那时的市场，有彩扩机和没彩扩机，是一个分水岭，是完全不同档次和重量级的。在生意上，有彩扩机的照相馆往往把没彩扩机的照相馆，甩出几条街。顾客拿着一个胶卷，首选的总是有彩扩机的照相馆。就算这家照相馆在很远很偏的地方，他们也会毫不犹豫，四处找来。不像现在数码时代了，顾客冲洗相片基本已不再在乎你有没有数码彩扩机了，讲究的只是一个方便，就近就冲洗了。时代不同了，消费观念也改变了。

我们在永福开的8号冲印部很快就顾客盈门，每天从早到晚顾客都排着队前来洗相、照相。人手不够了，姑妈和姑爸前来增援。姑妈是个手脚麻利的女人，几乎能一个顶俩。后台管我们的后勤，买菜、煮饭、洗衣，前台还要帮衬我们的生意，招呼顾客，安排照相，接收胶卷，发相收相。

大家忙得不亦乐乎。生意实在太好了，就算有一个顶俩的姑妈，还是忙不过来。

表哥在柳城银行工作，原来是做电工，后来为了能够连续多有休息日，主动申请当了内保，干上了别人不愿干的三班倒。这样倒班出来就有三天休息日，他就利用每次倒班出来的这三天时间前来帮忙，他在我们店的工作是当我扩相的时候，为我切相、分相、加药、加水，也是忙得不亦乐乎。

经常夜深人静了，我们店里的彩扩机还在轰隆轰隆地开动着，甚至一夜不息。

生意太好了，太旺了，是好事，但也不见得完全是好事，人真累啊，有点快顶不住了，我向姑妈提议请人。

姑妈听到我提出要请人，慌了神，坚决不同意。她害怕请了工人，自己不就成了资本家、剥削者吗？

时代已经不同了，但是在20世纪90年代很多人的思想还存留着过去的观念，还没完全抹去。我姑妈就是这样的人。

由于姑妈不同意请工人，只好自己咬牙顶着做。

最后终于顶不住了，由于长期劳累，特别是长期没能正常开饭，我得了胃病，终于病倒了，胃大出血，最后陷入了昏迷，紧急送医院抢救才捡回一条命。

我倒下了，8号冲印部没了顶梁柱，没人会做彩扩，便也倒下了，不得不关张。真是令人伤感啊。

我开的第二家照相馆，就以这种形式结束了。

1996年，河东照相馆

病来如山倒，病去如抽丝。胃出血在医院医生的治疗下，终于止住了。住了一个月院，回到了融安。在融安什么也不能做，只能养病。刚开始发觉自己竟几乎连路都走不了了，脚软软的，每走一步都十分艰难，像踏着棉花几乎要跌倒，靠母亲帮扶着，才勉强能走几步。人是多么脆弱、软弱，没病的时候没感觉到，病了才发现，才感受到人的生命是如此弱不禁风。

整整休养了一年，身体得到了基本恢复，就坐不住了，想从头再来。这时表嫂已经回到柳城，虽然自己没有技术和能力做彩扩，却也开起了一家照相馆，生意也很红火。在20世纪90年代做什么不是红红火火、蒸蒸日上呢。我的大病已成了我们两家人的心病，合伙再也不可能了。我决定另起炉灶重开张。父亲坚决不同意我再外出了，我只好在融安的河东租了一间门面，开了一家河东照相馆。

河东照相馆在融安县城的河东，已经接近郊区了，门面太偏僻了，人流量少，顾客不多。经历过桥头照相馆和8号冲印部生意的火爆，如今面对河东照相馆生意意外地冷清，我简直完全接受不了，每天的营业额十几块、几十块，一个月下来也只几百块钱的盈余，真是经营惨淡啊，真是冰火两重天啊。每天守着没有几个顾客的门店，内心受着怎样的煎熬！

房东是一个老头，常到我的门店来同我闲聊。有一次聊着聊着，他突然说："你是罗殷的孙子吧？！"我有点迷茫：罗殷是谁？他看见我有点茫然，并没有作出他预想到的应答，也有点怀疑起自己的判断来。但是很快他觉得自己不会错，他说："一看你相貌就知道是罗家人，是罗殷的后人。"我讪讪地，仍然不知道怎么应答。我确实是罗家人，可是我怎么就一定是罗殷的后人呢。而罗殷是谁？他说："你祖父罗殷那时做点小生意，经常挑着一副货担从我家门口走过，说起来我还欠着你祖父的钱呢，有一次他挑着货担走过的时候，我要了点东西，可是没有钱，就没有付款，你祖父真是好人呢，我没有钱，他也把东西给我了。"

回到家，我连忙问父亲我的祖父是不是叫罗殷。父亲没有答，但是点头默认了。原来，我的祖父真的叫罗殷啊，我真是罗殷的后人啊。我还没出生祖父就不在人世了，不仅没见过祖父，而且我的父亲从来不向我提起过祖父，我也是长到 14 岁才知道我的老家是融安，在融安的泗顶，才在那一年的暑假父亲让我第一次回泗顶认祖归宗。那一次回到泗顶见到了祖母、伯父、三叔、小叔，他们也同我父亲一样，从来没有向我提起过我的祖父罗殷。后来我断断续续打听到，我的祖父是小生意人，每天靠挑着货担走村串寨卖货养家。他不仅把家养起来了，还渐渐在泗顶置了几亩田地，因此解放后被划为了地主。这个地主身份不仅决定了他后来一辈子不幸的命运，更影响了我的叔伯和父亲一辈子不幸的命运。这大概就是他们不愿意向后辈向我提到祖父的原因吧。

一天，柳城的表哥来说他想把柳城相馆扩大经营，买一台彩扩机做彩扩，希望我能帮他，如果我答应帮他，他就干，如果我不答应帮他，他也不会玩彩扩，只好算了。我的河东照相馆开得不死不活，实在很无趣、很无聊，我立即答应了表哥的邀请，把开了不到一年的河东照相馆关了，去柳城帮表哥开彩扩部去了。

就是从这一天起，我和表哥的人生有了分水岭。原先在永福的时候，我们两个都是老板，从现在起他还是老板，我，成了他的打工仔。

1998年，春光照相馆

帮表哥开了有一年多彩扩部，并教会了他们彩扩，寄人篱下的生活终究不是我的生活，于是，我就离开了他们回到了融安。

唉，几经周折，几年过去了，我不仅没有富起来，没有大发其财，没有荷包鼓鼓风风光光，居然沦落到为人打工，沦落到几乎身无分文。

在柳城一年多，只在临走的时候表哥才付了我应得的工资，此前只管我吃住。

拿着表哥给我的几千块钱工资回到了融安。

这一次真的感到四顾茫茫，有点身心俱疲。这应该是我人生又一个低潮的时候了。这时真有点后悔从硫酸厂莽然出来，如果我不离开硫酸厂，我应该是硫酸厂党委办主任了吧。想着这些就有点自嘲。谁想到如今竟会沦落到这个地步，这么个下场呢。

可是我绝对不会再回硫酸厂了，这时我真正明白了，开弓没有回头箭，我回不去了。

我在融安的街头游走着，失魂落魄，没有出路，由于我去柳城帮工父亲不同意，我与父亲的关系一直僵着，彼此一直冷战。我谁都没有依靠了。在融安的街头就这么失魂落魄地走着，我想我还是开一家照相馆吧，我盘算了一下口袋里的钱，勉强还可以开起来。

这回，我在河西租到了一间门面，经过简单地布置，把春光照相馆开起来了。

春光照相馆离我最先开的桥头照相馆只拐了个弯，相距几百米远。可就是这一个弯，几百米的距离，人生已经是两重天了，而生意也是两重天，我在桥头照相馆那些风光的日子、那些顾客盈门的日子，却不再来了。像开河东照相馆一样，春光照相馆开张起来，依然顾客稀少让我弄不明白。

现在，几十年过去了，回头看，才算看明白，个体户最美好的时光，随着新世纪的临近，渐行渐远了，个体户做什么生意都能轻松养家糊口甚至大把赚钱的时代正在过去。随着全国大量职工下岗自谋职业，个体户原先宽裕的生存空间被严重挤压，不仅变得越来越逼仄，还遇到了新的挑战，比如下岗职工开店，可以免交工商管理费、治安费等各种费，还可以免交几年的税等，而不是下岗职工开店做个体户却不能享有任何优惠待遇。

虽然生意不好，赚钱不多，生存总算没问题，每个月赚到的几百块钱，还足够支付生活，但是要想依托这样的收入而发展，简直是天方夜谭了。我感到前途茫茫，却又没能力改变这一切。

在柳城打工的时候，一次偶然的遭遇使我爱上了写作。柳城办有一份《柳城报》，我偶然读到了，觉得我也能在上面登一登文章。从此便开始了写作。回到融安开了春光照相馆，生意清冷，我却有大把时间。我一边做生意，一边用上这大把时间写作。每天写作的时间远远超过了接待顾客做生意的时间。人生总是有所失有所得，总是东边不亮西边亮，不太会黑到头。写作的光亮照耀我，温暖了我，慰藉了我。我的心不再感到寂苦，不再感到孤独无助，不再感到灰暗。文字是有力量的，这种力量传导到了我身上，我的周身有了阳光和活力。我每天写作，每天投稿，甚至也每天收到稿费。每单稿费虽然不多，少则五块十块，多则几十块，可是这使我对生活有了执着，有了期盼。我给《桂中日报》《柳州日报》《柳州晚报》《公安时报》《广西工人报》《广西日报》以及全国许多报社投稿。后来我统计，我居然在200余家报刊上发表过文字。有一段时间应该是整整一年，《公安时报》几乎每期都登着我的文章，有时一期还不止一篇呢。它对我的偏爱让我无比快乐。《桂中日报》是柳州地委机关报，融安是它的辖地，融安的作者就是它自己的作者，我也受到了特别关注，逐渐在《桂中日报》成了副刊上的主力写手。

我完全没想到，改变我命运的机会降临了。有一天，《桂中日报》副刊部主任从柳州专程到融安见我，希望我能到《桂中日报》副刊部做编辑。

我完全没想到我可以进报社做编辑，我能行吗？我暗问自己，我的答案是：不行。我好惶恐，我嗫嚅着不说话，其实是说不出话。

主任见我这样，误解了，以为我不愿去，说："好吧，你郑重考虑考虑吧。就告辞了。"

主任走了以后，我想了想，觉得自己不行，不敢多想，这件事也就如此放下了。

过了不久，主任又上门来了，让我好感动，他问我考虑好了没有，"不然，"他建议说，"你先把你的档案放柳州市人才中心托管，再说吧。"

我仍然嗫嚅不答，仍然是说不出话。

主任以为我仍不愿意，又走了。

这时我有点后悔，我有点想喊一声：主任，我愿意。可是我喊不出，眼睁睁看着他走了。

主任走了以后我告诉自己，主任再来一次，我一定鼓起勇气答应他。

可是，主任再也没来了。

改变我命运的机会如电光石火，迅速地炫亮，也迅速地熄灭。

很多年以后，我把这段故事告诉了静子，静子听了，立即很为主任不平，她说："你真以为自己是诸葛亮呀。"

我嘿嘿地傻笑。

春光照相馆的生意冷清得让父亲看不过去了，虽然我们冷战着，其实他一直关注着我，知道我的一切。

这天，他去柳州居然买回了一套二手彩扩机，他说："你拿着这套彩扩机，好好干吧！"

我在生意上因为没有起动资本，已经完全无力改变自己的境况了。父亲默默地又给了我一个发展平台。

我接受了，但是，我不愿再在融安开照相馆了，我要拿着这套彩扩机去开拓一个新市场，去开拓一个空白市场，幻想自己在新市场里，再次得到滚滚财源。

于是，做了一年多的春光照相馆就被我主动关张了。

2000年，临桂天天彩扩部

临桂县城离桂林仅 8 千米，作为一个县域经济完全被桂林这座城市的经济辐射、影响，成了桂林的卫星城，它的经济是残缺的、不完整、不成体系的。我来到临桂，在大街小巷行走着，我希望找到像别的县城都轻而易举找到的商业中心，可是我在整个县城走来走去，也没找到。我确定临桂虽然没有想象中的商业中心，却也没有彩扩部，仍是一个空白市场。这时，在新世纪到来的时刻，要想在县域的地方找到一个仍没有彩扩机的空白市场，已经不容易了，我几乎别无选择，遂决定把我的彩扩部开在临桂。其实随着市场的变化，我为什么不跟着变化呢，为什么一定要到一个所谓的空白市场呢。

我在临桂镇政府租到了一间门面，把彩扩机搬了进去，挂出"天天彩扩部"的牌子，就把照相馆开起来了。

开张以后我才发现，临桂人和融安、永福人都不同，首先是讲话的口音不同，融安和永福讲的都是柳州话，而临桂讲的是桂林话。我在融安和永福，在说话的口音上，不存在差异，而在临桂，当地人一听我说话，就知道我不是临桂人。最没想到、最难受的是临桂人没有融安人和永福人对外地人的包容。比如，对待冲印出的照片的态度上，同等质量的照片，如果是本地人冲印的，他们会满意地接受、领走；若是外地人为他冲印的，他则会多看几眼，尽量挑出点毛病来，嘟嘟哝哝表示不满。这种不满，有时候是真不满，有时却只是出于一种一定要挑出一点毛病的心理所表达的不满。因此，外地人在临桂做生意就比本地人更加艰难、艰辛，受着天然的排斥。

最要命的是，父亲可能是也没多少钱，只能买下一套很残旧、毛病多多的二手国产彩扩机送我。在来到临桂前我从来没有使用过，没想到其实它已经老残到接近报废的边缘了。特别是走纸系统，磨损得厉害，基本已处于一种完全不能正常出片的状态，动不动就卡纸。每次扩片的时候，一到冲洗流程，相纸一开始走入药箱，总让我忐忑不安，不知道最后能不能顺利出相，不知道走在药槽里的相纸最后又会被卡在哪里出不来，随时做着紧急开盖处理的心理准备。心中那份紧张压得人喘不过气来，特别是有顾客坐等取快相的时候，这个洋相可出不起，一出，立即会影响到经营形象和经营的可信度。为着避免让顾客看到自己出洋相，总是好言好语，言不由衷地讲点什么话，支使等相的顾客暂时离开。比如假装为顾客着想，建议他别把等待出相的这段空隙时间白白浪费了，可以穿插去干点别的什么，回头再来取相。这样又如期得到了相片，又穿插办上了其他事，一举两得。很多的顾客觉得我说得很对很好，应该照着办，匆匆就走了。有一些顾客却不愿再跑腿，不接受我的建议，稳稳地坐在凳子上不走。弄得我更是如临大敌，洗相片的时候，不错眼地盯着我的彩扩机，暗暗祈祷：可别出故障啊，可别出故障啊！可是故障该出还是出，可不由我的意志，一点办法也没有。

好在临桂是个空白市场，我在这里做彩扩是独家经营，机器虽然有着这样那样的毛病，很多顾客也知道，可是无可奈何，他们想照快相，想要快相，到我们店来仍然是最优选择。

可是这种选择随着科技的发展、普及，也有了变化，其他相馆没有彩扩机，以前没办法给快相顾客相片，但进入 2001 年，已经有了解决办法，在摄影器材上开始迎来了革命性的变化：数码相机、数码打印机进入市场，一举改变了摄影彩扩行业的市场格局。现在，一家照相馆只要装备了数码相机和数码打印机，可以不再依赖彩扩部也一样能向顾客提供最快捷的照相业务了。它的快捷速度甚至远远超过了彩扩部。彩扩部从照完相进入冲胶卷程序，到出相片最快也得 45 分钟，而使用数码设备几分钟就可以搞定。幸在尽管数码相机和数码打印机的组合，使照相馆在一定程度上也就是在照快相时可以不用依赖彩扩部晒相了，但是其他晒相业务还是得依赖彩扩部。数码打印机打出的相片有着许多缺陷，第一是成本高；第二是批量打印速度慢，不可能胜任批量生产；最致命的是第三，由于打印机是用墨水或者颜料作为彩印材料，保存性差，快的话不出 10 天照片就能褪色。极大地制约了它在市场的发展和扩张。直到今天这些缺陷也没完全解决，使得传统的用银盐工艺冲印照片的彩扩业不至于全军覆没，完全被排挤出市场。

由于数码产品的冲击，传统彩扩机的售卖价格直线下降，可以说是断崖式跌价，以前一套二手的进口彩扩机最少也要十来万，现在三四万就可买到。进口彩扩机虽说是二手的，使用起来却比一手的国产机更稳定、更耐用，故障率更低，而且主要的是，生产出来的照片，质量远远高于国产机。我算是因"祸"得福，这时我口袋里已经有了些积蓄了，趁着这个机会花了三万元，迅速购进了一套诺日士901型彩扩机，完成换代。使用上了进口彩扩机，再也不用担心机器出这样那样的故障了，再也不用担心相片在冲洗过程中总是卡纸了，顿时心情无比地轻松，从来也没有这么放松过。

由于用上了进口机器，县城里的各照相馆也开始把他们接下的顾客冲印胶卷、照片的业务批给我们做了。我们的业务大有起色，开始向临桂摄影彩扩业的龙头发展。

尽管如此，我们一天也只能冲印几百张照片。临桂的市场太小了，又被桂林辐射得太厉害。本来基数就不大，又被分出一部分。有了这套诺日士后，我觉得再做这样的市场，就没有什么做头了。临桂的市场成了我眼里的鸡肋。我想有更大的发展，我觉得我也有了更大发展的可能和资本。现在，我使用的是诺日士机，不再是国产机，这样的机器拿到任何一个市场都不惧和别人竞争。

我就逐渐蒙生出了退出临桂，去开拓更大市场的想法，并在2003年，终于离开了临桂。

2003年，柳州天天照相馆

我来到了柳州市。

在柳州市找门面的时候，先是在东环找到了一间，与房东谈妥了，可是准备签合同时发现身上的钱不够交押金，便坐车去银行取钱。公交车途经屏山大道时，从车窗上晃眼看到有一处门面上贴着门面转让的字样，遂下车寻看。这一看，改变了要在东环租门面的主意，决定租赁下屏山大道上的这间门面，并即刻与房东签下了合同。

这样一个偶然，改变了我今后的命运和路向。

如果我租赁在东环的门面，现在看来，极有可能面临做不下，依然生活动荡。东环在柳州的边郊了，人少车稀，很难做生意。而在屏山大道这间门面，现在已经算是市中心范围了，车多人多，顾客流量大，主要这里有一个柳汽公司，是柳州市一家重点企业，有几万职工，这些职工成了我们相馆的主要客户。有了他们，我们的相馆生意大好，衣食无忧。虽然发不了多少财，也还算可以生活优裕。

我和静子在柳州开相馆接触顾客的时候，才发现在临桂几年，不觉间我们讲的话竟是一口桂林腔了。在临桂的时候我们不知不觉间就在口音、生活习惯，甚至思想行为，作为一个人里里外外的一切上，都悄然地融入了临桂，成了临桂人。一切都是缓慢的、悄无声息的，让我们自己，也让别人完全无法察觉、无法意识到的。只有离开了临桂，来到了一个不同于临桂的环境，一切才凸显出来，才突然让我自己发现我们竟然已经有了多么大的改变啊，改变得连乡音都失去了。现在，在柳州，顾客竟都把我们当作桂林人了。贺知章诗言："少小离家老人回，乡音无改鬓毛衰。儿童相见不相识，笑问客从何处来。"贺知章骄傲自己少小离家老大回来时，乡音并没有改变。他是值得骄傲，我们才离开家乡没几年，再回到柳州口音却已完全改变了，多么令人沮丧。回想在临桂的生活，有一些东西慢慢清晰起来，我们为了不被排斥甚至歧视，在这些年是多么努力地争取做着临桂人呀。我们努力地克服自己外地人的口音，学着临桂人用卷舌发音，说糯糯的桂林话，并把小孩不叫小孩叫"把爷"。人的这种因为环境的改变而改变，不知是好是坏，不知该喜该悲。

在柳州由于有了诺日士901彩扩机，除了做好店面业务，我们更向各照相馆争取业务。在我们周边有约20家照相馆，他们没有彩扩机，冲印照片得依赖有彩扩机的彩扩部。我们来到柳州后就瞄向了这些照相馆，一家家地向这些照相馆发价目表，并请了工人上门接片送相。当时在这个片区已有一家彩扩部在做这个业务，形成竞争。我们价低质好，很快有了一定的市场份额。有一家有着举足轻重的相馆客户，每天平均收有近千张相，节假日更是达到五六千张，成了我们的主要客户，我们在柳州的生意与在临桂时比真是不可同日而语了。

静子这时打算继续扩张发展，诺日士901好是好，却也有大缺点，第一个缺点是每一次扩片都会产生4张片头。随着市场竞争的白热化，生产管理的精细化，成本核算的精打细算，每回浪费4张片这种粗放型的生产，已越来越不适应市场对成本控制的要求了，也就是讲面对残酷竞争的市场，要想立于不败，要想能继续有竞争力，我们越来越浪费不起这4张片头了，浪费掉的这4张片头变得如此奢侈看着不仅心疼，也感觉承受不起了。第二个缺点是诺日士901只能做5寸和7寸照片，随着市场对照片尺寸的需求向多样化发展，5寸、6寸、7寸、8寸，甚至10寸、12寸、16寸，直到

24 寸市场都有需求，901 实在是有点捉襟见肘了。我们便升级换代，到桂林去买下一台二手意达彩扩机。没办法，还是只能买二手机，挣钱真不容易啊。意达彩扩机实现了无片头单张出片，极大地节约了成本，主要的是意达彩扩机从 1 寸到 24 寸全都能扩放自如，立即改变了我们单一生产的模式，具备了规格齐全的出片能力。

可是这时，市场由最初悄然的局部变化，仿佛在一夜间就迅速走向了全面的改变，胶卷时代在 2005 年面临末日，居然在短短的一年里，胶卷时代就成了过去的时代，不仅是衰颓，而是几乎完全溃败，被数码彻底取代、终结。照相彩扩行业迎来了全面的数码时代。

我们的诺日士、意达这些只能冲印胶卷的传统彩扩机，在 2005 年年末，由于几乎再也没有胶卷冲扩，而不得不停机了，成了废物。很快它们被我们以每台一千元的卖废铁价格，卖给了上门收废旧的人。那天看着收废旧的人上门，当着我们的面把这两台当初花了巨额真金白银买下的彩扩机当破烂，叮叮当当敲烂，大卸八块，化整为零，以便装车拉走，心里真不知是什么滋味，难过得眼泪都快要流出来了。静子后来说她偷偷地哭了，我的鼻子也发酸。这些彩扩机曾经是我们的命，是我们的立命之本，谁能料到最终竟成了一堆废铁。这么精密、这么精细、这么贵重的机器，到头来，就是一堆废铁。时代的发展、进步，特别是科技的发展、进步，既让人喜悦，也会令人感到些许无奈。

我们又回到了照相馆的原点，为顾客照相又成了我们的主要业务，数码彩扩机动辄百万元的售价，我们只有望机兴叹，有心无力，以为是从此再也做不成彩扩了。请的工人也不得不辞退了。

辞退了工人，我和静子两个人守着一家照相馆仍显得多余，无事可做，单纯做照相，外加偶尔接些洗晒的照片，一个人就足够了。静子说再去开一家照相馆吧，两个人各开一家照相馆，可以得两份收益。我想也是，于是决定再去开一家照相馆。

2005年，柳石照相馆

我跑到柳石路，看中了柳石路上的一家门面，租赁下来，取名"柳石照相馆"，这就开张起来了。

柳石照相馆在柳石路的中段，周边已经有了两家照相馆，我再开起来，就是第三家照相馆了。这两家照相馆是原先我们做彩扩时的客户，现在，彼此却成了竞争对手。其中有一家从此和我老死不再往来，认定我是来抢他的饭碗，对我恨之入骨。

这是我事先没想到的，我对他们内心有着一丝歉意，可是又别无选择。到了2005年不管是任何地方再也不会有空白市场了，不仅不再有空白市场，照相行业的市场像一些其他行业的市场一样发展到今天，已经充分饱和，并且处在转折点上，已经走在了下行通道上，很快就要走下坡路了。我不管是在柳石路也好还是在其他地方也好，只要是开照相馆，都将面临同段地域的同行竞争。就像是我们的天天照相馆，不久别人也挨着我们开起了一家照相馆。许多年后静子常常表示可惜，说那时眼界不够，思想不活络，与其由别人来我们边上开一家相馆，不如我们自己再在边上开一家，既好照应家庭，又多一份收益，一举两得。并且如果同一个市场开着两家都是自己的相馆，就不会产生同行间你死我活的恶性竞争，反而相得益彰，利益最大化。这些都是事后诸葛亮马后炮了。人对人生的认知、认识、感悟，大多时候都是在经历以后，都只能是事后诸葛亮放马后炮。如果都能早知早觉、先知先觉，每一个人的人生就会是另一重模样了。

柳石照相馆经营得不怎么样，每个月有几百块的结余，做得死气沉沉，每天还被另外两家相馆当作眼中钉肉中刺，有点了无情趣，感到太憋气了，遂把相馆转让出去，走人了事。

2006年，东环照相馆

离开了柳石照相馆我便到东环路上开起了东环照相馆。一开始来到柳州我们就打算在东环开相馆的，只是偶然看到了另外的选择，觉得这另外的选择更好，才放弃了东环。现在，我终于在东环开起了照相馆了。

东环已经算是柳州市的郊区，虽然随着这几年城市的扩张，人口的流入，东环片区越来越像城市了，却还是城乡接合部。不远处还有农民的菜地，早霞晚霞照耀着菜地，照耀着挑着粪桶、水桶的农人来来往往。阳光把他们照射成薄薄的剪影，像贴在生活里的一幅画，看着恍若隔世。我小时候也曾这样挑着粪桶水桶，早晚在菜地里浇灌，看着一天天生长出来的菜苗豆蔻，心中喜悦。那些最终长成熟的菜蔬：豆角，茄子，青菜，白菜……满满地捧在手里，感到心里是多么踏实、实在。现在，我坐在照相馆里却感到无比地空虚，捉摸不定，拿捏不着，我不知道我的东环照相馆最终会得到怎样的境遇，会带给我什么样的结果。其实我心里清楚会得到什么境遇、什么结果，只是我还心存侥幸。谁人做事不常常是带着点侥幸之心做着美好的企盼呢。

每天早上我9点钟开门，然后扫地擦桌。做完卫生，便坐下来等待顾客上门。东环大道是柳州的一条环城干道，我们刚来柳州时，马路上人少车稀，现在人还是少，可是却车来车往，成了一条繁忙的马路。我坐着看着车来车往，就是少见顾客进门，心里无比地焦虑。时代完全变化了，随着数码相机走进千家万户，随着数码相机与电脑及互联网日益紧密的联系，特别是随着照相的相片越来越多地脱离纸质走向电子化，人们需要来相馆照相的时候越来越少了。比如学生考试用的寸照，以前绝对是相馆的主要业务，现在，因为完全电子化了所以不来照相馆照了，直接在学校通过电脑上设置的镜头采集了；又如身份证照，以前也是相馆的重要业务，现在也成了鸡肋，只会偶尔有顾客要求照，绝大多数都在公安部门照了；再如各行各业的各种照片，像什么健康证照片、上岗证照片等，因为电子化采集也不需要到相馆照了。照相馆的业务急剧萎缩，客源干枯。我常常想，可能我们的社会不久就不再需要照相馆了，照相馆可以取消了，从此照相行业应该从地球上消失了。

心里无比地悲寂，绝望。

原先我以为我会一辈子干照相这行了，在开始入行的 20 世纪 90 年代初，我发觉摄影业是一个朝气蓬勃、蒸蒸日上的行业，是一个年轻而正新兴、兴旺的行业，是一个充满活力、张力，到处存在着几乎是无限多的创造财富机会的行业。可是，只经过短短十多年，摄影业居然就成了夕阳产业，朝不保夕，随时会被时代淘汰，而将消亡了。时代的变化、发展，真是一日千里，我们去追逐着，拼命地追赶着，可是最后发现始终也追赶不上了。

看到并看清这点，我处于一种失语状态，许多摄影业同行也一样，无比沉寂。

有时也想转行，可是最终又感觉难于转行，看不到自己还适合干什么，只有继续在摄影行业里挣扎。

东环照相馆并没有任何侥幸的结果，完全如预想的那样，没有最坏到亏本倒闭，也没带来多少盈利，再一次成了一家鸡肋式的照相馆。我终于无心恋战、贴出了转让的广告，可是这次不像柳石照相馆那样好运很快有了下家接手，转让了三个月也无人问津，最后只得自己关张、腾空门面走人。

2010年，鹿寨天天彩扩部

鹿寨离柳州有不到1小时车程，有四五十万人口，是柳州地区的一个大县、强县，人口多，工业发达。柳州地委撤销的时候，曾经传说要搬到鹿寨建立一个地级市。最后柳州地委没有选择鹿寨，而选择了来宾，在来宾建立了地级市——来宾市。当时来宾的整个市政建设、经济建设都不见得比鹿寨好，可是自从来宾设市后，发展迅速加速，渐渐就把鹿寨甩开了。鹿寨没能如意建市，失却了一个绝佳的发展机会，眼看着人家来宾绝尘而去，却无可奈何。尽管如此，鹿寨仍然是一个比一般县更大的大县，比一般县更强的强县，随着柳州城市的发展扩张，柳州的许多工业都搬迁到鹿寨，促进了鹿寨的扩张和发展。

我一直觉得鹿寨是个好地方，离柳州近，工业发达，人们收入相对高些。

关张东环照相馆后，我回到了天天照相馆，和静子两个人一块经营。可是如果维持现在的照相馆状态，实在不需要两个人，有一个人实际隐性失业。我们决定对照相馆的经营做延伸和扩展，扩大经营和业务范围，变失业为有业。

首先想到的是增加打字复印的业务。当我们把打字机、复印机买来的时候，才惊讶地发现仿佛一夜间，所有的照相馆也都做了这种业务的延伸扩展。

所有的相馆和我们面临的境遇差不多，想法自然也差不多，像一个号令、一个统一行动一般，差不多都同时购买了打字机、复印机，增加起了打字复印业务。

我们增加的这项业务因为太多人做了，结果对店里面收益的支持也只是杯水车薪。

这时静子突然想我们是不是还可以再做彩扩。她在网上搜到信息，片夹改装的数码彩扩机，现在几万元就可买到了。

这让我无比心动，自从传统彩扩退出市场后，我以为我再也不可能回到彩扩上来了。激光数码彩扩机多贵呀，动辄百万元，对我们是天文数字，不敢想了。现在我突然看到又可以重新进入彩扩了。我始终认为在摄影行业，做彩扩才是来钱的项目，才是完全把其他照相馆甩得远远的项目，有了彩扩做支撑，我们照相馆的业务就会做得风生水起。

我到南宁售卖片夹数码彩扩机的公司去看了看，看到一台片夹数码彩扩机正在出片，亮丽的数码照片一张张从出片口吐出来，让人眼花缭乱、心动不已。我把这些照片挑了几张作为样片带回柳州让静子看。静子看罢觉得很好，虽然与激光数码彩扩机有差距，但可以接受，我们就买回了一款富士248片夹数码彩扩机。

机器运回了柳州，运行了一段时间才发现，尽管如今我们店再度拥有了彩扩机，市场却已今非昔比，并没能带动顾客前来消费，扩片的业务少得可怜，有时少到甚至都开不起机，这让我们犯愁。没想到数码产品不但淘汰了传统产品，也改变了人们的消费观念，人们晒相片不再一心一意要选择有彩扩机的店铺了。方便、便捷、节省时间才是人们的首选，晒相基本都就近找地儿晒了，一家彩扩部再也形成不了一种消费中心，吸纳不住周边的顾客了。这是我们买248之前没有想到的。

顿时，248成了鸡肋。

这就促使我们要花心思把这根鸡肋变成可口美味，最终决定，把机器搬到鹿寨去寻求发展。

一般一个县城总有两三家彩扩部，而鹿寨这么大个县，当时却只有一家彩扩部，正可以插足。

我让静子守在柳州，自己跑到鹿寨开业了一家鹿寨天天彩扩部，主营照相和彩扩，兼营打字复印。

这是我自从1992年开起第一家照相馆后开的第9家照相馆。时间一晃那么多年过去了，而我自己的人生却一直在生活的旋涡里打着旋旋，喘息，挣扎。对于普通老百姓来说，也许这正是真正的人生、真实的人生吧，尽管我怎么看怎么感觉都像是居身于一个梦幻里，感觉自己这么多年来的人生不真不实，感觉怎么总是抓不到握不住，最后总是无可奈何。这并不是自己当初所想要、所想得到所想拥有的人生啊。

鹿寨天天彩扩部开张起来果然生意不错，很快就做到了差不多是鹿寨摄影行业的龙头位子。在鹿寨，我们的彩扩部有几个优势，第一是地理位置优势，我选了在鹿寨最好的门面开店；第二是品牌优势，我们是来自市里的，在城乡差别的情况下，这个牌子也是无形资产；第三是名人效应优势，我一直在边经商边写作，是广西作家协会会员、柳州市摄影家协会会员，三天两头在《柳州日报》《柳州晚报》和其他报刊发表文字作品和摄影作品，不仅在柳州有一定名气，在柳州管辖下的鹿寨更有一定名气。在鹿寨这样一个县城，这些都为我们的彩扩部聚拢着人气，许多人都是慕名而来，我们的鹿寨天天彩扩部一时顾客盈门。

好多年都没有逢着这般热闹的场面，这么忙碌的生意了。一个人忙不过来，立即招兵买马，聘请工人。十多年前，我和表嫂在做8号冲印部时，怕被人说成是资本家、剥削者，不敢请人，致使种下恶果。这次我不会让自己重蹈覆辙。当然，更是因为时代发展了，人们观念改变了，我没有什么可顾虑的了。而由经营柳州天天照相馆的隐性失业到现在还要请人，真是一个天一个地，完全是两重天啊。

经营不到一年，为了更上一层楼，我立即对彩扩机更新换代，购买了一台富士330激光数码彩扩机，虽然我们还只买得起二手的，可是在出片质量和出片速度上是片夹机远远无法相比的，而在鹿寨的另一家彩扩部还用着片夹机，我们顿时有点一骑绝尘的味道了。

正当我们店春风得意时，新一年度的门面租赁合同到来了。房东把格式合同拿给我看时，让我心一沉：房租居然直接翻了一番！而且没有任何协商，要么签下合同，要么卷包袱走人。我别无选择，拿起笔签了。

翻一番的租金，也还承受得起。开年依然风生水起地做着生意。这一年虽然房租增加了一倍，收益也还不错。风风火火就过去了。

当我看到接下来的第三年度门面租赁合同的时候，冷汗都快冒了出来：又是一个直接翻番的合同！我们这一排门面都是同一家公司的，我去向周围几家门面的老板打听，他们的遭遇也一样，房租直接翻番，都在议论纷纷。我无语，沉吟了几天，还是把合同签了。

这样一个年度租赁合同的租金已经达到了在柳州繁华的商业中心门面的租赁租金，我真不知道鹿寨的房东们是怎么想的，这就是一种杀鸡取卵的节奏啊。也有门面租赁的老板退租了，大部分还在咬牙坚持。

这一年的生意一如既往地好，经常顾客盈门，可是做得的辛苦钱大多交房租了。

这一年我父亲由漓江出版社出版了他的摄影专著《画境

四十八弄》。四十八弄盘卧在鹿寨、融安、永福、柳城四县合围的一块广大地盘上，风景秀美，甚至还有着原始森林，是一块未开发的自然景观。父亲出版这本画册后，我在我们鹿寨天天彩扩部拉起了一条横幅，祝贺父亲的新书出版，并在《鹿寨报》《南国今报》《柳州日报》《广西民族报》《长寿》等报纸、杂志上发表了相关的散文、随笔和书评，文友也在《广西日报》《桂林日报》《柳州晚报》等报刊上发表新闻一起围观。我又忍不住在鹿寨政府办的论坛上高声吆喝，售卖。没料到鹿寨的摄影家们和摄影爱好者们居然大捧其场，纷纷上我们店购书，三五天时间就售出近百本，真是万万没想到。鹿寨县摄影家协会有会员近百人，也就是差不多人手一本。我和这些摄影家及摄影爱好者几乎都不识，父亲更是和他们没有任何交往，他们完全是冲着书来的，心里感慨万分。

又一年在生意的忙碌中转眼过去了。当新年度租赁合同摆到我面前的时候，我感到我的心里再也承受不起了。这回虽然租金没有吓人地直接翻番，却也惊人地再上涨 30%。我们所有的租户都渴望新年度租金经过这几年的疯涨，能消停一下，不要再涨了，让人有个喘息和消解的时间。这下，真感到没法活了，挣的钱远远没租金涨得快。纷纷退租走人。犹豫再三，如果接受这个租赁合同，我们店里经营下来的利润原已被挤压得不成样子了，现在就更所剩无几了。我最后不得不像别人一样有些无奈地下定了决心，也走入了退租行列。

2014年，安卓艺术摄影工作室

安卓艺术摄影工作室会不会是我开的最后一家新照相馆呢？我不知道。

从鹿寨回来，我和静子又合兵一处了。

我把富士330激光数码彩扩机搬回柳州后，我们别无选择，不能让我们的彩扩机又成为一堆废铁，只有在柳州再度做起了照相馆的生意。而有了激光数码彩扩机而不是片夹机，我有勇气去争一争同行生意的份额。这一争局面竟然意外的好，很快我们的合同户就发展到了几十家，我不仅不再隐性失业，店里还需要更多从业人员，我们请了扩片员、接片员、送片员等，把一个店的架子搭了起来。我们柳州天天照相馆原来在业内是家小得不能再小的照相馆，经营面积20平方米，生意也很一般，两个人经营其实有一个没事可做，隐形失业。现在，生意真是一个天一个地，完全不可同日而语了。事先没料到我们居然会有这个局面。照相彩扩业已经完全是一个夕阳产业了，居然还能红火起来，心里既喜也忧，既欢天喜地也忧心忡忡。生意好自然心情就好就欢喜，但能做多久？这样美好的局面还能维持多长？不知道。总感觉是有今天没明天，所以忧心忡忡。

在2014年国家出台了促商政策，其中一条是允许和鼓励个人可以在社区、小区、甚至家里开办经营场所。

静子在报纸上看到了，说："我们也在家里申请一个照相馆执照吧。"

我听了一愣。不明白静子为什么要这样。

静子说反正申请执照又不要交费交税，留下来不知什么时候用得到呢。

我想，对。

就去申请了。

交申请书的时候还要递交一份全栋楼所有住户的同意书。平常我和邻居几乎不打交道，许多都不认识，有点为难，平时不烧香，急时抱佛脚，有点懊悔以往太不跟各位邻居亲近了，现在有事了，才去搭讪，才去求人，人家会理咱的茬吗？不管怎么也要硬着头皮上门啊。

我就一家一家挨门挨户上门请求邻居们签字同意。

邻居们看了看我的请求同意书，一点也没有给我设置障碍，更没有一个人拒绝，都十分友好地微笑着拿起笔，在同意书上签了字，有的还提醒说："光签字成吗？是不是还应该签上身份证号呢？""不用不用。"我说，"这样就行了，挺麻烦大伙儿的了。"邻居们都道："邻里邻居就别说这见外的话了。"邻居们真好，让我感动。

一应材料递上去了，工商所就来实地察看。

来的是一位女孩。我陪着她一口气直奔我们在七楼的家。步梯，一层层地爬楼。爬到4楼这女孩已经气喘吁吁了，停下来缓口气。

我笑着问："继续？"

"继续继续。"她有上气没下气地应道，手撑着膝盖喘息着。

她不明白把店开在这样一个七楼有生意吗？

总算上到了七楼，进了屋，看见有一台电脑，她指指电脑表示不能理解，说："你工作的设备，就是这个？！"

"对呀。"我答。

她微笑着说："现在数码时代了，你们开照相馆连暗房也不需要了，省事多了，简单多了。"

她居然还懂得暗房？我又吃惊又觉得好玩。这个年代好多像她这样年纪的人，早已不知道暗房是什么了，她居然还懂得暗房，真是有意思。

"成了，"她说，"过两天来领执照吧。"

过了两天，我到工商所把扎照领回来了，挂在客厅的墙上。

静子回家来看到了，就认真地左看右看，最后说："你看，你不觉得这墙上多了这一道摆设，怪怪的吗？"

　　还真是，静子不说我还没留意，她一说，我真就感觉到了。

2018年8月29日初稿

2018年10月23日定稿

在斑驳的时光里

——私人彩扩史

1.环球牌彩扩机

1991 年初秋的一天，我同父亲走过幸福路上的一家彩扩部时，父亲指着那家彩扩部里的彩扩机对我说："你想不想拥有这套彩扩机？"

我听了张口结舌，无法回答。

这个问题问得太意外了。

父亲微笑着，露着自信，仿佛这套彩扩机唾手可得，甚至已入囊中。

事情的发展果然是这样。不久的一天，他带我再次出现在这家彩扩部。

这次我们不再是从门口走过，而是径直进了彩扩部，直奔这套彩扩机。

父亲喜气洋洋地指着彩扩机对我说："现在，这套彩扩机是我们的啦！"

我再次张口结舌，一切来得太突然了。

我看着这套彩扩机，彩扩头上写着"环球牌彩扩机"，我从来没有听说过这种牌子，之前没有听说，之后也不曾听说。我看到这套机器使得有点陈旧了，点点滴滴的药水污染在机壳上，渍出难看的褐黄色斑纹。但是内心还是无比惊喜，惊喜于我现在竟然真的拥有了一套彩扩机！

在1991年的夏天，父亲开始鼓动我离职干个体户。

我听了，说不上犹豫，但是半推半就。

当时我在马鞍山市硫酸厂正干得风生水起，已经是宣传干事了，不久可能还要入主党委办，当上党委办主任，进入这个厂的领导中层。是一个前途无量的青年。

可是，这时父亲却把一套彩扩机不吭不声地为我买下了，我义不容辞地离开硫酸厂，去干个体户了。

父亲日夜在这家彩扩部整理机器，用木条打包，准备将机器运往我的老家广西融安县城。我和父亲一致认为，去到老家地处边远的融安创业，竞争小，容易成功。

在整理机器的时候，我们才特别留意到，彩扩机挡着的地方摆着三五个笋筐，每个笋筐里竟然都堆满了冲洗过的胶卷暗盒，有几千上万个吧，这让我们十分吃惊，我和父亲都没想到，这家看上去并不起眼的彩扩部，生意居然这么好，曾经冲洗过那么多胶卷，这还只是我们眼见的一部分，没见着的应该还有更多，该赚了多少钱啊。这也给我们未来做彩扩树立了信心。

父亲把机器往融安托运了，我也起身来到了融安。

融安是我的故乡，或者叫老家，但从小我在内心并不愿承认，并不认可。我对融安没有一点好感，像许多融水人一样觉得融安人世俗，庸俗，粗鲁，粗野。我出生在融安的邻县融水县，在融水和融安的比较中，融水人一直有一点优越感，高高在上，都只拿眼睑斜着融安，瞧不起融安，我也一直是这样。现在，我却置身在了融安，要在融安找生活了，要成为真正的融安人了。我努力在内心克服着对融安的厌恶，去接受融安。融安迎来了我，不动声色地接受了我，并且毫不嫌弃地包容着我。后来我再回想融安，觉得我应该感恩。

我在融安的河西桥头租到了一间门面，把环球牌彩扩机安置在这间门面里。我的父亲为了我的出路，也毅然地离开了马鞍山调到了融安计生委。开始时，他都用业余时间来到店里教我如何使用彩扩机。父亲在很多方面不说是天才但至少都具特别的天赋，在彩扩机上也是这样，无师自通，三两下就成了行家里手。我就不行，如果没有父亲手把手教，彩扩机在我手里一定只会是一堆废铁。

可是很快，父亲就置我的彩扩店于不顾了，不是他不想顾，而是无暇顾及。在计生委的工作不仅越来越紧凑，更是越来越紧张，没日没夜。……这时，父亲有点后悔了放弃医生职业进入计生委，却也无可奈何了。

我一个人经营着彩扩部，没能得到父亲的随时支持，刚开始深感惶惑，无所适从，接待顾客时心里面没有一点底气。好在慢慢适应了，开始变得有点老练了，终于成老油条了。

环球牌彩扩机冲洗胶卷完全靠手工。冲胶卷的工具就是一个暗筒，先把要冲洗的胶卷在暗袋里装入暗筒，一次可以装四个胶卷，装好后倒入升温好的显影药水，开始人工计时，时间到了，把显影液倒出来，再倒入定影液。定影完成后，水洗，然后一卷卷抽出来，用夹子夹住，挂起，晾干。如此的原始、烦琐，简直想哭。

生意果然不错，很快有点顾客盈门的味道。每晚打烊了，数着抽屉里的钱，我有点得意扬扬起来，那是数倍于我在硫酸厂的工资啊。

融安的南面是融水县，北面是三江县，三江是比融安更偏僻、发展更落后的一个县，在县城当时还没有彩扩机，三江同行要冲晒相片，原先都要坐上几百里路的班车，跨过融安，跑到遥远的柳州去，现在融安有彩扩部了，而且还不止一家，他们很多人就近就来到了融安办理业务了。

　　我的彩扩部也迎来了三江的客人，有一次三江的一家照相馆一下拿来了100多个胶卷让我冲洗，第二天就要带回三江。

　　我从来没有一次性接过这么多的活，那个高兴和兴奋哪。赶紧冲洗、晒相。

　　刚开始我最担心的是什么时候才能把所有胶卷冲出来啊，外人不知道，我可太清楚了，这些胶卷可全是要我用手工冲洗的方式，一卷一卷地冲洗出来的啊。一堆的胶卷用一个纸箱装着，搁在地上，看了心里一阵阵为难、发怵。可是再畏难也要干，还要赶快干。每一分钟都很珍贵啊。

　　我连忙动手冲洗，在晚上七八点钟，居然就把这100多个胶卷冲好了。看着像丛林一样一条一条挂满店里的胶卷，心里不禁生出点得意。

　　扩相的时候我才真正遇到了困难。

　　以前我接的胶卷都是富士和柯达，这个客户拿来的却全是柯尼卡，我从没扩过，把样片试扩出来，拿着样片左看右看，总感觉颜色好像不对，再校色，再试扩，再看，出来的样片还是感觉不对。

　　父亲对我说过，灯下不观色。对照片进行校色，要避免在灯下观看，灯下观色，难看准，容易被误导。

　　可是，现在早已是入夜时分，我到哪里去寻找那白天的光明，等到那时，黄花菜都凉了。

　　最难的、最不可思议的是，好像不管我怎么调色，色彩总是那个让我觉得不怎么对的调调，扩了许多次这个调调总扭转不了。

我一个人急得抓狂，想，如果父亲在就好了，他只要瞅一眼，全部问题肯定就会迎刃而解了。可是现在父亲不在。我无法依靠父亲，不能依靠父亲了。

试了许多次样，不能再试了，再试就没时间了。决定上机正式扩，不管好歹，扩出来再说。

我用最先扩出的那张样片做基调，开始不管不顾地扩片，照片连轴卷地出来，然后一张一张拿着裁刀切片，累得腰酸背痛、手脚麻木，干了一个通宵，在天亮准备开门迎客的时候，总算艰难地把几千张照片如期扩好了。

打开门，就见这位三江的客人站在门口，差点和我撞了个满怀，让我吃了一惊。原来他早就在门外等着了，看来他也是心急火燎，希望能早一分钟就早一分钟地拿到照片，好尽快赶回三江啊。

我十分忐忑地把照片一沓一沓地拿给他。我想，客人肯定会大失所望，大发雷霆。我就等待着暴风骤雨的到来吧。

客人拿一沓，看一眼，放进包里，拿一沓，看一眼，放进包里。拿完了，看完了，放完了，也没说话。

我空着两手，愣愣地望着他，还在等着他向我发泄不满的愤怒的暴风骤雨呢。

他见我愣着，感到有点奇怪，说："老板结账吧。"

"完了？"

"完了。"

"照片……"我嗫嚅着。

"照片怎么了？"他反问。

"照片，颜色对吧？"我小心询问。

"没有什么不对呀。"他答。

我顿时大大地松了一口气，早知道这样，我何必一夜里试了那么多样，浪费了许多时间，瞎折腾了。特别是我何必让自己整夜里提心吊胆担心得要死！庸人自扰。真应了那句老话：艺不精整死人啊。

我愉快地开单收钱。

他把一沓钞票数了数，匆匆地交给我，等我也数好，确认了，说了声感谢再会之类的话，背起包袱就急忙往车站赶去了。

我望着他离去的背影，真想关起门来痛快地睡一觉。

2.井冈山牌811彩扩机

环球牌彩扩机名字响亮机难用，太原始了，太折磨人了，手工冲卷，手工切片。这样子的彩扩机，使用起来，让我都感到有点儿生出畏惧了。

父亲大概看出来了，他说："我们换一台彩扩机？！"

换机？我觉得这真是一个天方夜谭。

一台彩扩机，不要说进口彩扩机了，动辄大几十万上百万，就算国产机也要十来万啊，我们去哪里弄这笔钱？

父亲说："我们可以融资啊。"

这倒是一妙招。

我大点其头。

父亲便去找到了我姑妈。

我姑妈一听当即拍板：干。

当时姑妈的媳妇我的表嫂正下岗无事可做，待在家里正为未来发愁呢。姑妈和我父亲一拍即合，决定让表嫂与我合伙干。

但，姑妈也拿不出足够的钱。

父亲又生出主意："不够钱买新机器，可以买二手的呀。"

好。

可是到柳州市场转了一圈，二手的钱也不够，也买不起。

我简直完全绝望了。

"二手的买不起，我们就买一台坏的，修好了，不一样可以用嘛！"父亲又有了主意，在柳州跑这一圈，他已经看中了一台别人使坏了丢弃在仓库里的井冈山牌811彩扩机。

"能行？"

"能行！"

我们就把这套机器几乎是只出了一个废铁价便买回来了。机器买回来放在家里的堂屋里，父亲没日没夜，只要得点儿空隙就修理，几个月后，机器果然轰隆轰隆地开响起来了，父亲按下彩扩机的一个按钮，彩扩机便咔嚓咔嚓地模拟扩起片来。看得我们心花怒放，无比激动。

机器修好了，父亲又说要使机器发挥最大效益，得去一个空白市场。

我立即去寻找，最后在永福县城找到了，并租了门面，我们就在永福开起了彩扩部。

永福当时有六家照相馆，没有彩扩部，他们收到顾客的胶卷要拿到桂林扩，价钱高，速度慢。

我们把彩扩部开起来了，成为永福第一家而且是唯一一家彩扩部，价钱低，速度快，两小时可取。开业不到两个月，生意便好得做不过来。每天一早开门，已见顾客在排队等拿照片了。从早到晚，络绎不绝，天天如此。我真没想到一个小小县城哪来的这么多生意，我们每天忙得脚不沾地。

但是811彩扩机并不是很争气，经常不是彩扩机电气部分有问题了，就是冲纸机卡纸了，最恐怖的是，在冲洗胶卷的时候发生卡卷现象，一旦卡卷，冲进去的胶卷必定报废了。而每一个胶卷里照的内容都是唯一的，不可重复的，不像照片，坏了可以再冲印一张。这就非常难办，难以交差，造成我们巨大的心理压力。每次冲卷我总是紧张万分，一分钟不离地看着守着。机器只要有一点异常的响声，都会令我心惊肉跳，生怕发生卡卷了。

尽管我如此小心翼翼，卡卷依然每个月都有一两次。

第一次卡卷，把被机器卡轧拉扯得变了形、开了花的胶卷从机器的冲洗槽架里拿出来时，我和表嫂大眼瞪小眼，惊慌得手足无措，不知怎么向顾客交代，也不知顾客要怎么索赔，是不是会大吵大闹，是不是会狮子大开口，让我们承受不起。这样的事例我们在报纸上读到过。我们忧心忡忡、忐忐忑忑地等待着顾客到来，等待着一场无法避免的争吵。最后顾客来了，我们拿着麻花一般冲坏了的胶卷给顾客的时候，他居然没有大发雷霆，更没有大吵大闹。他只是平静地说："按规矩赔偿吧。"最后，我们赔了他5个胶卷，就了结了。顾客走了，表嫂拍着胸脯连连说："吓死我了！吓死我了！"

半年时间里，被我们冲坏胶卷的顾客至少也有十几个吧，每次顾客总是平和地与我们协商，并且接受我们合理合情的赔偿。每次送走这样的顾客，我都心存感谢，心存感激。感谢他们没有因为我们的错给他们造成了无法挽回的损失而为难我们。永福人真是太好了，永福人真是太讲道理了，我没想到永福人会是这样的人，他们古朴、憨厚、和善、对人友好，总是用善意来理解和谅解别人，而不是用恶意来揣测和攻击别人。

彩扩机更是经常坏，父亲便拿了电路图教我看，要求我要学会修理。一摞电路图，几十张，我如看天书，只见图纸上弯弯绕绕的线路绕来绕去，不知哪儿对哪儿，我不仅看得一头雾水，更看得眼花缭乱，真正是面对天书。看来看去总是看不懂，惹得父亲失去了耐性，大发脾气，孺子不可教也，每次他来永福总是匆匆忙忙，除了修机器还要教我电气知识，心情很不好，我也很气恼，修机器的活儿是工程师干的活，我一高中生可能有这个知识、有这个本事吗？我的心情也很糟糕，本来机器坏了，心里就很焦虑，又要担负修理的职责，又胜任不了、担负不起，心情就更无法言语地焦灼了。父亲察觉到了，就缓一缓语气安慰起我来。我只有苦恼地笑笑。

有一次，机器又坏了，父亲却不在，怎么办？在焦虑中我突然来了灵感，从机器的电气箱里抽出相应的电路板来，把电路板上所有的集成块都拔出来，一股脑儿地全部换上新集成块，一般机器坏了基本上是某个集成块烧了，我这样一弄，把电路板复位后，一开机，机器果然正常运转了。表嫂在一边看，啧啧称赞，说我真聪明。我也自鸣得意，大为开心。以后再发生机器电气故障我都照此办理，每次都如履平地，一蹴而就，修机器对我来说再也不是难题了。什么电路图，一边去吧。

没知识的人也有没知识的办法。这叫没有办法的办法。

父亲知道了，没说话，大笑。他这个知识分子，他这个讲究科学规矩的人，就这么容忍和容许了我从此这么修理机器了。

3.柯斯美卡彩扩机

进入 20 世纪 90 年代的后期，中国的彩扩业也到达了全盛期，生产彩扩机的厂家多达数十家，而新兴的彩扩机厂家为彩扩机开的名也不再是什么"环球""井冈山"了，因为这些名字不仅不光亮，而且老土，所以新生产出来的机器品牌，名字完全西洋化，什么索维尼、索菲亚、柯斯美卡，听上去好像全是外国货，并且由分体机完成了向连体机的转型。

在 1999 年，父亲买下了一套柯斯美卡彩扩机，这是我们所用过的第三套彩扩机，不再是手工冲洗了，不再是分体的了，从理论上说，这款机器在冲卷和扩片上已经完全实现自动化了，在功能上与进口机完全在一个档次了，落后的主要在校色的能力，以及更精密精细的器件衔接上。

看着这样的机器我有点喜气洋洋，遗憾的是，这仍然是一套二手彩扩机。唉，什么时候我们才能不捡别人的破旧，使用上全新的机器呢？作为完全白手起家的个体户，我们的原始积累龟步而行是如此缓慢。尽管这样，我还是内心喜悦。对于照相馆的从业者来说，什么时候能拥有一套彩扩机是一个梦想，而绝大多数的个体照相馆老板们只能一辈子梦想着成为不了现实，我们好歹走在梦想已经成为现实的路上。

我带着柯斯美卡来到临桂开起了彩扩部。

柯斯美卡同井冈山 811 比起来，各种功能都很强大，校色稳定，照片亮丽，简直可以与进口机出的照片相媲美了。可是它由分体机改成一体机的连接上有着硬伤，在扩片过程中，相纸经常在连接的过桥上不能顺利通过——卡纸。这成为一个恼人的问题。在柳州，许多使用国产机的老板们常聚在一起商议怎么进行改进，也做了各种各样能想到的努力。有人发现过桥卡纸主要是因为过桥板粘纸，有的老板就在过桥板上面贴膜，有的干脆把金属过桥板拆掉换上自制的木制过桥板。虽有改观，并未完全杜绝，依然是一个令人头痛的问题。

在彩扩行业的成本和质量监管上，柳州彩扩店和桂林彩扩店的老板们走着完全不同的路数。当我发现的时候，感到吃惊和不可理解。

柳州老板们在研究如何更加节省成本。他们把 5 英寸 89 毫米宽的相纸规格悄悄地缩水了。有的改成 87 毫米，有的改成 86 毫米，缩水得最多的居然改到 81 毫米。这样同样扩一卷纸，就可多得几十张到 200 多张的照片。再有就是对药水的控制。柳州老板们的思路是用最低量的补充药扩出照片。有一回，我到柳州一家彩扩店与老板交流，他告诉我他对漂定药液的控制就是完全不让排出废液，在扩片过程中，废弃了自动补药，而采用手工补药，每扩 200 张相，药液面降低了，就手工加至溢出口。如此使用，直到漂定液含银量达到 3 克，就整缸药换掉。经这位老板核算，照片质量看不出下降，成本却大大节省。我怀疑这是否是一种聪明，是否明智，我不能接受。

而桂林的彩扩店老板们却对扩出的照片质量普遍不满意，他们认为还不够鲜艳，还不够亮丽，他们发现问题主要出在药水上。目前使用的药水与早期比，已经不可同日而语，具体说就是药液的有效含量打了折扣，浓度变低了。他们努力地反复测试，应该怎么调整药液的补充量，才能达到并保持最好的药缸里的药液浓度，他们最后得出，必须增加规定量的 30% 的结论。他们果然就按得出的这个结论做了，纷纷调整加大了补充量。

在补充药液上我没有学柳州，而是学了桂林，我把我的彩扩机药液补充量也上调了 30%，直到今天，我们的彩扩机仍然坚持了这个用药量，配药却没有接受桂林的精细讲究，使用了自来水。在照片的尺寸规格上，有一段时间里我学了柳州，悄悄地改成了 87 毫米，当然，现在我们也早改回标准的 89 毫米了。

在使用柯斯美卡的一年里，冲纸机卡纸卡得让我们神经质，静子说她已经形成了条件反射，只要机器有个什么响动，第一时间就跳起来，奔向药槽，认为肯定又是卡纸了。处理卡纸真是一个心惊胆战的过程，又要迅速处理好让机器尽快恢复工作，又要小心翼翼，冲洗机里药槽与药槽只是由一块几毫米厚的薄板隔离着，抽槽架的时候，特别是抽漂定缸槽架的时候，只要稍稍不小心，手脚幅度大一点，漂定液就可能溅进显影液药缸里，若如此，哪怕是溅了一两滴，整缸显影液立马被污染、坏掉、废了，就得完全放掉里面的药水，重新清洗干净药缸，重新配制新药。不但大大增加成本，还特别费力费神，让人心里特别沮丧。我们简直有点憎恨总是卡纸的国产机了。

一年以后，我终于有机会，改变了局面。

4.诺日士901彩扩机

2001年某天，有一个彩扩部老板跑到我店里来，他看着我的柯斯美卡说："罗老板，你应该把你的国产彩扩机换成进口彩扩机了。"

我说："我也想啊，可是买不起，哪有钱买啊。"

他说："我有一套日本的诺日士901急着转让，保证成色好，运转正常，价格很低。你有没有兴趣看看？"

我便去看他的诺日士901。由于他确实转行不干彩扩了，机器搬到了家里，可以想见他急着转让的心情。

日本做的彩扩机一眼看上去似乎体量要比国产机小，更精致，淡黄色的机壳，沉静而悦目。我伸手摸着机器，内心激动，如果我真能拥有这套彩扩机，我们店就鸟枪换炮了，从此扩片的质量和速度都要与用国产机不可同日而语了，我沉浸于美滋滋的遐想中。

"罗老板，考虑得怎么样？"对方发话问我，把我一下从沉浸中惊醒了。

"很好很好。"我爱不释手，喜形于色地摸着机器说。

说完，我有点后悔自己的失态。

我太不会掩饰了，我应该装作很冷漠、很冷淡，应该不动声色、模棱两可地应一声：嗯。让他看不出我的思想，摸不准我的态度。现在我这样表现，对方一定会狮子大开口了。

"那么下决心要吧。"对方催促说。

"好。"我答，我决定继续我的不掩饰，我问他，"什么价？"

"我们都是熟人，绝对低价给你，三万元，怎么样？"

我听了，无比激动。我们的柯斯美卡都不止三万元买进的啊。

"成交。"我说。既然对方这么爽快，我也很爽快地点头了。

这样我们店里拥有了诺日士901。

机器搬进店里安顿好后，我略微有点儿担心，我被二手机弄怕了，担心这台二手的诺日士901会像我用过的其他二手机一样故障不断。

随着我对这套901的使用和逐步了解，我确信，从此我再也不会为经常的卡纸啊、出各种故障啊烦恼了。

由于有了这套诺日士901，我们的业务一下子吃不饱了。柯斯美卡每小时的出片量300张，而诺日士901每小时的出片量是惊人的1200张，夸张点说，出片快得感觉眼睛都跟不上。使用起来是如此轻松。我心里那个乐啊。

可是，当2002年特别是2003年到来的时候，就乐不起来了，我们完全没有料到数码产品的发明，数码彩扩机的发明，使彩扩市场几乎是瞬间发生了彻底的改变。

当第一台数码彩扩机在桂林运转的时候，许多同业人士都认为，市场上要真正全面完成由传统彩扩向数码彩扩的转变起码得十年替代时间来过渡，想当初彩色胶卷逐步地、完全地取代黑白胶卷不是经历了大约十年的更替期吗？

当有同行为数码彩扩的到来为传统彩扩将失去市场，为买下的传统彩扩机将很快成为一堆废铁而忧心忡忡时，受到大家普遍的嘲笑，觉得庸人自扰，过了十年你的彩扩机早已收回成本和得到应得的效益了，过了十年你的彩扩机也残旧了，有什么可担心的！

谁也没料到，仅仅两三年时间，数码彩扩便完全取代了传统彩扩。传统彩扩机由于失去了市场，不得不纷纷停了下来，成了一堆废铁。

我们的诺日士901彩扩机在2004年，也不得不因为日渐稀少的业务而停下来了。

一个时代，结束了。

5.富士248数码片夹彩扩机

传统彩扩机的时代结束了，我们店没有了彩扩机，顿时变成了一家单纯的照相馆，与别的照相馆没有什么不一样了，感觉真的很憋屈，但是又无可奈何。新兴出产的激光数码彩扩机多贵呀，动辄一两百万，想都不敢想，随着一个时代的结束，另一个时代的到来，完全改变了我们的业态和生存空间，对于这种没落，我们真是无可奈何。我们把诺日士901彩扩机当废铁让收废旧的人收走了，还有那些种种附属东西，比如配药水用的药桶、量杯、量筒等，一切都当废物处理了，我们以为从此我们再也无缘于彩扩了。

可是，谁能料到呢，像我们小时候爱学说的那句电影台词："我胡汉山又回来了！"

有一天静子对我说："我们买一台数码彩扩机吧。"

她这一说把我沉睡着的彩扩梦突然就唤醒了，我兴奋不已，"好啊好啊。"我应和着。

可是说完就泄了气："我们怎么买得起啊？"

静子说："激光数码彩扩机我们买不起，我们可以买数码片夹彩扩机呀。"

她这么一说，我又来了劲，两眼放光，是呀是呀。

数码片夹彩扩机就是在传统胶片彩扩机上改装加装上一个能把虚拟的数据转换成底片性质的影像的片夹，放置在传统彩扩机曝光系统的光路上。传统胶片彩扩机一经加装上这个片夹，立马变身，成为也可以处理扩印数码底片的彩扩机了。

但我还是有疑问："这样的机器也可以用吗，扩印出来的照片质量能行吗？"

静子说："我们去看看吧。"

我们来到南宁，在一家专售数码片夹彩扩机的公司演示厅里，不错眼地观看着。

只见一台数码片夹机正在忽隆忽隆地扩片，进行曝光的灯光在彩扩机的光路上生动地一亮一灭。

照片一张张地扩印出来了，我们拿在手里仔细地品评端详。

最后的结论是，不错不错，虽然与激光数码彩扩机相比有差距，但交给顾客没问题。

很是兴奋，立即购买。

片夹机和激光机的价格相比真是天差地别，几万块钱就可以买回了。我们愉快地掏出钱买下了一台富士 248 数码片夹彩扩机。

从此我们又拥有了彩扩机了。

把机器运回店里，又去买来药桶、量杯、量筒这些原来已被我们抛弃的物件，配药、装机，开动。

电闸合上后，机器便轻轻地振响着，发出我们熟悉的呜呜声。听着这样的声响，心情是那个畅快啊，感到从此我们又可以和一个新时代肩并肩地走着了。

6.富士330激光数码彩扩机

一个学走路的人只要迈出了第一步，他就会迈出第二步。

任何事情大概都是一样，你只要迈出第一步，你接着就会迈出第二步。

我们步入了数码彩扩的崭新平台，第一步买下了一台数码片夹彩扩机，结果不久又有了第二步。

如果说第一步是我们主动选择的话，那么第二步就既是自己主动也是被市场推动着走出来了。

经过一两年的运营，富士248数码片夹彩扩机既给我们带来了回报，使我们有了继续走出第二步的可能；又给我们带来了压力，随着生意的发展，显然，248越来越跟不上市场要求了。我们需要能生产出照片质量更好、更高的机器。由于有了资本积累，我们第一次正眼瞄向了激光数码彩扩机。

几年前，激光数码彩扩机离我们是如此遥远，遥远到连做梦也触及不到的地方。现在，它竟然离我们近得已经伸手可及了。世事的发展，谁会料想得到呢？

在2010年阳光灿烂的一天，我在网上看中了广州一家公司销售的一款富士330激光数码彩扩机。

我立即与这家公司联系、确认、下单。

在此之前，我没有到过这家公司，在此之后，以至现在我也没有到过这家公司。我甚至都不能清楚地知道这家公司在广州的什么地方，我就向他买下了这台彩扩机，听起来简直有点不可思议！

在我做出决定时，静子也只是稍微地提醒我说："不去亲眼看看？"

我答："不去了。"

我是这么判断的：相比多年前鱼龙混杂的彩扩机市场，现在的彩扩机市场完全变了，泥沙俱下之后，生存下来的只会是一些更有实力、更讲诚信、更具规模化集约化的公司。同这样的公司打交道没必要前怕狼后怕虎。欺诈不会有，以次充好不会有，卷款玩失踪更不会有。

对方公司也表示没必要亲去看机器的。正合吾意。

下单，打款。

一个礼拜机器就到了。机器到后的第二天帮助安装调试机器的陈工程师就到了。一切快捷，紧凑。环环紧扣，一点也不拖沓。这就是广州人做事的风格。

机器调试好了，还包教包会。陈工程师让我坐在调片的电脑前，他坐在旁边准备教我校色。我说："你直接教我如何使用机器就可以了。"陈工程师听了，大发雷霆，指责我说："你还不会走，就想跑啊。"坚决不答应。我看着他的固执以及难看的脸色，心里直乐，我看出了他的可爱，非常高兴。他如此固执，正说明他非常有责任心，做事一板一眼，讲究规矩。

静子出来解释，告诉他我为什么要越过学习校色直奔学习机器的使用，是为了节省他的时间，他那么忙（他的确忙呀，在我们并不长的接触时间里，他接连不断地接听来自全国各地的电话，来电有的是向他咨询，有的是与他预约装机，有的是预约修理，等等）。静子说学会了对机器的使用，校色我们可以慢慢自己捉摸了，不浪费他时间了。

听了静子的解释，陈工程师脸色才和缓下来，开始教我如何开机，如何关机，各种操作。

我毕竟有基础，只用一天时间，三两下就基本弄懂了。

彼此有了一天的接触，因为我讲越过校色而给陈工程师留下的不好印象，慢慢地变成了他对我越来越有好感。我们都是珍惜时间的人。最后我们变成了彼此信任、互相愿意亲近的朋友。许多年过去了，这种关系一直没变。

入夜，我和静子请陈工程师去吃消夜，吃柳州螺蛳粉。陈工程师听了有点迫不及待的样子，眼睛闪着亮光。"走走，"他说，"去吃柳州螺蛳粉。"他从来没有吃过柳州螺蛳粉，但是早已听闻过，对柳州螺蛳粉充满了渴望。

走上街，到一处大排档坐下来，昏暗的灯下，几只锅里冒着腾腾的热气，里面装着螺蛳粉汤。一碗螺蛳粉凭的几乎就是这一锅汤。

陈工程师好奇地瞅着这些汤，只见汤面浮着一层厚厚的通红的辣椒油。

粉烫好了，装碗了，老板问："要辣还是不要辣？""要辣要辣。"我说，"不要辣还算柳州螺蛳粉吗？"陈工程师也连连点头，表示首肯。

老板舀起一瓢浮着一层通红辣椒油的螺蛳粉汤倒满了粉碗，然后再在碗里加上酸豆角、酸笋、花生、油炸腐竹等作料，顿时一碗碗堆得高高的、颜色鲜艳的粉放在了我们面前，看得我们垂涎欲滴。

陈工程师拿起筷子大口地吃起来。

我却不动筷，看着陈工程师，等着看一幕好戏。

以往我请外地朋友吃柳州螺蛳粉，他们在开吃柳州螺蛳粉时不知玄妙，不懂深浅，也像工程师一样，看着眼前的美味就大口大口地吃起来。可是，刚把一夹螺蛳粉放入口，就被辣得鼻涕和眼泪止不住地一起流。看得我总是快乐地大笑。一旁本地人食客也都理解地微微笑起来。

可是这出好戏，今天居然没等来。只见陈工程师大口大口地嗍着粉，吃得津津有味，面对满满一碗红红的辣椒油竟然若无其事，让我大大地惊诧。

陈工程师一边嗍着粉一边喝着汤，连连夸奖："好吃好吃，果然名不虚传。"

静子也对陈工程师充满了好奇和不解，问："你能吃辣椒？"

陈工程师听到静子问他，有点得意："俺从小就好这一口呢。"

我们释然了，又有点悻悻然。这是我们头一次遇到不怕柳州螺蛳粉那个辣的外地客人啊。

我们拥有了富士330激光数码彩扩机，我以为我这辈也就到此为止了，再也不会也不可能换机子了，很知足很满意了，已经超出了我人生的想象了。

现在富士330激光数码彩扩机扩出来的照片质量不单可以与桂林、柳州任何一家彩扩机相媲美，就是放在全国任何地方也都毫不逊色。我感到春风得意。

这时我们已经把机器搬到了柳州，做起了柳州的行活。所谓行活，就是同行的生意。柳州彩扩业全盛时期有上百家彩扩部，现在由于被数码产业的冲击，柳州的彩扩业像全国的彩扩业一样完全溃败了，当初那上百家彩扩部，有的转行了，更多的改成了照相馆，还在做彩扩的仅剩三五家，真是惨不忍睹啊。就算这三五家也吃不饱，产能过剩。在这种局面下，我却要来柳州分一杯羹，我的一位哥们儿很郑重其事地告诫我说："兄弟，你可要慎重考虑啊！"

我却就是要到柳州去进行同质化竞争。教科书上都在教导要别出蹊径，进行差异化竞争，绝对不可同质化竞争。很对。但是当你找不到差异化竞争道路时，只好死磕，只好同质化竞争。彩扩部的产品是如此单一，除了照片，没有别的，各个彩扩部彻底同质化。

当然，我进入柳州彩扩业的时候，也与他们有一点点差异，就是他们使用的都是诺日士机型，我用的是富士机型。在中国的彩扩市场上，基本上有这样一个规律和结果，就是凡是富士机冲击诺日士机市场，最后总是胜出。因为富士机彩扩出的照片比诺日士机更明丽，色彩更鲜艳，中国消费者都喜欢明丽鲜艳的东西，所以能够胜出。我在柳州能够复制这个胜利果实吗？

事实正是如此。

我很快在柳州彩扩市场站稳了脚跟。

不仅很快站稳了脚跟，而且我发现，我们的富士330越来越显出力不能胜，居然吃不下市场了。随着我们片量的不断增加，每小时只能够生产720张相片的富士330，已经常常不能如期完成任务。做行活的一大特点是短促突击，一天里面就是那一两个小时要突击生产一两千甚至两三千张照片，富士330的工作能力远远达不到出片要求了。

7.富士570激光数码彩扩机

富士570激光数码彩扩机几乎算是激光数码彩扩机里顶级的机型了，它每小时生产相片的速度达到惊人的2200张。这辈子我都不敢想有一天我能拥有富士570，能使用上富士570。

一般人们总是先有梦想，后有现实，梦想推动现实。我在彩扩业里，却反过来了，梦想一次次被现实推动。现实再一次推动起我的梦想，现实需要我拥有一台富士570，我便梦寐以求希望有一台富士570了。但是我们却没有足够的资金。

最后关于购置富士570，我去问陈工程师："这个可以有吗？"

陈工程师答："这个可以有！"

广州公司让我以分期付款的方式，使我立即拥有了一台富士570。

人生就是这么简单，要想奋斗才能得来的东西，真正得到有时也就这么简单。

当富士570不动声色地来到我们店里，静静地摆放到店堂里时，我很平静地接受了它的莅临。这是我事先没想到的，我以为我会感慨万千呢。这真是有点奇怪，我的心里一点波澜也没有，平静如水。我静静地接受了它，就像接受一个老伙计、一个同壕战友。相互只有默契，只有默默地相识相知。

2018年11月14日初稿
2018年12月30日定稿

141

胡说开店

1.胡说择业

胡说的父亲胡大大是柳州照相馆的摄影师，1987年胡说高中毕业后没考上大学想子承父业，做摄影师。

他老爸胡大大却说："再干摄影师没出息，你看你老爸干了一辈子摄影师，能为你们置下一块立锥之地，能为你们买下片瓦遮风挡雨吗？"

当时他们是在已住了几十年的单位分配的一间十多平方米的小房里说的，胡说跺着这间他们称为家的小小房子的地台大声答："不能。"

"那就对了。"

但是胡说觉得除了子承父业顺理成章接老爸的班干摄影师，没看到什么出路，没看出有什么光明前途。在中国的20世纪80年代不都是这样吗，胡说的许多同学不都在子承父业顶替接班了嘛。有些同学的老爸还未到退休年龄，生怕过了这个村就没那个店了，急急忙忙、争先恐后就抢着内退了，争时间抢速度让儿女接了班。你别说这么着，事后证明他们还是很有睿智，很有先见之明的，不久老人提前内退还可以，但不准儿女顶替接班了。再后来，连提前内退也不可以了。让那些还在犹豫退不退的人后悔死了，很多年后，他们还得接受子女的埋怨。胡说的老爸胡大大当初对顶替接班却颇有微词，他说："这不是搞世袭吗？"胡说的妈妈胡妈妈听见了，立即上前捂住了胡大大的嘴，一边四处看看是不是被别人听去了，一边惊慌地说："老头子，你找死呀。"胡大大甩开胡妈妈捂着自己嘴的手，把眼睛一横："怕什么！"虽是这么说，他却也再不提世袭不世袭的言论了。

胡大大转身对胡说指示道："树挪死，人挪活，你转一转行，你转行了，路就出来了。"

胡说很憋屈，眼白一翻，问："爸爸，转哪里呀？"

胡大大说："你去当个体户，干彩扩。"

胡大大继续道："现在彩扩正在兴起，你领头干起了，不但路出来了，你也会发财了。"

胡大大总是有点异端邪说的思想，居然想到让胡说干个体户。胡说答："我还没想好。"

胡大大看出了胡说的犹豫，说："你再想想还来得及，你想好了，再来找我。"甩手出门了。

胡说想了好几天，总是想如果国家还包分配工作就好了，就没有那么烦恼了。他的父亲也是高中毕业，却被国家分配到柳州照相馆干起了摄影师，一干一辈子。一生无忧无虑，生老病死国家全包，多好。胡说很怀念那个时代，可是他也知道那个时代眼看着就要过去了，一个一切要靠自己主张和打拼的时代来临了。

2.找门面

胡说去找门面。在龙城路上逛。他想，要是能在龙城路租到一间门面就好了。龙城路是柳州最繁华、最热闹的商业街，只见卖服

143

装的站在门口的马路上甩动着几件衣服不断吆喝："快来啦，快来啦，十元一件，十元一件啊。"一群顾客围着看。又见卖电子产品的在门头放着高音喇叭，一支邓丽君的《小城故事多》反反复复、不厌其烦地播着，声震云霄，令人心跳。门口摆着的电视机亮着画面没放出声音，虽然无声许多行人却被吸引了，停下脚步站在人行道上傻傻地盯看。胡说很喜欢这种嘈嘈杂杂的街市，他饶有兴味地逛来逛去，在人丛中挤来挤去，眼看耳听，十分舒畅，差点忘记自己是干什么来的了。后来他终于想起自己是来干吗的，叹息了一声，依依不舍地离开了龙城路。其时一开始他就知道结局，在龙城路上不会有空门面等着他租。

龙城路附近有广场路、文惠路、八一路，还有中山路、斜阳路、景行路。他逛到文惠路看到了一个门面，门大开，门头上写着"门面转让"。他走到门口，喊了声："老板在吗？"立即有一个黑瘦的中年男嘴里叼着烟走出来。

"想看门面吗？"他问。

"想啊，"胡说答，"你这门面怎么租？"

"转让费二万，租金一千。"

"乖乖，转让费你也要得太狠了吧。"

中年男不屑理他，一副爱要不要的样子，转身进去了。

胡说不甘心，想跟进去，可是脚挪了挪就不动了，心里悻悻地便离开了。

他走了没几步，又见了一个门面，空空如也的房子，门头上面也写着"门面转让"。他埋头走进去，抬头来见一个胖女人在暗影里正盯着他看，在等他说话呢，差点同她撞个满怀。他急忙定了脚问："老板娘，你这间门面怎么转法？"

老板娘说："三万转让费，租金八百。"

"转让费也要得太狠了吧。"胡说还是这么说。

胖女人笑着解释说:"我们租金便宜啊。"

再便宜的租金,三万转让费胡说也出不起。胡说只好走人了。

一连几天,胡说东逛西逛,毫无结果。

胡大大说:"儿子,我跟你去看看。"

一开始胡大大就要跟着儿子一起去瞧门面,胡说不让,胡说说自己的事自己干。现在他有点灰心丧气了,低着头没说话。

胡大大领着胡说在中山路、文惠路、八一路这些地方转着,经过了几个写着"门面转让"的门面都没进去,胡说以为胡大大没看见,就有点没好气提醒胡大大:"老爸,我们都走过好几个转让的门面啦。"胡大大笑说:"儿子,姜总是老的辣啊,那些转让的门面我都看见了,没进去,知道为什么吗?"

胡说当然不知道,如果知道他就不会提醒老爸了。

胡大大望了望胡说,认为还是要跟儿子讲讲透,让他懂得一些门道,说道:"那些门面里面都是空空的,什么也没有,说明原先在这里做生意的人搬走了,已经转给下家了,这个下家接手了门面,空在这里再接着转让,分明是炒门面的炒房佬,吃差价的,所以我们没必要进去挨他宰啊。"

胡大大一边说着一边走,转眼到了一家门口贴出门面转让却还在做生意的门面,胡说兴奋地伸出手指着喊道:"老爸这家是真在转让门面的了。"

胡大大微笑着点了点头。

他们一块走了进去和老板攀谈,这是一家在斜阳路上的门面,老板说自己已经租到了更好的口了,所以就转了这个门面。胡说觉得有点偏僻,不太中意。胡大大却兴趣盎然地同人家谈着,很快就有谈拢的趋向。最后确认门面租金五百元,转让费五千元。请房东来，三方签了一份新的租赁合同。

走在回家的路上，胡说满脸的不高兴，他所想的门面不说怎样高、大、上，至少也应该在那些主要街道，现在缩到了斜阳路这样一个三流街道里，心里不免格外失落。

胡大大却兴致勃勃，他说："酒香不怕巷子深，你就瓷实地在这里干吧。"

那时柳州只有屈指可数的几家彩扩部，和后来鼎盛时发展到100多家比，简直等于没有。胡说想想酒不一定香巷子却很深，可是供不应求，藏在再深巷子里的酒也会有大把人寻觅过来，将它买个空吧。这么想着便满脸堆笑起来。

3.胡说吃饭的家伙

胡说准备安身立命依靠着吃饭的家伙是一套彩扩机。

老爸胡大大建议他不再子承父业干摄影师了，他以为真要另起炉灶新开张，做一些别样的营生呢，结果却是干彩扩。彩扩就是用彩扩机器冲印冲洗照片，这还不是摄影行里的一支吗？是老爸原有职业摄影师的一种延伸、延展而已。

他觉得好笑。人的思维跳不出自己的经历和识见。

当然老爸让他干彩扩也有本质不同，就是老爸一辈子是帮国家干，为国家打工，是单位人。现在他干彩扩是为自己干，自己替自己打工，是个体户。从这个层面上说确实是转了业，转了体制上的业，由国营、集体转向了个体。

但是这个转业并不让胡说高兴，反而有一种悲凉。在他这个年纪看来，吃国家的饭，做单位的人，一直根深蒂固，从没作过他想。没料到老爸却要他摆脱体制，去干个体户。这要到很多年以后，他才肯定了老爸比他有智慧、有见识。当20世纪90年代到来，全国的改制之风漫吹，柳州好多的国有企业都被吹得东倒西歪，他老爸所在的照相馆就是其中之一，改成了股份制，私有化。当职工们惶惶不可终日时，他却早已在市场上站稳了脚跟，做得风生水起，这才真正体悟到老爸的远见卓识。

胡说最先使用的彩扩机名叫环球牌彩扩机，不仅是国产机，还是二手货，现在在网上你根本搜不到，那时候它也名不见经传。胡说不明白怎么鬼使神差地就买了这套藏在深山里无人知的彩扩机。现在想来肯定是被谁忽悠的。环球牌彩扩机三位一体，所谓三位，就是冲卷机一位、扩印机一位、冲纸机一位；所谓一体，就是这三者联合起来，成为一体，照片才能好端端的冲印出来，少了哪一位都不行。让胡说最痛苦的是冲扩照片的过程，每天机器轰隆轰隆开起来，加热、升温，药水温度到了，开始冲印，先是把胶卷冲好了，然后在扩印机上扩印，再然后伸手进暗箱去把扩印过的相纸剪下来，用暗袋装好，拿出来转移到冲纸机冲洗。这个过程既是一个技术活儿，更是一个体力活儿，一次一次抱着一筒印扩好的沉重的纸卷，从这台机器换到那台机器，烦琐、劳累，总让胡说痛苦不已。他就对柳州艺联相馆的那套日本产的诺日士彩扩机羡慕得要死。那是一台冲扩一体机，这头扩着，那头哗啦哗啦照片一张一张就自动出来啦，多么省事，多么赏心悦目，多么美妙绝伦！不单胡说亮着眼睛看，每天都有好多顾客站在厨窗前亮着眼睛看。艺联相馆为了让更多人能亮着眼睛看，特意把机器放置在橱窗最显眼的位置，逗引走过路过的人不禁都要看上一两眼，而真正的顾客一定都要看得目不转睛。胡说看着总想，什么时候我也能有一台这样的彩扩机就美死了。

4.胡说招工

20 世纪 80 年代和 90 年代，对于个体户来说，既是最尴尬的年代，也是最美好的年代。

说它尴尬是社会地位尴尬，让人瞧不起。有钱了，发财了，人家说你暴发户，瞧不起你；没钱了，生意失败了，人家说你没本事，讥笑你，更瞧不起你。

说它是最美好的年代，是因为你只要做生意，敢于下海经商，你就是摆个地摊，夸张点说没有不赚得钵满盆满的。

到处是商机，到处是空白，你想做一桩什么生意，你在那里把脚立下，只要把门面一开，生意便滚滚而来，你发愁的不是没有生意，你发愁的是连日连夜连轴地转，还做不过来，要把自己忙死，要把自己累死。

胡说的彩扩部一开张，就是这种局面，白天顾客盈门，他除了做接待，收胶卷，发照片，连饭都来不及吃，更不要说有时间去冲印照片了，只好待到晚上关门打烊了，才能真正开始他彩扩的工作。常常一做几乎一个通宵。胡说很需要帮工。他要招工。

听说胡说要招工，他老妈怕得要死："你请雇工，那不是做地主、资本家吗？"

胡说笑着宽慰老妈，他说："老妈，你看看在龙城路上做生意的，哪个不请了三四个帮工啊！时代不同了，你那都什么老观念了。"

胡大大知道儿子要请帮工，也慎重起来，他去翻《个体户工商条例》，当他看到上面明文写着个体户最多可以请 8 个雇工时，便放了心，说："儿子，请吧。"

他不但支持儿子请工，还亲自跑到老家乡下，带来了两个十六七岁的男孩，都是远房亲戚，让喊胡说表哥。胡说平添了两个表弟也满心欢喜。胡大大之所以去乡下要来这两个孩子有自己的想法：一是沾亲带故，好用；二是这两个亲戚你说是请的雇工也行，你说不是请的雇工是亲戚来帮帮忙也对。胡大大内心深处对做地主资本家也还是有着恐惧的，他就下意识地通过这样的方式规避。尽管这不过是自欺欺人，也得些许自我安慰。

5.被冲坏的苍天般的胶卷

这天开彩扩部以来，胡说最担心的事情发生了，表弟在冲胶卷的时候，把顾客的胶卷冲坏了。

表弟脸都吓白了，胶卷卡在机器里，机器的心脏怦怦怦异常地跳动着，像人吃饱了停一会儿打一个嗝，就是不把胶卷吐出来。

开始表弟还不明白怎么回事，左等右等也不见胶卷出来，预定出片的时间已过了，还是没见机器出片。

他才慌起来，报告胡说。

胡说正在柜台前笑盈盈地接待顾客，一听到报告就明白是怎么回事了。

胡说最怕的、最担心的事情终于发生了。

他连忙跑到机器前把机器停了，打开药槽，只见胶卷如拧麻花般轧在一处槽架中，被折得惨不忍睹。他慢慢地把槽架提出药槽，慢慢把胶卷从槽架中小心地清理出来。

只见一卷美好的胶卷被疯狂运动着的槽架蹂躏得如一团麻花。

胡说用手拎着这一团麻花，头脑一片空白。

他不知怎么向顾客交代。

他也不知这应该算是谁的责任。

这既不是表弟的责任，也不能完全算是机器的责任。

表弟完全按规程操作，没违反一点流程，没出一点差错。

机器也在正常运转，前面冲洗的胶卷都完好出来了，现在把这卷出了事故的胶卷清走后，接着再开机冲卷，后面的胶卷也会正常地冲洗出来，机器也没有问题。因此机器也不应该承担责任。

只能说像在任何生产过程中都会产生废品，都会有废品率一样。现在，胶卷冲坏了，那是废品率的问题。

问题是别的生产，如果产生了废品把它扔掉了，重做一个就补救了，在彩扩部冲卷出了废品，如何能补救呢？拍摄过的胶卷内容具有唯一性，是没有任何办法补救的！

胡说头脑里再度一片空白，他不知道怎么面对顾客，他更不知道顾客会要求如何赔偿。

在同行里面，当胶卷被冲坏后，结局总是与顾客吵上一架。

虽然在每家彩扩部里都有对顾客的提醒，而且还通过多种方式多方提醒：门面上标示有提示，开具的票据上印有提示，装胶卷和相片的袋子上也打印着提示。已经再三提示了。提示里声明，在冲洗胶卷的过程中难免发生如突然停电、机器故障等意外，如遇意外，冲坏胶卷，以一赔二。

可是真正发生事故把胶卷冲坏了，没有一位顾客会认可这条声明。

胡说也不知道每家彩扩部都做的这种声明，算不算是一种单方邀约，是不是合法，是不是肯定具有法律效力。他知道的是一旦胶卷冲洗发生了问题，没有一位顾客认可这条声明。

顾客不认可，就会同你吵架，要求额外赔偿。

胡说认为顾客应该得到赔偿。以一赔十他都情愿。只要不吵不闹，只要能息事宁人。

可是往往顾客提出的赔偿要求不是几卷胶卷就可以打发的，很多都是漫天要价，价高到甚至根本赔不起，无法协商。结果捋起袖子大打出手的也有，找工商调解的也有，报警请110的也有。总之纠纷难解，问题很大，头痛不已，就差关张了。

想到后果如此严重，胡说心里头一片慌乱，两个表弟更是一脸煞白，说不出话，大家都如丧考妣，就差没哭出泪来。

第二天顾客来取照片，照片自然是没有，连胶卷也是一卷冲坏的胶卷了。

当胡说战战兢兢地把胶卷交到顾客手上的时候，眼睛简直不敢睁开。他不知道接下来将承受的是暴风骤雨，还是万钧雷霆。他等待着天上响起的一声炸雷。可是他等了好久，炸雷都没有霹雳下来。他睁开眼，看到这位顾客正拿着这卷麻花一般的胶卷在自言自语："我早料到是这样，老天，我早料到会是这样，果然，果然！"一边不断地喃喃自语，一边慢慢转身走了。

胡说不敢相信这一切。"真的吗，顾客就这样走了？"他问两个表弟。两个表弟一齐使劲地向他点头，回答："真的，顾客走了！"

苍天啊，大地啊。这苍天般的胶卷啊。胡说突然想大哭一场，他的眼泪真的就悄然地抑制不住流了出来。

6.高人指点迷津

生意一直很好，每天顾客盈门。

胡说有点春风得意。

但是他还是一直有一个隐忧在大脑里挥之不去，常常弄得心烦意乱，六神无主。

就是冲坏胶卷的问题。

胡说一开始就觉得冲坏胶卷实在是一件风险很大的事情，需要认真对待，需要想方设法地解决。冲坏胶卷虽然是 个小概率事

151

件，一旦发生就十分棘手，难以处理。现在已经冲坏过顾客的一个胶卷了，侥幸的是顾客不知因为什么居然并不追究，拿起胶卷就走了。但以后若再冲坏顾客胶卷，一定不会有这么好的运气了。一个人不可能总是走运。

那怎么办？

他突然记起了与他一同学习彩扩技术的师兄在桂林的王一民。桂林是一个不仅全国闻名在世界也闻名的旅游城市。师兄王一民混迹于这样的城市，自是见多识广。并且桂林的彩扩业远比柳州发达，简直到处都是，遍地开花。他更有必要去向师兄请教了。

胡说便匆匆起程去了桂林。

在桂林的十字街他见到了师兄王一民。

王一民与胡说长得正好相反。胡说三角眼，瘦猴精，贼眉鼠眼。王一民浓眉大眼，胖实，喜欢哈哈大笑，笑起来声音洪亮、声震如雷，是那种英雄人物的形象。

胡说站在王一民面前，人显得更加小了，他拉着王一民道："师兄，快救救我啊。"

王一民说："你个瘦猴精，还需要谁救，哪个有你点子多？！"

胡说就笑了，然后板住笑脸说："这次真的需要师兄伸出手来拉兄弟一把。"

胡说就向王一民说起冲坏胶卷的问题。

"怎么办呢？"胡说请教道。

王一民听了夸张地哈哈长笑了几声，却不说话。

胡说突然想起了什么，说："走，酒楼上边喝边聊。"拖着王一民出了门。

一桌好酒好菜摆上来，王一民就不打哈哈了，抿着酒，对胡说说："师弟，凭你聪明脑瓜，这还是问题吗？"

胡说听了心里一亮，知道这个困扰他的难题，师兄王一民已然是解决了，不由一阵激动。

胡说站起来，给王一民敬酒，决定直来直去，说："师兄，你再卖关子我真的要生你气了。"

王一民哈哈笑着说："怎敢怎敢。"

"其实，这个，"王一民拿眼睛看着胡说，"一点就通。"

"那你点点。"

王一民把嘴巴凑到胡说耳旁，低低地说了几句。

"啊！"胡说有点惊讶，然后扑哧便笑了。

王一民也呵呵地笑。

原来王一民的解决之道还真是一点即通。

办法就是一旦发生冲坏胶卷的事故，把机器清理好后，便再冲一个白卷出来，拿这个冲好的白卷向顾客交差。顾客拿着这个白卷，就算是行家里手也无可奈何。何况顾客里有几个是行家里手呢？要糊弄过去简直不费吹灰之力。

这"门道"是不是有点又黑又厚呢？

2017年11月23日初稿
2018年10月22日定稿

153

8号冲印部

1.下海小试，停薪留职开店

我的父亲一直想着要让我赚更多的钱。1990年，我退伍后分配在安徽省马鞍山市硫酸厂工作，每个月可以存下二百块钱，我就有点着急了，靠每月二百块钱的存款，我要存到猴年马月，才买得起房子、娶得起媳妇。正在我暗暗着急的时候，没想到父亲比我更焦急，有一天他对我说，再在厂里干下去，不会有出息。

我认为很对，但是内心十分茫然，不在厂里干又到哪里干？

父亲说："你可以去干个体户，开一家照相馆，肯定要比在厂里打工赚钱多。"

我觉得对，很好。

父亲说："要想开好照相馆，回广西开，那里比马鞍山落后，有空白市场，更容易站住脚，挣到钱。"

我说："对。"

我就停薪留职来到了广西的融安县。

融安县是我的老家。

虽然融安县是我的老家，我却对它一点也不熟悉，从来也没有在这里生活过。

我在融安的县城走来走去，到处是陌生的人、陌生的街道、陌生的建筑，连行道树也露出陌生，让我叫不上名字。

我真要在这里落脚，生活下来？我暗问自己，有点迷茫，不知所以，有点不敢相信。

可是我又知道我确定是要在这里生活了，这将是事实了，虽然我有点想象不出这会是一个什么样的事实。

其时我什么都没有准备，两手空空来到了融安。

我在这座陌生的县城走着，到处观看着有没有适合的门面，并且不几天就找着了门面，把照相馆开张起来了。

这是一个双开间门面，每月二百六十元的租金，几乎是我在厂里一个月的工资。

现在我必须赚二百六十元以上，我才可能生存下去，我做得到吗？

我有点心虚。

父亲好像知道我的心虚，说："别担心，就算亏本也不用怕，有爸妈呢，爸妈养得起你！"

我父亲当时也从马鞍山调到融安计生委工作了，国家干部，副高职称，我母亲在医院工作，任职护士长，都是国家干部。

我想想：也是，就算真的经营不下去，依仗着我父母的收入，我也能咸鱼翻身，不至挨冻受饿。心里面就不虚了，感到踏实了。

照相馆开起来没想到生意格外好，宾客盈门，很多时候，人们排着队来照相。让我眼花缭乱，应接不暇。每天晚上打烊了，关上门，打开抽屉数着白花花的钞票，满心欢喜。

2.融资扩张

经营了差不多一年，父亲说应该有更大的发展，应该挣更多的钱。

我听到，头脑有点转不过弯。我现在挣的钱还不多吗，已经是多少个二百六十了，比我在厂里的工资不只多几倍了，比我爸这个高工拿的工资高出也不只几倍了。

父亲是个不易满足的人，他总要朝前走，总想着要发展壮大，赚更多的钱。反观，我却很容易满足，有了些小钱，就心满意足，不思进取，安于现状。这样的两种人生观，也不知谁好谁坏。

我很迷茫，问父亲："再怎么发展？"

"做彩扩呀！"父亲说。

我听父亲这么说，吃了一惊。在那时我的梦想里从来也不敢有做彩扩的梦。

现在父亲把这个梦给我了，我立即接受了，也开始做这个梦了。

做彩扩首先得有一套彩扩机，这套彩扩机在1990年最少要十万元钱才可以买得到，就算是二手的也要好几万呢。这样一笔巨款，哪里来？我再做几年也挣不来啊。

父亲说："找一个合伙人啊。"

在20世纪90年代早期，父亲居然已经懂得了做生意要想快速发展得融资。他找到了我的姑妈。

姑妈好像是瞌睡遇着枕头，对我说："你表嫂工作的单位百货公司改制、裁员，你表嫂下岗了，正愁没找着出路呢，让她跟你做吧，做你的合伙人，好不好？"

我连应说："好，好。"

表嫂也没钱，但是表嫂的大哥、二哥有钱啊。表嫂的大哥二哥不仅有钱，而且很乐意助人。大哥、二哥一齐说："妹妹，你需要多少钱，说个数。不用担心，放开手脚做吧！"

我和表嫂就合了伙，向大哥、二哥借钱买了套二手的811型彩扩机。

3.寻找利益最大化的空白市场

父亲说："有了机器，要让它发挥最大的作用。"

父亲这么说，翻译成现在的话，就是要实现利益最大化。

我问："怎样才能让它发挥最大作用？"

父亲说："把它拿到一个空白市场去啊！"

我听父亲这么一说，兴奋起来，对，到空白市场去，在空白市场里，市场完全是自己的，爱怎么干就怎么干，想怎么干就怎么干。

我想到融安已有的一家彩扩部，它如今独占着融安市场，前来冲胶卷、扩照片的顾客从早到晚排着队，应接不暇，生意好得让人眼红心妒。如果我也能独占一个空白市场，顾客也从早到晚排着队，应接不暇，多美啊，该多发财呀。想着，我都不觉笑起来。

我就离开融安去周边县城跑市场，看哪个县还是空白市场。当时，在20世纪90年代的初期，县城里彩扩业的空白市场到处都是，相当多的县城都还没有彩扩部，彩扩业在中国县城正处在萌芽状态。

我选了离融安最近的一个还是空白市场的县城——永福，作为我彩扩部的经营地。

4.租赁门面

我选择永福，完全是因为它离融安近，离父亲近，有点什么情况，可以依赖父亲，父亲能及时帮助到我。一个人刚出到社会独立生活，心理上的依赖感还很强烈，需要有所依托，背后有了依靠，心里才安定、才踏实。其实永福并不是我的理想之地，永福是那么小的一个县城，恐怕连融安县城的一半都不到，在这里开彩扩部，会有多好的生意？我很怀疑。可是我却决定选择它了。如果那时候我的心性已经完全成熟、独立，我肯定不会选择永福，而会选择一个规模更大、人口更多的县城。一个人选择和面对的人生格局有多大，和自己心性的成长、成熟的关系太大了。

我来到了永福，租下了农行的一间门面，开始我的又一重人生了。

之所以选择在农行租下门面，唯一的原因就是便宜：月租金一百五十元。

写到这里的时候，我特意在百度上打开了永福地图。我看到，就是在今天，我选择的农行门面在地理位置上也仍然是完全偏在县城的一隅，二十多年前更不知偏僻到什么程度了。

真是让人贻笑大方啊，我怎么竟敢选在那么偏僻的地方开店！

这可以看出我那时是多么稚嫩，不仅是稚嫩而且是多么不入行，不仅是不入行更是多么弱智、愚蠢。

这要到很久以后我才有所认识，才意识到，门面的租金和门面的价值基本是画等号的，租金贵的门面，生意一定好，收益一定多，多到完全不是那些偏僻门面可相提并论的。

有了这种认识以后，我再去一个什么地方开店，首先要拿出地图来找到那个地方的商业中心，然后实地勘查，最后基本会选属于商业中心地段或者附近的门面。

这才是一种正确选择门面的方法。

那时我选择门面却一定要选择最便宜的门面，至于地理位置、是不是商业地段，这些倒在其次了，甚至都没有考虑了，我首先或者说唯一在考虑的是店开起来后，我能不能付得起租金。所以我才要选最便宜的门面。想起来忍不住对我这样愚蠢的行为要再次发笑！

而县农行的门面并不是真正意义上的门面，是由一套住宅改装的。门脸只能开得小小的，大约仅有 1.3 米宽，门面不像门面。

虽然我租赁的农行门面地理位置既不好，门面的门头还又窄又小，好在我到的是一个空白市场，这大大弥补了我对门面选择错误所造成的不利局面，正应了那句老话"酒香不怕巷子深"，我的门面虽然偏在一隅，却是独家经营，再偏，人家也会寻来。但是，如果我不在深巷，不用人家特别地寻找，生意不是更容易开展更好做嘛。

5.安置彩扩机

门面租好了，需要在店里安置彩扩机。在那时的彩扩行，彩扩机安置的惯例，是在门店里特别地隔出一块地儿安装成一个玻璃房，把宝贝彩扩机安置在这个特制的玻璃房里，防尘防灰，闲人勿进。我们也如此办理。

玻璃房得请装潢部做，我和表哥就在永福县城到处转悠，每见一个装潢部就进去谈价钱，各个装潢部虽然报价有低有高，可大致也差不多，大约每平方米一百元。我和表哥算了一下，我们的玻璃房用玻璃屏风隔起来，大约 15 个平方米，要一千五百元钱，太贵了，我们简直出不起。这让我们十分踟蹰，好生为难。当时却不懂用发散性思维来想一想，比如可以不装啊，或者暂时不装啊，等有钱了再说。

我们为难了好多天，没有钱，不知怎么办。

没有办法，我们先放在一边，开始装水装电。彩扩机是大功率的机器，常用的民用线根本无法承受，要用电需单独拉线。表哥毕业于技校，学电工的，那时他在银行工作，做的就是电工，装电是他的本行，驾轻就熟。他去市场把电线买来，三下五除二地就装起来了。我看他熟练地把电装着，想到全靠表哥懂装电，不然还得请电工装，又是一笔不小的开支。看着想着，突然灵机一闪：玻璃屏风我们是不是也可以自己装，如果能自己装，应该省下一大笔钱，再也不会为了装玻璃房而捉襟见肘了。

我把这个想法兴奋地告诉了表哥。

表哥听了，也很兴奋。

终于看见安装玻璃房的曙光了。

我们就去市场看工具、看材料。工具主要就是一把电钻。把所有该买该办的东西一算，果然，如果自己动手，竟能节省下一半的钱。而且还多赚了一把电钻，将来说不定常要用着呢。满心地欢喜，干。

买工具，备料，在门店里又是钻眼又是切割铝材，干了一个礼拜，居然像模像样地把玻璃房做好了。真是自己动手丰衣足食啊。

6.彩扩机开起来了

电装好了，水装好了，玻璃房也装好了。万事俱备。

我开始给彩扩机配药水：显影液，漂定液，稳定液。买了几个桶，每一个桶都单独专用，担心混用会使药水污染了，特别是显影液，一滴别的药水也不能污染进去，只要有一滴漂定液进了显影液里，显影液就报废。我小心翼翼、仔仔细细地配制着。量筒，量杯，温度计。把原液倒进量筒里，看刻度，用温度计量水温，一切都一丝不苟。表嫂在一边凝神盯着，大气也不敢出。我仿佛又回到了学生时代，在化验室做着实验。

终于药液配好了，分别灌进了冲卷机和冲纸机的药槽里，合上电闸，按动电源开关，机器立即嗡嗡地发出了震耳的声音。那时的彩扩机特别是国产的 811 型彩扩机，那个响动特别夸张，机器不大，声音不小，机器开动着，人在玻璃房里得大声说话才能听得清楚。

等到药液加温到预设温度后，我在彩扩机上装好相纸便开始试扩。在此之前，父亲教过我扩片，先是从学习三原色、三补色开始，什么黄、品、青啊，什么红、绿、蓝啊，互相又是什么关系啊，两者相加又会得出什么颜色啊，等等。父亲是知识分子，不是工人师傅，他的教学一定要从最基础的科学原理开始，特别是得从理论开始，从纸上开始，用笔在纸上写写画画。刚开始的时候，弄得我对颜色都晕了，晕头转向，不知红怎么变成了青，青怎么又变成了红。后来我带学徒，完全不讲理论，讲实践，先上机扩片，把片扩出来了再讲。学徒一把片扩出来，一看相片的颜色，我再跟他讲相片上什么是红、绿、蓝、黄、品、青，他一听几乎就懂了，如果还不懂，立即在机器上按几个加蓝的键或者加青的键，看看是什么样的效果，效果出来，这个相片校色的坎儿差不多不费吹灰之力，就迈过了。不像我的父亲先远离机器和我纸上谈兵，好深奥，绕来绕去，要花费好多口舌。表嫂看着机器开动后冲洗出来的一张张照片，感觉神奇无比，兴奋不已。一张照片的生产仿佛是在变魔术，先是什么也看不见摸不着，然后噗噜噗噜一张一张彩色照片就从机器里有点神秘地吐出来了、变出来了。我也兴奋不已。事前对自己能不能玩得转彩扩机，心中无底，现在，看来是有点把握了。

7.起字号，办执照

门面安置好了，彩扩机也能扩出片了，接下来就是开业了。

开业前要进行工商注册登记。登记时起一个什么字号呢？这个问题事前我并没有多想，我甚至没有想，直到我在工商所填登记表时，头脑里也还没有想好。当我填到"字号"一栏时，才想了想。

在柳州我们融安，拥有彩扩机的店就叫"彩扩部"。而在桂林市却不是这么叫，叫作"冲印部"。永福虽然紧靠着融安，当地人讲的也是融安话而不是桂林话，但我想永福既然隶属桂林，一定也是把"彩扩部"叫作"冲印部"的，我就入乡随俗吧。这个定下后，我又想，"冲印部"之前冠个什么名号呢？我突然想到我的部队生活，在部队，各个单位都以番号命名，我灵机一动，决定也照此办理，我选择了"8号"，这样我们彩扩部的字号就有了——8号冲印部。

当我把"8号冲印部"这几个字填入"字号名称"栏目后，心里有些得意，觉得自己很有创意，开了个非常别致的字号。

接过我填好的登记表的工商所工作人员看到我填的这个字号，脸色明显表现出诧异，她嘴巴微微动着，似乎要向我提出什么，最后，终于没有说。

在做工商登记的时候，第一次并没有成功。

当我拿着身份证、租赁合同等相关材料走进工商所申请做工商注册登记时，工商所工作人员对我说的第一句话与经商毫无关系，她说："计生证。"

原来政策与我一年前在融安办理时不同了，现在，注册工商执照要和计生证捆绑在一起了，没有计生证，就不予办理执照。

我连忙赔着笑说："我是未婚，哪有什么计生证？"

她听了，说："未婚证。"脸色刻板，嘴里吐出的每个字都是至简至洁，没有一个是多余的。

我拿出我的户口本，继续赔着笑，说："您看，户口本上在婚否这一栏写明了'未婚'，已经能够证明，不应该再要什么'未婚证'了吧？"

那位工作人员抬起头来生气地盯着我，说："是你说了算还是我说了算，你还想不想办证了？"

"想想想。"我连连点头哈腰，脸上为了能绽出笑容，肌肉都抽了起来，僵硬地扯动着，感到特别难受。

我把材料赶紧收拾了，拢在怀里，走出工商所。

如何交得出未婚证，对我是个难题。难道光光为了一个破未婚证，便要跑到几千里之外我的户籍所在地安徽马鞍山去？

我顿时没了主意，赶紧给父亲打电话。

父亲在电话里听明白了，安慰我别焦急，总有办法解决。

第二天他就来到了永福，交给了我一本"未婚证"。

我接在手里打开来一看，就哈哈笑了，我忘了我老爸是干什么的了。

老爸说："若不行我去找他们计生委主任帮帮忙，问题应该不大。"

我拿着这本未婚证再度来到了工商所。

这回一路绿灯，工商执照顺利地办下来了。

开始把未婚证递交上去的时候我还特别担心，因为这是融安计生委开出的未婚证，并不是我户籍所在地开出的，担心得不到人家认可呢。

没想到人家并不较真，只要有证，程序上能走得过去，就可以了。

申请办证的手续终于弄好了，几天以后去领证，工商所的这位工作人员把证递给我的时候，突然对我笑吟吟地说："你是我们永福开的第一家冲印部哦。"

我答："是。"

"那以后，我要到你们冲印部洗相哦。"

"欢迎欢迎！"我装作受宠若惊的样子。

"你要给我优惠哦！"

"一定一定！"

她这样对我说话，我心里顿时感到了温暖。永福人还是很有人情味的嘛，像这种机关单位里的人对我这个外地人、陌生人、小商人、小个体户，也能露出人情和温情，和我唠话，拉近着彼此的距离。我心里莫名地有点感动，感到暖暖的。

回到店里我开始做招牌，请了广告部的人来，我比画着，这样那样，打算请他如此这般安装招牌。他听了，吃了一惊，以为自己没听明白，或者我没有表达明白。当他确定我表达得很清楚，他也听明白了，有点不接受，提出异议。我不耐烦地挥挥手："就这么办。"表嫂也睁大着两眼，表示茫然，不明白。

不管是在永福还是在中国别的地方，所有经商的门面招牌一般都是横在门头放置的，而我当时却别出心裁，要做竖招牌，立在门旁。广告部的人从来没有这么做过，很负责任地向我提出了异议。我坚持了我的想法，他们才有点悻悻地回广告部备料。

招牌挂出来了，我站在门前，左看右看，兀自欣赏，面有得色。但是，看着看着，我自己终于有点隐隐不安起来，只见我的招牌，白底黑字，立在门的边上，怎么看也不像一块商业招牌，而更像某个机关单位挂着的牌子。我不禁流下冷汗来。如果真被人们误认为是一机关单位，我还用做生意吗？

正这么想着，表嫂也提出来不妥了。

表嫂没提出来，我心中还有犹豫，一经表嫂提出来了，我反而不犹豫了，对表嫂说："就这样！"人，就是这样，如果让他自己去发现和主动改正错误，错误也就改正了。由别人指出来，提议他或者要求他被动改正，他往往明知道应该改，却也硬撑着，就是不肯改了。做这样的人是很无趣的，做这样不可理喻的人是悲哀的。可是有时候人偏偏就会做这样的人。

表嫂见我坚持，也无可奈何，她当时就是我的一个跟班，完全没有话语权。

8.开业

开业了。一般商家开业，要邀亲朋好友前来庆贺，要大放鞭炮，一者噼里啪啦热热闹闹表示喜庆，二者鞭炮发出的震耳欲聋声，闹出的这个响动，能告诉远近的居民、走过路过的人们，本店开张了啊，请赶快前来消费吧。为了吸引顾客，还要在门口特别挂出一块开业优惠的牌子，以便能迅速招揽到生意。我们在永福既没有亲朋也无好友，请不来谁，就不请了。而我鞭炮也不放的决定让表嫂吃了一惊，我觉得这种喜庆仪式，大放鞭炮声音很吵，烟雾缭绕，既令人心烦，还污染环境。鞭炮我只在小时候放过，长大后，就再没放过了。表嫂说还是要放鞭炮啊，开业了嘛。我坚持不放，最后，她也无可奈何。谁叫她是跟班呢。我们就在一种冷冷清清的气氛中开业了。但是我也去文具店买了几张大红纸，贴在一块三合板上，写上"开张大吉""开业优惠"的字样，把它摆放在门口，以示我们的店从今天开始营业了。表嫂没想到我会来这么一个告知仪式，脸上顿时绽开了笑容。

但是由于"8号冲印部"这样奇怪的字号和与众不同竖立着的招牌，我心里捏了一把汗。真担心顾客不知道我们这个店是干什么的。

果然开业头几天，几乎没有一个人明白我们是干什么的。每天早晨我们8点钟开门，摆好架势，脸上挂着笑容，等待上门的顾客。可是，左等右等，直到夜里 10 点打烊，也没见顾客上门，只有我们两个人，大眼瞪着小眼，一筹莫展，不知最后的结果是不是会一直这样。

但是永福是个如此淳朴的地方，人们都朴素、坦然，少有心机，不明白就问。开业几天虽然几乎没有做成生意，却有不少人特地走进店来打问："你们这里是干什么的？"我和表嫂都抢着答："照相、洗相片的呀！"然后连忙指着彩扩机让他们看，说："喏，这个就是洗相片的机器呀。""哦，哦，这样呀，"他们答，"那哪天我拿胶卷来给你们洗，我们永福还没有能洗照片的店呢，这下好了。"他们说着，脸上露出惊喜和兴奋。让我们都略微松了口气：这下，人们总算明白我们店是干什么的了。

在经商这块，我虽然有着在融安开店一年的经历，但说起来基本上还是一个门外汉。不仅是一个门外汉，而且我从小在机关单位长大，对经商、商人有一种本能的排斥和隔阂，这种自幼被灌输和养成的"本能"，不是一天两天、一年两年就能淡化和消弭的。我在这一年的经商过程中，常常并不把自己当作一个商人，完全没有这种角色自觉，甚至有点羞于承认自己是商人，不过又明白，自己明明已经是商人！这种内心的挣扎、矛盾，让自己无奈又有些悲寂。而一个门外汉如果自以为有了什么奇思妙想，这种奇思妙想事实上常常是只奇不妙，瞎主意，乱指挥。就像我起的这个"8号冲印部"的字号，我立着挂起的招牌，让顾客既看不懂，更不明白。奇是奇了，妙却实在很不妙啊。

9.生意来了

第一单生意是隔壁的一位大姐，她也租赁了农行的门面打算卖杂货。办执照的时候需要交相片，她就来我们店里照相。我和表嫂一齐出面接待，兴奋地招呼着。请她梳头，整理衣服。围着她忙忙碌碌地转。在我的指点下，表嫂特地为她在脸上抹了一点粉，描了一下眉，用口红涂了涂唇。这样照起相来，相片上的人会显得粉嫩、上相，更好看了。果然陪着这位大姐一块来照相的家人看到了照片，都说照得好，照片里的人年轻漂亮。表嫂谦虚地说："不是我们照得好，是大姐人长得水灵、好看，哪个来照都会照得好看。"大姐说："妹子真会讲话啊，你们的生意将来一定好一定旺！"表嫂连连说："谢您吉言！谢您吉言！"她们笑呵呵地拿着相片走了。我们心底也甜滋滋的，自己的手艺能得到顾客肯定，哪有不快乐的。

可是尽管偶尔有些顾客登门照相、晒相，整个局面却并没有起色，并没能打开，仍是顾客稀少。

这时我有了一个主意，我想从某一点开始突破。我想到的就是过塑相片。

当时市场上过塑相片的价格是5寸每张0.5元。洗相片也才0.5元，过塑就要0.5元，价格实在太高了，基本上顾客晒好相，都不舍得过塑，直接拿回家。因此每个家庭都存有大量没曾过塑的相片。如果我把价格打下来，会不会带动过塑这种消费，从而也带动我们店的整个经营？

我决定试一试。我把每天放在门口的那块写着开张大吉、开业优惠的牌子拿回来，再糊上一层空白红纸，用毛笔蘸着墨汁大写上"开业优惠，过塑3毛"几个字，然后拿到人行道，面朝着马路靠在一棵行道树上。

这块广告牌一放，情况立马不一样，当天就有不少顾客前来过塑。接下来几天拿着相片来过塑的顾客越来越多，到后来从早到晚，顾客排着队前来过塑了。我们忙得不亦乐乎，饭都顾不上煮，姑妈知道了，带着退了休的姑爷和准备上幼儿园的表侄，从柳城赶来帮忙。姑妈虽然是一个家庭妇女，却是家里的主心骨，做事干练、麻利。我们的生意不仅相片过塑这块应接不暇，其他方面比如洗相片、照相，也开始有点应接不暇了。姑妈不仅帮我们煮饭搞后勤，还直接上第一线，帮我们接待顾客，帮我们过塑。姑妈虽然年纪大了，学过塑却一学就会，一点也不含糊，比表嫂学得还快还好。表嫂学过塑的时候，还过坏了几张照片，姑妈一张也没过坏。

永福其他相馆见我们生意好起来，人丁兴旺，都跑来探看。他们在门口怯怯地东张西望，我见着了，特意走出来，请他们："进屋坐一坐啊！"他们有点尴尬地嘿嘿一笑，答："不了，你忙，你忙！"转身走了。我还真没时间太顾他们，人走了，就走了，我也立即转身回店里忙自己的了。

生意兴旺起来，全是"过塑3毛"这个卖点的功劳。我有点担心别的相馆也会跟进，也打出过塑3毛的价格。他们的地理位置好，又是老店，人人知道，如果他们也跟进，极可能立即会把我们的顾客拉走，我们的生意又会萧条起来。

后来证明我这种担心是多余了。

其他相馆奇怪地一致观望。

也许同行们认为过塑不是业内的主打产品，在自己的经营中所占份额极小，几乎可以忽略不计，劳动强度大效率又极低，是鸡肋，我想要就给我要吧。

他们没想到的是当过塑这个业务分散在各家时，对每一家都无足轻重，但是当基本集中于一家后，就是可观的业务了。而我的广告牌上写着"开业优惠"，顾客都抢着这个优惠期来过塑，把几十年存积的相片都翻出来匆匆拿来过塑了，好像是赶着来过塑能过一张就赚了一张便宜似的，生怕过了这个村就没这个店。这个数量就可怕了，有时我们一天要接两三千张的过塑相片，一天到晚连轴转也忙不过来。其实我这个定价不是一时给出的优惠价，而是长期的价格，所以表明开业优惠不过是一个噱头、一种经营策略。

同行们更没觉悟到的是，通过打出过塑上的价格优惠，我们开店的信息迅速传遍全城。顾客的消费总是首选价格优惠的地方，如果最后发觉价又优质也不次甚至更好，就会成为铁杆客户。而顾客的消费又总是有点盲目和一厢情愿，好像一个店里有一种商品价格是低的，其他所有商品也都是低的了，都愿意选在一个店里消费了。

就这样一传十、十传百，仿佛一夜之间人人都知道永福如今有了一家冲印部了，以后洗相片，再也不用费力费神费钱跑到桂林去冲印了。

我就此一举打开了局面。

当同行们开始觉悟，开始后悔，开始跟进，也打出"过塑3毛"时，轻舟已过万重山，我早把他们彻底甩开了。

10.生意是如此之好

我没想到局面一旦打开，生意是如此之好，除了人们排着队前来过塑，洗相片的顾客也开始排队了。

在20世纪90年代，冲印部和照相馆就有这种天壤之别。顾客拿着胶卷选择冲印相片，基本都首选有彩扩机的冲印部。冲印部总会成为那个地方洗相片的中心点、集散地。所以有好多地方的冲印部彩扩部，把店名直接取为"某某冲印中心""某某彩扩中心"，真是名副其实啊。现在，我们的店也一样显出了强大的聚集力，顾客纷纷前来，并且每位顾客都因永福本地也终于可以自己洗相片了而兴奋不已，他们甚至带着一种感谢的心情而来，感谢我们把冲印部开到了永福，给他们带来了便利。

我心里也非常感激，我没想到永福人对待我们会有这样的心情、这样的心态，不仅不因为我们是外地人而排斥，反而受到热烈欢迎。他们一边让我们冲印相片，一边总说："太好了，太好了，永福终于也有自己的冲印部了。"

好多时候，我们店还没开门，门外已经有不少顾客在等着了，店门一打开，他们便急忙一拥而入。

姑妈说："我们怎么能让顾客等我们呢？"

表嫂说："是啊。"用眼睛望着我。

早晨我总是起不来，但是没有办法，我只好表态："那我们再提早一个小时开门吧。"

姑妈和表嫂都笑。

永福是那么小的一个地方，我真不知道这么多的顾客是从哪里冒出来的，源源不绝，源源不断，无穷无尽。

我们每天心情又紧张又愉快，接待着络绎不绝前来的顾客。

11.税管员

税管员来到了我们店里，他的到来让我想到了在融安的经历，让我万分紧张。

过去我在融安开的是一家小小的照相馆，现在，在永福开的可是一家冲印部啊，是永福摄影服务业的龙头啊。还不被税管员盯死。该订多高的税呢？我紧张得要命，担心得要命。

税管员进到店里，面带微笑，望着我说："你是老板吧。"

我点头承认了。

"要订你店的税了，你报一报吧。"

他这么一说，居然是跟我协商，我完全没想到我还可以同他协商，还能讨价还价。心里有些轻松下来，就露出一脸苦相，说："生意难做啊。"

那时我们店的局面还没打开，一整天也没有几个顾客上门。真是愁死人。

税管员也看到了，安慰我说："不急，慢慢来。"就走了。

没隔几天，他又来了，问："生意怎样了啊？"

我说："你看，还是那样，没人啊。"

他说："不急，慢慢来。"又走了。

我有点不知他葫芦里卖的什么药了。

第三次他上门的时候，我的局面打开了，顾客盈门。他进来，两眼闪闪放光，好像比我还兴奋。

"生意好啊，好得可不得了啊。"他笑吟吟地说，"报一报税额吧。"

我不知怎么报，有点慌乱，就直白说出来："我不知怎么报呀，不知将来会怎样呀。"

"不急，慢慢来。"他说。听他这么说，我突然想这句话是不是他的口头禅呀，忽然觉得很有趣，脸上就挂出笑来。

"你看，"他说，"脸上有笑容了嘛。"

听他这么说，我发觉自己不觉间失态了，连忙敛住了笑容。

他又说起他的口头禅："不急，慢慢来。这样，你先做一个月的营业额登记，然后拿到税务局给我，我们再订税吧。"

我说："好的好的。"

我明白了。他是想尽量高地订我的税，可是高到多少他又没底，是想先看看我给出的底啊。

我就每天做登记。表嫂在我每天做登记的时候，就围过来看，脸色凝重，心情也是很担心很沉重。做生意一怕生意不好，二怕赋税重。生意不好自己还可努力改变，税赋可由不得我们……逢着这种悲剧真是让人不甘心啊。

一个月后我把营业登记拿给税管员，税管员仔细地看完了，说："好，我有数了，你先回吧。"

过了几天他带了有三五个人来，再加上我们门店里的顾客，一下挤满了。顾客看见是税务局的人，纷纷避让，都散了。门店一下清冷起来。

我有点惊慌，不知发生了什么事，以前税管员都是一个人来的，怎么这次闹这么大动静，难道我做错什么了吗？

税管员一脸冷峻："今天开始正式订你的税！"

然后他憋住了，不说。盯着我看。我看到他嘴鼓着，话就在他嘴巴里含着。

我感觉我内心塞满了焦灼的汗珠，快要流淌出来了。我无意识地不停地弯起手臂擦着额头，好像我的额头沾满了汗珠，正大汗淋漓。订出的税额是高还是低对我们的店能不能继续正常经营下去，可能是致命的，也可能是恰如其分的，当然还有一种，也可能是完全无足轻重的。会是哪一种呢？我不敢猜想。

"订三千块钱吧。"税管员终于吐出了关键词。

我听到了，悄悄出了一口气。仿佛这么多天来一直憋着气在和什么较量，希望较量出一个理想的结果。现在尘埃落定，结果出来了。

税管员说完这句话，脸上的冷峻突然就没有了，笑嘻嘻的，一脸和蔼，他甚至伸出手来同我握了握，说："老板，祝你在我们永福生意兴隆旺上加旺吧，为我们永福多交税，纳税光荣嘛。"

我连连如捣蒜般点头答："是是是。"用双手恭敬地握着他没放开的手。

他们一个个都笑嘻嘻地走过来，友好地拍了拍我的肩膀，便走了。

我彻底松了口气。我报上去的营业额是三千多元，他订我三千元，给我留了余地。

永福真是一个好地方，永福人真是好人呢，并没有杀鸡取卵。

我心里的一块石头终于落了地，放下了。

表嫂也嘘了口气。她拍着胸脯说："吓死人了。"

12.天赋异禀的表嫂

表嫂做服务业真是命定应该做的，她有一种见人过目不忘的本事。在柳城的百货公司做营业员的时候，因为有这个过目不忘的本领，使她很快结交下了柳城的许多人脉。人们买东西都喜欢找她，只要你在她手里买过一次东西，她就能记住你，同时还记得住你的喜好，愿意付出的价位，你再来的时候，她会一眼就认得出你，并能恰如其分地向你推介商品。这些由她推介的商品总是既能暗合你心意，价格又正是你愿意承担的。所以她在百货公司一枝独秀，营业额总是遥遥高过其他营业员。可惜的是，一个人的天赋改变不了时代的大潮，百货公司倒下了，表嫂下岗了。

现在，在永福，表嫂这个天赋又开始发挥作用了。

不管是什么样的顾客，只要来过一次，表嫂就记住了。

我们经营了两三个月，有了回头客，而且回头客越来越多。

每次有回头客到来，表嫂都能与对方攀谈。开始很多顾客都以为表嫂是生意人嘛，当然要和顾客拉关系套近乎。可是当他们听到表嫂能讲到他们什么时候来过，洗了什么相，照了什么相，有些什么要求，拉过什么家常。就吃惊了，感到自己在这个店里消费是得到格外关注、重视和敬重的，立即对表嫂对我们店有了亲切感。

173

看到这种效果，我惊喜不已，暗暗对表嫂竖大拇指，给予赞赏。表嫂也总偷偷地朝我微微一笑，悄悄回了一个大拇指，以示放心搞定。

13.我和表侄

生意一如既往地好，每天都是顾客盈门。

我有点意得志满。

傍晚的时候我喜欢带着四岁的小表侄在附近散步。

迎面不断碰到的人都是我们的顾客，他们笑吟吟地和我打招呼："老板，出来走走。"

我也笑呵呵地应着："走走，走走。"

永福的人总是那么友好，好像我就是他们的左邻右舍，是他们的乡里乡亲。

一激动起来，我对表嫂说："我就在永福生活一辈子了。"

表嫂听了，笑而不语，不知是信以为然，还是不以为然。

姑妈却说："永福那么小，能装得下你的心？"

我想了一下我的心，不禁默然。我觉得可能永福真的装不下我的心。

小表侄牵着我的手，只要是我带着，总是十分快乐地走，脚步没个规矩，蹦蹦跳跳，左左右右，突然他看见了一辆摩托车，指着摩托车十分好奇地问我："表叔表叔，那个是什么？"

我看了看，是摩托车。我用一只手摸着自己的头，让小表侄也摸着自己的头，说："摸头车。"

表侄睁大吃惊的眼睛想了想，想不明白为什么要叫"摸头车"，想不明白为什么要先摸着自己的头，才叫出名字。觉得这个名字好奇怪啊，又好好玩啊。当又看见了一辆摩托车驶来，他把放下来的手自己伸到头顶上，摸着，说："摸头车。"说完，望着我，大笑。

我望着他，也大笑。

回到店里，他还演示给表嫂看，他做着样子，说："妈妈，妈妈，摸头车。"

表嫂开始莫名其妙，不过很快明白过来了，也笑。

表侄之前一直生活在柳城，柳城没有铁路，他从来没见过火车，我们在永福的门面远方正对着铁路，不久铁路上就有一列火车会呼啸着轰隆轰隆驶过。

每次火车驶过，表侄都要兴奋地观看。

我见他看得入迷，只要得空，只要有可能，我就走到门边故意把卷闸门一点一点拉下来，不让他如意看。

随着我一点一点拉下门，表侄就一点一点蹲下来，最后趴在地上了，瞅着门缝看。样子很可怜。

表嫂见了，笑吟吟的。她没想到我这么大了，还这么孩子气，还那么喜欢恶作剧。

每一次我拉下门，我都希望表侄或者求我，或者反抗。

可是他从来也不求我，从来也不反抗。

后来我也觉得自己太阴暗、太恶劣了，这个恶作剧的游戏慢慢我也就没兴致玩了。

14.招牌不见了

有一天开门的时候，我们吃惊地发现，我们挂在门外的招牌不翼而飞了。

最先发现这块招牌不见的人是表侄。表侄说："表叔，表叔，你看。"

我随着他的指点看去，原来挂招牌的地方，现在空空如也。

我吃了一惊。

我也连忙叫道："表嫂，表嫂，你快来看。"

表嫂正在店里面扫地，拎着扫把一边走出来，一边嘟哝："天上掉馅饼了吗？"

"不是掉馅饼，是馅饼飞了。"

表嫂觉得我说得莫名其妙，没头没脑。

走到门口，扭头看见了，有点惊骇，说不出话。

姑妈也来看了，脸上阴沉。

我们一致猜测，肯定是同行干的。我们的生意太好了，同行嫉妒了，偷了我们的招牌，拿去砸了。

不知道为什么这使我们的心情很沉重，这一整天的生意我们都做得恍恍惚惚，有一搭没一搭。

到了傍晚，生意稍闲，我说："我去找找看，看看能不能找回来。"

表嫂和姑妈都觉得我竟有这种幼稚的想法，人家把招牌拿走了，还会留下来，早砸了。

我执意要去找找。

她们起先是反对，说没用的，后来也就由我了。

我牵着表侄当是散步，出了门。

我径直朝河滩走去。来到永福快半年了，我还从来没有朝河滩走过。我认为我们的招牌应该就在河滩，所以我毫不犹豫地朝河滩走去。

走到了河滩放眼一望，我就望见我们的招牌好端端的躺在河滩的一处草丛中。

表侄也看到了，他惊喜地朝我们的招牌跑去。

我也大步地赶过去。

走近了，我把招牌拿在手上，支起来端详，发现招牌完好无损，连一颗钉子也没少。我把招牌扛在肩上，打道回府了。

表嫂和姑妈见我居然把招牌完好无损地找回来了，都十分吃惊，万分惊喜。

我们把招牌重新挂好。脸上又有了笑容，心情轻松。仿佛失落了一天的魂又回到了我们身上。

被重新挂好的招牌，从此以后再也没有失踪过了。

15.缩水的相片

5寸相片的标准规格是127毫米长、89毫米宽，但是在20世纪90年代所有彩扩部生产出来的相片，几乎都是缩水的相片。差别只是缩水的程度不同，有的缩到86毫米，有的缩到84毫米，我见到过缩得最厉害的，居然只有81毫米宽了，拿在手上，感觉简直不成样子，像一个人瘦得脱了形。

在业内不管是什么机型，到了老板手里，老板最感兴趣的第一件事就是如何改动尺寸，把原厂设置的89毫米的标准，改小来，改得符合自己的意，或者是86毫米，或者是85毫米、84毫米，甚至83毫米、82毫米。

一轴相纸总长175米，如果按相片标准尺寸扩片，约能扩出1966张，而照片每缩小1毫米就可多得22张，如果一下缩了4毫米，就能多得近百张，这可不是小数啊。这种偷工减料，生意好扩片量大。比如说一天扩几千上万张的彩扩部，有得算，可以使经营的老板小发一笔额外之财。

我也一样按照这套行内惯有思路走，要把我们的811彩扩机改小出片的尺寸。我去向父亲讨教如何改变尺寸，父亲听了我的请教，不仅不同意我这么做，拒绝指教我，还狠狠批评了我一通。父亲警告说："这些相片看得见，摸得着，你把相片改小了，改得不合规范了，有一天人家拿这些相片来找你麻烦，你要吃不了兜着走！"

我执意不听，反驳说："人家也都改小了，市场上全是改小的相片，我为什么不可以改？"

结果弄得不欢而散。

有空的时候我就把彩扩机的电路图拿来看，自己钻研。我与父亲一同研究过以三原色曝光为模式的彩照扩放自动校色、曝光控制器，还算懂得一些电路知识。不说都快忘了，说起来，这个控制器还得到过国家专利呢，现在在网上居然还可以搜到。可惜的是这个专利虽然获得了，并没有变成生产力，并没给我们带来任何效益，并没有真正走向生产，变成产品，没能投向市场。当初虽然有蛮多厂商感兴趣，最后都没有谈成。如果谈成，可能我的人生又会是另一重样子了。人生总是这样，它有很多种可能，有很多种方向，有很多层维度。你朝哪一个方向，你在哪一层维度，有时是一种必然，更多时候却是一种偶然。我翻看着电路图，一边看一边拆开电器箱研究相关的电路板，我很快找到了控制走纸的步进电机和走纸长短度在电路板上的调节机关：一组拨杆。拨杆的位置不同，给出的步幅指令就不同，走纸的长度便有长有短。我也不想进行什么科学计算，我就用最笨拙的方式，拨动一次，让机器走一回纸，直到试出走纸长度是我想要的85毫米。我没有浪费多少张纸就试出来了。

表嫂在一边做我的助手，她看到我大功告成，居然把一台如此精密的高科技的机器玩转，佩服得五体投地。要知道我的学历那时还只是一个高中生啊。

我也很得意：老爸你不帮我，我可自己解决啦！

我也开始生产缩水的相片了。

但是心里一直很忐忑，生怕有消费者不满而投诉，生怕最后得不偿失，被相关部门处罚。那就真是所得者小，所失者大了。

报纸上时不时也登载一些关于缩水相片的批评报道，我总要细细读上几遍。每读一次就心慌一次。

读罢，心里又想立即改正，可是又贪利，终于舍不得改。

有一回我在一本摄影杂志上读到了一份国家有关部门颁布的《彩色胶卷和相纸照片冲洗加工技术规范》，其中有一节就说到彩色照片裁切尺寸和极限偏差。像一张5寸照片，极限偏差在2毫米是容许的。

读到了这个规范，我连夜把我的5寸出片尺寸改成了87毫米。这样一来相片也合格了，每轴纸还能多得几十张相。欣欣然，非常欢喜。

从此感到万事大吉，每晚都可以睡安稳觉了。

父亲知道了，说："你这是钻法律的空子。"

我不同意父亲的这种指责。

其实关于缩水的相片，那时我如果还能具有一种逆向思维就好了：当做彩扩的老板们，统统都尽量把相片往小里做的时候，我偏偏不这样做，而是反其道而行之，把相片尺寸做得堂堂正正、规规矩矩，相片尺寸足，拿在手上大气，是不是反而会赢得更多顾客，得到更多生意，有更多利润可赚呢？可惜那时我人生经验有限，思维狭窄，只看得见眼前的一点点蝇头小利。

16.表哥

表哥休公休假了，或者倒班轮休，就会从柳城跑来永福帮忙。

如今他已经不做电工了，干上了内保。工作的具体内容就是带着一把枪，守在银行金库的铁栅栏里。每个班8小时，三班倒，三班四运转，倒班出来可以连休三天。做电工很悠闲，但是每个星期只有星期天能休一天，所以他就申请干上了内保。

我说："表哥，你还做什么内保，辞职来永福跟我们一起干吧。"

表哥听了，不以为然地笑笑，不打算同我分辩。

我就又向表嫂做工作，让她动员表哥赶快辞职了，来永福帮忙。

永福很需要人手啊，我和表嫂两个人忙不过来。

表嫂听了我的建议大点其头，觉得我说得很好很对。

可是，她也说不动表哥。

表哥一辈子是体制内的人，也只愿做体制内的人，你要他丢下铁饭碗，在他的想法里，说这种话的人肯定是发神经了，头脑不正常了。

我又去向姑妈游说。希望说动姑妈站在我们一边。

可是姑妈听了我的游说，也坚决不同意我要表哥辞职的想法，她心满意足地说："一家两口子，一个人出来打拼赚钱，另一个人有一份稳定的国家工资旱涝保收，这种搭配最理想了。"

这使我感到很无奈，有时又觉得表哥很不男人，让一个女人出门打拼，自己缩在银行的铁墙里享安逸，算什么嘛。

可是表哥每次到来，总是一副抢着干苦活脏活累活、流大汗出大力的样子，让我又无话可说。

我扩相的时候，表哥就切相，分相，装相，配药，加水，提拎废药。所有打下手的体力活全包了，勤勤恳恳，任劳任怨。

这使我对他的不满消解了好多。

但是我就是不明白，表哥不过就是在银行做一个最下层的内保，这样一个不尴不尬的饭碗，领着可怜的一点工资，有什么好恋栈的？

很多年以后我似乎才明白。能有稳定的收入、安定的生活，病了有医保，老了有所养，不就是咱老百姓对生活的美好期望和心仪的理想吗？

17.请人

表哥不肯辞职前来入伙，我和表嫂两人，每天一开门，就得从早到晚几乎一刻也不能停歇地忙得团团转，真累啊。不仅是累，很多时候深感分身乏术，支应不过来。

姑妈见着了，不仅保证做好她的内勤，烧菜煮饭，让我们能吃上一口热饭，她还跑到一线来，站柜台，帮忙招呼顾客，开单收钱，切相过塑。姑妈60多岁的人了，两鬓白发，你别看她年纪大，做事，能顶一个壮汉。手脚麻利，精力旺盛，做起事来雷厉风行。真是让人刮目相看。不仅我很佩服，很多顾客看到了也很惊讶，很敬佩。觉得我姑妈年纪这么大了，身上怎么却总有使不完的劲！

尽管如此，还是忙不过来，一家上了路、生意旺的冲印部，没有四五个人，怎么能够支应得下来？我和表嫂居然能顶这么久，已经是一个奇迹了。

我同姑妈商量："既然表哥不肯来，我们就请人吧。"我实在感到好累了，感觉有点顶不住了。

姑妈听了脸色阴郁，心事重重。她说："请人我们不就成了资本家吗？"

在20世纪90年代初，特别在县城这种小地方，所有的个体户、店家基本上都是个人店、夫妻店、家族店，白食其力，基本没有请人的。很多个体户就算生意很好很忙都不敢请人。历史上的某种阴影还在人们的心里存着让人害怕。

姑妈还有一重担心，她怕请一个外人进来，会把我们的一切都摸清了。

她这么说我也有点担心起来：想象到被敌人打进内部，那真是一件很值得担心、很恐怖的事情啊。

这件事最后也就不了了之，虽然每到忙不过来，每到忙得想趴下的时候，我都不由得产生赶快请人的渴望。

坚决不请人，埋下了祸根，最终种下了恶果。

18.自以为是的小聪明

我对永福完全不熟悉，对桂林也完全不熟悉，由于在融安开过一年相馆，相馆所进的耗材都是从柳州进的，对柳州的摄影器材批发部相对还算熟。我们在永福把冲印部开起来后，刚开始只能舍近求远，还是从柳州进耗材。慢慢地不仅熟悉了永福，也开始熟悉桂林了。应该在桂林的什么地方进相纸，在什么地方进胶卷、药水，都逐渐摸到了门路。我们便转而在桂林进耗材了。

正是在这个交接的当口，我在用到一卷从柳州进的相纸时，发现这卷相纸无法使用，居然是漏光的。我把包装袋拿来细看，发现袋子漏了一个细细的洞，光从这个细细的洞里透到了相纸上，使相纸曝光了，不能用了，成了一卷废纸。

表哥也把纸袋拿在手里，对着光看，看到了那个漏洞直叹气，叹我们运气这么不好，怎么居然会得到一卷漏光的相纸。

一卷相纸可是好几百块钱买来的呀，数目不菲，就这么认栽了，就算完了吗？

我不情愿，不甘心。

可是这卷纸是从柳州进货的，要把这卷纸再拿回柳州退货，想想光是来回的车费就不少，有点不值得了，还不知道到了那里，人家会不会认账给你退货呢。出了门的东西一切都讲不清楚了，特别是感光材料。

我一时不知怎么办。

后来，我突然灵机一动：我们不可以拿到桂林退货吗？都是一样品牌的相纸，谁知道我们这卷纸是从哪里进的。

我把这个想法告诉表哥，表哥认为妙极。

我们就兴冲冲带着这卷相纸来到了桂林那家我们进货的摄影器材批发公司。

我把相纸摆在柜台上，说明了情况。

接待我们的营业员认真地看了包装袋，她果然看到了包装袋上的一个小洞，脸上有一些惊讶，她说："请等等，我告诉经理，他会处理的。"

听她这个语气，是要负责的，我们松了口气，以为计成，暗暗得意。

正在暗暗得意的时候，经理匆匆赶来了。他把纸袋仔细看了一遍，扭头对营业员说："叫会计来。"

会计很快来了。

经理对会计说："你查查看，这批货是哪时进的，查到了，给客户退货吧。"

我和表哥对望了一眼，都是心头一喜。

会计立即去拿了账本，翻开来查对。

看她这么一查，我立即发觉自己是聪明反被聪明误了。

我没料到人家是一家建制齐全的公司，不像我们这种小小个体户，光凭口算脑记，人家所有的货物进出都是有完整登记的：进货

183

时间、批号、数量、出货时间，等等，全都完整记录在册。这还不重要，重要的是她没查的时候我孤陋寡闻，我居然还不知道每卷相纸都是印有批号的，人家都登记在案，她一翻开账本要查，我便明白了。可是一切都晚了。想到假话即将要被戳穿，立马全身虚汗淋漓，浑身打战，不知该如何收场。如果有个地缝，我会毫不犹豫地钻了，遁地而走了，实在没脸再待下去。可是我不会地遁术啊，只好硬着头皮待着。

会计很快查清了，说："经理，这卷相纸不是我们的货。"

经理有点意外，把账本抢到手上看，看清了。

我却一点不意外，知道就是这个结果。这卷相纸明明就不是你们的货嘛。

他沉默了，想了想。然后把账本拿我看，说："你可能搞错了，把别家的货认为是我们的货了。你看，"他点着相纸袋上印着的批号，又点着他手里拿着的账本说，"我们给你的可不是这个批号的纸啊。"

我清楚他已是心知肚明，嘴上却不点明我是来蒙混，而是假装说我糊涂搞错了，这是他给我的一个下台的台阶。

我立即嗯嗯地应着，顺口点头承认，说："这么说来真是我搞错了。"

把这卷相纸抱在怀里，赶快拉着表哥灰溜溜地走了。

19.病

我病了，这是长期超负荷劳累的结果。

胃出血。刚开始还不算很严重，如果我立即去医院诊治，应该也不会发生什么严重问题。

但是我并没有去医院，而是在隔壁的一个私人诊所诊治。这下才坏了。

我在这家诊所的医生诊治，一来他是我们的邻居，我认为肯定会得到他的悉心医治；二来他是从县医院出来的，在县医院时是医院的内科主任，人们都言传他医术高明，来找他就诊的人每天都排着长队，我对他极其信任。哪料到结果完全不是所想的。

不知是这个医生其实医术并不高明还是为了尽可能多得我的诊费，居然在他越治我的病情越严重的情况下，不及时把我转诊，还把我滞留在他的诊所。刚开始我还能自己走着去让他看病，越治我就越走不动了，病情越严重了，躺在床上了。结果直到我胃大出血而昏迷，他还把我滞留着。这时，全靠我伯父从融安赶来了，紧急把我强行送进了县医院，救回了一命。

人病如山倒，8号冲印部全靠我支撑，我倒了，8号冲印部也就倒了，不得不关张了。

我没想到当我正做得风生水起时，最后是这个结局。如果我们早能及时请人，大概就不会是这样一个结局了。

我原来还希望先暂时关张8号冲印部，等我病好些后再重开张。父亲坚决不同意，他说："你还要不要你小命了！"连夜就把8号冲印部关了，把所有的东西请了一辆货车全拉回了融安。待我出院后，不由分说把我带离了这个让我留恋的伤心之地。

我在融安整整休养了一年，身体才算勉强恢复了元气。

2018年8月7日初稿
2018年11月26日定稿

185

长安镇上的照相馆

姚氏照相馆

姚氏照相馆是开在长安镇上最早的照相馆，在 20 世纪 40 年代。

照相馆老板姚老板来自广东。

长安镇今为广西融安县城，融江穿城而过，上通湘黔，下达广东，自古商贸发达，早在 1399 年明朝政府就在此设立集市，绵延数百年商业气运不衰。1930 年，左近吸引来一批广东商人在此建筑骑楼，开埠经商，长安一时更是兴旺发达，融江通埠，往来商船频繁，河为之塞，被誉为"小柳州"。现今的骑楼街即始建于当时，距今已近百年。

姚氏照相馆即设馆于当初最繁华的商业中心骑楼街，三层三进的楼房，临街的门面作接待室，内里的房屋或作照相室、暗室，或作住室。

我与姚氏照相馆居然亦有缘分，2013 年，我在柳州开设的照相馆接待了一位顾客，这位顾客即为姚氏照相馆老板后人姚某。姚某当时为某老年大学校长，人称姚校长，已近古稀。姚校长健谈，常来我相馆与我海聊，津津有味地大谈姚氏照相馆的今生前世、古往今来。我也听得津津有味。但是姚氏照相馆并无传人，一世而终。姚老板生子6人，长成后各有事业，居然没一人子承父业，实为憾事。不过6子都毕业于各类大学，学有所成，是长安镇上一群英才。也算有其父必有其子了。

姚氏照相馆与我还有一层缘分。在20世纪30年代我祖父罗殷由广东逃难至长安，在长安安家立业，开枝散叶，先后生育有我姑妈、伯父、父亲等子女，后再至泗顶镇那是后话。祖父罗殷在长安镇上挑担卖货，以货郎为业，养家糊口，稍有结余即至泗顶镇建屋置田，因此成为泗顶镇上常住居民。在长安期间祖父曾一时兴起，穿戴着长袍马褂，走进姚氏照相馆留下照相一帧。1980年我回乡省亲，小叔从老屋破损的墙缝里扯出卷起的照片一张，纸张黑黄，边缘有虫食鼠咬痕迹，已是残破，此照片即祖父当年在姚氏照相馆照相时留下的照片。当时我以为小叔特意将此照片扯出来，是要妥善保管，或者另去翻新以为永久存留，不料他并没有，实令我难解。后来这张照片终于不知所终。

2000年我来到长安镇时，曾无数次踯躅于骑楼街上，当时由于城镇的整个商业重心他移，骑楼街已是荒凉、破败，人迹稀少，放眼望去街上常几无一人，空旷、落寞，不成气候了。但细看破残的骑楼上的华表、雕饰，仍可遥想到当年骑楼街的富贵、繁华和热闹。我在骑楼街上踯躅，寻找着当年的姚氏照相馆，默默地走，静静地看，不愿问人，不想打听。看完一个门面，又看下一个门面。猜想当初的姚氏照相馆应该就是此处此家了，就看得更加仔细。门前是1米余宽的骑楼，撑着两根廊柱，门虽然开着，却是黑黢黢的，几乎什么也看不见，过一会儿，眼睛稍稍地适应了，才看清门面里摆着的凳子和茶几，以及一个老人无声地靠躺在藤椅上，静静地等待光阴的流逝。不禁心生苍凉。

姚氏照相馆在20世纪50年代与其他的私营企业一样,在公私合营的改造中结束了自己的历史。

国营融安照相馆

国营融安照相馆在20世纪80年代以前一直在长安镇是独此一家,别无分店,后来改革开放了,长安镇河东商业片兴起,才在河东又设立了分店,在80年代初生意兴旺,上门照相的顾客盈门,排着队等待照相。那是国营照相馆最美好的时代,前已无当年条条框框的各种约束,后还没有追兵,个体户还未兴起。

国营照相馆生意做得风生水起,舍我其谁。

当第一家个体户照相馆开起来的时候,它冷冷地睨斜着眼看,内心并没有紧张。

是的,在80年代刚刚诞生的个体户照相馆,当它怯生生地以一个不起眼几乎找不着的小门面,小模小样地开张时,不仅弱小,而且合法性还存在疑问,它有点名不正言不顺,畏首畏尾。

那时候,就算有人知道镇上新添了一家个体户照相馆,一般也不会选择,人们看不起,总感觉来路不正,技术水平也可疑。

确实是,当时的个体户照相馆,由于受到资金、场地、技术、器材等的制约,照出的照片质量与国营照相馆照出的照片质量不可相提并论,差了一大截。

这让国营照相馆怎么不睥睨?怎么入得它的法眼?根本不把个体照相馆当一回事。

国营照相馆面对新生的个体户照相馆基本上是相当地坐大。

不仅是他们就是所有人,谁又能预料到将来世事的变化会是今天这样呢?

在我们庸常的人世里,除了圣人,没有人能先知先觉。

所以怪不得他们。

如果他们知道 20 世纪 80 年代，无忧无愁地坐拥国营照相馆，享食着制度给他们带来的红利，已经临近最后的晚餐了，他们的应对绝对不会是当初那种坐大的模样，一定会小心翼翼、如履薄冰地敬畏和供奉着自己的饭碗自己的这份职业，而不是大大咧咧嘲笑个体户照相馆营养不良、先天不足的诞生。

国营融安照相馆总店开在骑楼街上，20 世纪 70 年代我在安陲读小学，小学毕业的时候，我们的校长张明鸿突然做出了一个勇敢的决定，他决定带领我们 30 多个小学毕业生跋山涉水，翻山越岭，去融安县城长安镇照小学毕业相。

从安陲去到长安镇几十里路，那时安陲人要去长安，一种是走水路，漫长而曲折，基本不是首选，一种就是走旱路，翻越牛栏山。

我每次抬头仰望高高在上、遥远入云的牛栏山，遥想牛栏山之外，总感到那是一个世外桃源，一个富庶之地，一个我可以仰望和想象却永远也不可即的神秘的圣地。牛栏山把我和它隔绝着，它是不属于我的，不可能属于我的，我只是属于安陲，属于安陲这座闭塞的山村。

当张明鸿校长做出这个很有气魄的决定时，整个学校都沸腾了，整个安陲都沸腾了，大家奔走相告，一时成为安陲的特大新闻。

通知发下来了，定于某月某日出发。

出发那天一早，天还没亮我母亲就像其他准备去长安照毕业相的小孩的母亲那样匆匆起床了，她擎一盏点亮的煤油灯，下到厨房，往柴灶里添柴生火做饭。

母亲起来的时候，我也醒了，其实我几乎因为兴奋和欢喜一夜未睡着，也根本不想睡，在床上左翻右翻胡思乱想。由于母亲是上海人，我从小在安陆和上海两头跑，按说一个小小长安镇根本不在我眼里才是，可奇怪的是，我就是心里眼里充满了去长安的渴望，可能是因为这次去长安是和一大帮同学一块去的缘故了。我躺在床上看着母亲生火做饭，心里甜蜜蜜的。

天快亮的时候，母亲把饭菜都做好了，让我起床吃饭，在我吃饭的时候，母亲又拿出一个口缸往里装饭，这将是我在路上的干粮了。

我们集合好向牛栏山出发。张明鸿校长18岁到我们安陆小学当校长，当时安陆小学刚建校，就他一个师资，校长是他，老师也是他。他从一年级教我们到五年级小学毕业，他是我们的大哥哥，而不像是校长，后来当上了县公安局局长。他一人带我们翻越牛栏山时，跑前奔后，将我们这些半大的孩子照顾得好好的、妥妥的，没有一个落下，没有一个出任何状况。

走到长安镇时已是黄昏了，街上人影幢幢，恍恍惚惚，我们都有些心慌，因为我们发现张明鸿张校长面对长安镇这个陌生的黄昏，有点手足无措，他的情绪立即传染了我们，顿时我们个个都有点惶惶然。校长让我们在街头站好了不要走散，然后他就不知到哪里去了，回来的时候已经神态自若，"走，住宿去。"他说。我们便跟着他鱼贯而行，一走走进了县政府礼堂。那晚上我们就在县政府礼堂里就着禾秆草，女同学一堆，男同学一堆和衣而睡，度过了毕业前的一夜。好在那时正是盛夏，无须被衾。

第二天，他带我们兴冲冲地奔进国营融安照相馆，我们一帮人把照相馆全挤满了，照相馆的领导是张老三，几十年后，我长大了，我在长安开起照相馆时，我成了张老三的同行，又成了张老三的朋友，忘年交。大约是1998年的时候张老三的国营融安照相馆为了改变没落的现状，争取赶上时代的发展买进了一套彩扩机，可是没弄几下，就好像坏了，玩不转，张老三曾上我家，要我去帮助解决。我当时笑呵呵地就去了。其时当时我自己也并不懂修彩扩机，能修彩扩机的人是我父亲，我却装作很内行的样子帮他看机子去了，自然是丑态尽出了。想起来就好笑。张老三笑呵呵地招呼着我们，那时很长一段时间都流传国营单位脸难看门难进，我都没有感觉，至今我印象还非常清晰，张老三在接待我们的时候一直是笑眯眯的，很友善，很亲切，他安排和指挥着我们排着队，一个一个轮番照相。我们也很配合，都有点羞涩，都很听话，一个一个，就把相照了。所有的单人相照完了。我们收拾着准备走了。张老三对校长说："不照一张集体照？"经张老三这么提醒我们张明鸿校长好像才突然醒悟过来，才觉得是的是的，应该照一张集体照啊。可是最后，没有照成。因为大家口袋里没钱了。这张没有照成的集体照我想肯定成了大家的终生遗憾。多年前回忆至此我忍不住写了一篇文章《相册里没有小学毕业集体照》登在报上，表达了这种经久散不去的心情和心结。

国营融安照相馆现在已经不存在了，成为历史的遗迹只在人们的记忆里存留了。

第二春照相馆

张建成是第二春照相馆实际老板。张兄是县文化馆专职创作员，好像毕业于广西大学美术系吧，应该是我们长安镇改革开放以来的第一代大学毕业生。大人才，大才子。在长安算得上一杆笔，画画画得好，后来爱上了摄影，也摄影得好，既是广西美术家协会会员，又是广西摄影家协会会员。在长安有这样省级双头衔的人才屈指可数。我非常仰慕他、崇拜他，可是自知资历浅薄，不够格高攀，与他始终只是泛泛相交，不能成为相交深厚的知己，实在引为内心深处的遗憾。

20世纪80年代改革开放初兴，古诗云："春江水暖鸭先知。"张兄就是这样一只鸭，靠着自己在体制内得风气之先，当改革开放的春江之水暖流涌动的时候，抓住机会毅然让自己的爱人在长安开起了一家个体户照相馆。

张兄的家在码头旁的路边，当时长安还没建有融安大桥，车辆、人畜都是通过渡轮通达四方，码头是长安咽喉要地，必经之路，张兄不仅得政策的风气之先，家又居于要地，以此地开设照相馆，真正是天时地利都占了。张兄是画家，他在他家整面墙上画了一幅巨大的广告画——一位顾盼生辉的美女。在80年代画作这样一个美女的大型广告又开了长安的风气之先，轰动一时，成为长安镇街头巷尾的美谈，人们携老扶幼前来观赏。一幅大胆的广告画，成就了第二春照相馆的名声，不一时镇上几乎无人不晓、无人不知。知识就是力量，知识就是智慧，有知识的人总是比别人更有力量、更有智慧。

顿时第二春照相馆天天人声鼎沸，顾客盈门。那时还是卖方市场，照相馆少，求大于供，尽管第二春照相馆生意热火，却并没有影响到另一处国营融安照相馆的生意，大家你好我好统统都好。

在2010年我去长安，看到第二春照相馆那幅大广告画依然屹立在张兄家的墙上，尽管经几十年风吹雨打，容颜已失，美人却并没迟暮，依然顾盼生辉，只是装束落后了，看上去像是来自我们山村少出门的村姑，却清纯，脱俗，虽不时髦了，仍然光彩照人，自成风韵。20世纪80年代是最令人神往的年代，一切都才开始，一切都才启蒙，一切都才出发。现在看上去，20世纪80年代的每一个人都是那么有精神气儿，都意气风发，连一幅墙上的画也不例外。

融安彩扩中心

赖老板是柳州一家彩扩部的老板，在 1991 年柳州市的彩扩业竞争已经开始走上白热化，而在县域却完全空白，聪明人总比别人领先一步，赖老板就是这种聪明人。当柳州市里的彩扩部老板们在城市里争斗得如火如荼、头破血流的时候，赖老板把眼光悄悄地向下，瞄向了县域，他一边在柳州仍然开着既有的彩扩部，一边来到长安在长安河西桥头立下字号打出招牌，开起了融安彩扩中心，做起了独家生意。

1991 年的长安镇经济快速发展，人口急速增长，带来了市场的繁荣和人们对各种消费的渴望。进入 90 年代随着彩色胶卷的普及化、平民化，买一卷彩色胶卷，不再是一种贵族式的消费，成了寻常人家的一种普通娱乐。可是在县里人们照完胶卷后，得去市里冲印照片，非常不方便，如果不自己跑去市里冲印照片，交给本地照相馆，本地照相馆没有彩扩机，还是要送到市里，一般最少要等一个礼拜才能拿到照片，感觉等得黄花菜都凉了，急死人。人们多么渴望本地也能有彩扩机啊。

照相馆的老板们也焦急，都看到了美好而广大的市场就摆在眼前，可是却无力去占取，一套彩扩机进口的动辄几十万，国产的也要十来万，这样的巨额资金对于在县城里刚刚成长起来的个体户照相馆是心有余而力不足的。当时中国市场基本没形成金融市场，个体户们既无融资手段更无融资渠道，所有的资本积累都是如此原始，完全靠自我一点一点地累积，缓慢而微小。国营照相馆应该有这个资本，可是却没有这个眼光和魄力。这成为县城本地彩扩业无法诞生的死结。在 90 年代，县域的彩扩业就这样成了一片空白地带，正翘首等待外来者带着资本前来开疆拓土。

赖老板把一套在柳州淘汰下来的上海产的井冈山 811 型彩扩机带到了长安，并且带来了整班的技术人马。正、副店长小蒙、小覃后来成了我的好友。招牌打出来后人们欢天喜地口口相传："长安有了彩扩部了！"一时前去彩扩中心冲印相片的顾客排成长队。

我看到赖老板这一手大为钦佩，真是妙真是好啊，以此为模式可以滚动式发展，去一个又一个县城攻城略地，我以为赖老板的经营思路就是这样，他就是要如此布局的呢。当他在长安站稳脚跟后，果然又去了另一个县城开起了另一家县域彩扩部。但是，让我不明白的是，赖老板这种经营模式也就到此戛然而止了，再也没有以此为模式滚动式继续发展下去。最后他又回归到市里，转身做起索维尼彩扩机华南片的总代理商，几乎脱离了冲印业，转身为彩扩机销售商了。也许做销售商给他带来的利益更大化吧。我暗感可惜。可惜了一副好牌没有往下打去，如果照此发展下去，真是前程万里，大富大贵指日可待啊。赖老板做销售商最后没成什么气候，终于脱离了彩扩业。

多年来我一直在想但总想不明白，为什么赖老板没有滚动式将他的县域彩扩业模式发展下去？去一个县一个县地开疆拓土？那些空白市场，只要去了，就是去到了金山银山啊。现在我好像有点想明白了，当初虽然赖老板已摆脱了资本的制约，可是却可能摆不脱人才匮乏的制约。这种滚动式的发展不光靠资本就能成事，也要靠技术人才。而当时彩扩业正在兴起，并且急速发展，缺乏大量的技术人才啊。每个事业要想有成就，要想有大成就，不仅看个人的格局、眼光，还要看许多外在的条件，比如：资本、人才蓄备等，缺一不可。

融安彩扩中心在长安的生意风生水起，赚得是钵满盆满，可是由于使用的是一套老残的国产彩扩机，照片质量与柳州市里的比起来差了不止一个档次，也引来消费者非常不满，而由于不是老板本人亲自经营，在与顾客产生的矛盾化解上不得其法，店面经常引发争吵，当时店长小蒙个性强，年轻气盛，更大大得罪顾客。可是，长安人虽然气愤融安彩扩中心欺客，却又无可奈何，只此一家，别无分店，就算不情不愿，还是委曲求全要把生意送上门。我一个朋友曾跟我说他与彩扩中心的人吵了一架，当时气得立即想当场砸碎他们的柜台！我听了觉得好玩，我这位朋友一贯文质彬彬，能把他气到这种程度，可见受了多大的欺负啊。很多年后我与小蒙成了好朋友，发现他不复当年的盛气凌人了，为人和蔼，谦和，做人做事处处退让，大为感慨，一个人居然会变得如此面目全非，如此反相，真是想不到啊。我很喜欢跟现在这样的小蒙交往。

我除了钦佩赖老板对市场的眼光，也佩服他对事业的放手，放下。一个人处世立身，往往是拿得起放不下。他不仅对自己的事业能拿起放下，还能为手下留出路，让他们有奔头。融安彩扩部生意如日中天的时候，他把小蒙、小覃招至身前决定让他们自立，一个以独资形式继续经营融安河西彩扩部，另一个以合资形式经营将新开张的融安河东彩扩部。据说谁留河西，谁去河东，赖老板让他们以抛硬币方式决定。这个抛硬币决定前程的传说流传甚广，也不知是真是假，我也一直没向小蒙证实。反正最后小覃摇身一变真成了融安河西彩扩部的全资老板，而不再是打工仔了，小蒙继续跟着赖老板拿了一套新索维尼彩扩机开起了融安河东彩扩中心，但也由打工仔华丽转身成了合伙人。当时融安的河东还是人烟稀少没有什么商业气氛的地方。赖老板把彩扩部的重心投向了河东，我还不以为然，没想一年之后，河东迅速发展起来了，不出两年成了长安新的商业中心，自此直到现在，河西完全被商业冷落和遗弃，像骑楼街

195

空旷到见不着人一样。真是想象不到啊。赖老板虽然不在长安，可是他对长安城镇商业发展的眼光和判断真让我望尘莫及。再后来，对融安河东彩扩中心赖老板又进一步放手，并且彻底放手，让它成了小蒙全资独有的彩扩中心。小蒙这个来自忻城乡小农村的打工仔，完成了角色塑造和转换，成了长安有名的老板。

运鸿照相馆

运鸿照相馆是我姑爷开的照相馆。在开照相馆之前我姑爷是地道的农民，改革开放后在村上开了一家理发店帮人理发，但是他觉得理发没意思，想换一换自己的职业，问我父亲除了理发他还能做什么。我父亲说还能做照相啊。结果他就跟我父亲学照相技术，学成在老家龙岸开起了照相馆。照相馆开起来了，让他喜笑颜开，生意好得不得了，财源滚滚。他多次在人前感恩戴德地说："这一切全靠二哥。"他说的"二哥"就是我父亲，由于父亲，我们家族有20多人走上了以开照相馆为职业的道路，包括我。一个人影响了一个家族许多人的生存、生存出路、生存状态，这个，恐怕是我父亲始料不及的。不单是我父亲，谁又能料得到呢？

姑爷在龙岸把照相馆开得蒸蒸日上，就不满自己囿于龙岸这个小乡村了，他问我父亲以他现在的本领，可以到县城长安开相馆立足吗？父亲说可以。他就来到了长安开起了以他名字命名的运鸿照相馆，那是1990年。

这样，一个世代务农的农民通过开照相馆走进了城里。

相馆开起来了，果然生意旺旺，每天顾客盈门，姑爷忙得团团转，笑得合不拢嘴。我在不少的文章里都情不自禁地抒发过这个感慨：20世纪90年代是个体户多么美好的年代啊，不管做什么都必定做得风生水起，人财两旺。

运鸿照相馆开在当时正在慢慢成为长安新商业中心的河西桥头，与守在老旧商业区的国营融安照相馆面貌完全不同了。

首先是在使用的摄影器材上，以小型手握式照相机取代了老式座机，为顾客照相时不再需要辛苦地蒙头盖脸藏在镜头后调焦照相了，大大减轻了照相时的劳累和辛苦程度，并且更快捷、更方便了。先用的是120照相机，很快又升级换代改成135照相机。135相机一个胶卷可照近40张照片，时间更节省，速度更快了。那时候流行"时间就是金钱"，135照相机迎合了时代的变化和发展，很快就成了所有照相馆的标配。

其次在经营理念上与国营照相馆完全不同。国营照相馆经营模式老旧，不思进取，不求改变，只让顾客适应它的经营模式，而不主动去迎合顾客需求。而姑爷开的照相馆完全以顾客的需求为出发，只要你有要求，我又能做到，就一定开展，一定做到。改革开放，人们生活节奏、工作节奏都越来越快，照相馆为顾客照好相后，得等一天甚至两三天才能把相片交给顾客，这种经营模式越来越不能满足顾客的需求了，我姑爷就为急需照片的顾客改成照快相，立等可取。这种照快相立等可取的经营模式国营照相馆多年后为形式所迫才不情不愿地接受和开展。

正当姑爷的运鸿照相馆在长安做得风生水起、人财两旺的时候，迎来了一次打击：柳州人赖老板来长安开彩扩部了，而且门面就选在运鸿照相馆隔壁。那时不管在任何地方，大城市也好小城市也好，县城也好，任何一家彩扩部都形成一个照相业的消费中心，如果在县城，它就吸纳着整个县城甚至整个县域的相应产品的服务和消费，就是这么强势，就像现在的大型超市一样。这让姑爷担忧得不得了，仿佛天就要塌了。看到彩扩中心每天都门庭若市、车水马龙，姑爷无比郁闷，吃不下饭，睡不好觉。这时我姑妈却成了定海神针，她说："蛇有蛇路，拐有拐路，各有各的路，各走各的路，各做各的，天塌不下来！"果然，虽然彩扩中心财大气粗吸纳了众多的消费，却不可能把生意一网打尽，全部包揽，只要你在市场存在着，总会有自己的市场份额。经过一段时间的营运，姑爷发现彩扩中心冲印照片是绝对强势，可是也有短板，照相这一块就是它的短板，彩扩中心照相技术不行，照出来的照片质量与他的比起来差了一大截。而姑爷开的就是照相馆，照相馆的绝对主业就是照相，看来这一块没受太大冲击，这才让姑爷大大松了口气。

某天彩扩中心的人前来与姑爷协商，建议两家合并，姑爷出技术，照相馆合并入彩扩中心，以彩扩中心的招牌开展照相业务，共同发展。姑爷断然拒绝了。从此心里踏实下来，觉得在照相这一块彩扩中心干不过他。我的表弟却为此感到可惜，他觉得并入彩扩中心也并不一定是坏事，可能还是很好的事，至少开拓了出路，还可以学到彩扩技术，为将来的发展登上了更高的平台。可是当时他还只是一个中学生，没有决定权。姑爷听了默然，可能他也觉得有理。虽说有理，但无论怎样有理，要让他自己委身于彩扩中心，无论如何他是不接受的。这个提议就这样吹掉了。姑爷这种断然拒绝不愿走合作的态度，我曾问父亲算不算是一种小农思想在作怪？父亲听了笑我书生气。

这件事从此却让姑爷动了心思，有了更多梦想，他梦想有一天也能像彩扩中心一样，让自己的照相馆也拥有一套气派的彩扩机。他这个梦想最后也终于实现了，但是要在多年后，要等到我的表弟也就是他儿子长大成人后，这个儿子终于为他完成了这个梦想，也在河东的新商业中心开起了一家彩扩部。

大约是 1995 年这个时间段上，长安镇的照相馆如雨后春笋般地先先后后开起了好多家，我做过统计，最繁荣的时候，约有20多家。不算不知道，算了吓一跳，一个小小县城，五六万的人口，居然经营着这么多家照相馆。也可见20世纪90年代经济的活跃和旺盛。而且各家照相馆分工也越来越细化、明确，越来越各专所长。有的以照证件相为主，有的以照儿童相为主，有的以照婚纱照为主，有的以彩扩为主。照相馆走上了更专业化、更规范化的经营之路。

2019年1月22日初稿

2019年4月10日定稿

照相馆的一天

我好帅哦

早上刚一开门，一位年轻的母亲就牵着她八九岁的儿子来照相了。

"急死了，急死了。"她说，"学校总是这样，也不提前通知，说要照片，马上就要，让人急死了。"

然后她才神色甫定，拍着胸脯喘息着。看来是真急了。

我把照相机从抽屉里拿出来，挂在胸前，等待她把气喘匀过来。

小男孩见我胸口挂着的相机立即抢上前来，一把扯住了我的相机带。"我看，我看。"他叫道。

我下意识地一躲，却没能躲开。小男孩居然身手这么敏捷，让我吃了一惊。

他母亲见着连忙叫道："小安别乱动叔叔的东西。"

这位叫小安的小朋友才放了手。然后说："叔叔，你怎么还不照相？"

我望一眼他，又望一眼他母亲，不说话，脸上挂着微笑。

小男孩挺机灵，立即明白了，跑到母亲面前："妈妈，我们快照相。"

"好好。"母亲应承，开始帮小男孩梳头，整理服装。

一切准备就绪了。我安顿小男孩站在布景前，没等他定过神来，立即举动相机，咔嚓快速地抢拍了一张。

帮小孩子拍照我早有了经验，一定要快速抢拍，抢拍到的第一张往往就是最好的一张，是神态最自然、最生动的一张。等着小孩的家人一掺和、一指点，一切就都不妙了，孩子的表情，不是僵僵的木木的，就是假假的。

果然，这位母亲开始指挥她儿子小安了。"儿子，"她说，"笑一笑，笑一笑。"

儿子不笑。

母亲又教儿子："茄子。"

小男孩有点怯生生地、紧张地小声说："茄子。"

我抓紧又拍了几张，然后把数码相机的后背转过来让小孩的母亲看屏幕上才照出来的影像。她母亲看完了所拍的所有影像，对第一张表示满意，但是希望能拍出更满意的，就请求说："师傅，再拍几张，可以吗？"

"可以。"我答。

小男孩也跑了过来，这回我提前就注意到了，把相机小心地紧紧地拿在手里，伸出去给他看。

小男孩扳着相机看到了自己的影像，"哇，"他说，"好帅哦，我好帅哦。"

没想到小男孩那么有趣，会这样来夸奖自己。我和他妈妈都笑了。

小男孩还在接连不断地说："妈妈妈妈，我好帅哦！妈妈妈妈，我好帅哦！"然后又扯着我对我说，"叔叔，我好帅哦！叔叔，我好帅哦！"

母亲觉得有点不好意思了，对男孩说："哪有人会这么说自己的，快去，再照一次。"

小男孩就跑回了布景前面。经过这么一交流，可能是对环境和我这个摄影师熟悉了，神色放开了，一站在布景前面，见我把相机举了起来，人就灵动多了，迅速把小手一扬，两只手指做出剪刀形状，放在脸前，歪着头说"茄子"。

"茄子"两个字说完了，举着的剪刀手定定地放在脸前，嘴巴还张着，努力咧着嘴角，保持着一种他理解的笑的模样，等我拍照。

我们相馆的其他人见了都不觉笑了。

"不要这样，不要这样。"他母亲喊道，"照证件照不用举手的。"

可是孩子不听，我一把相机举起来，准备照相，他就迅速地配合着把手一扬，两只小手做出剪刀状放在脸前说"茄子"。如此反复。

"照不成了。"我放下相机，对他母亲说。

这位母亲并没有不高兴，欢欢喜喜地说："那就要第一张吧。"

什么是免冠

正在店里吃午饭，一名青年男子手里拿着一张纸片，匆匆忙忙地走了进来。

"师傅照相。"他脚还没跨进门，声音已经先传进来了，可见他焦急的心情。

现在的人啊总是那么急。

"照什么相？"我迎上前问。

他抬起手来抓了抓头，迷惑不解又有点不好意思地笑，把手里拿着的纸片朝我一递，说："什么叫免冠啊？你看，单位要我们照一张免冠相，可是免冠是什么呀？"

我一听，忍不住笑，笑得差点把嘴里还没咽下的一口饭喷出来。我接过纸片看到这是一张入职通知书，其中一项写到交免冠寸照一张。

看他样子刚刚大学毕业吧，居然不懂"免冠"是什么意思！

我向他解释："'免'就是除掉没有，'冠'就是帽子的意思，'交免冠寸照一张'意思就是交不要戴帽子的一寸照片一张。"

他听了，"冠是帽子吗？"若有所悟地"哦"了一声。乖乖地听着我指挥，让我把相给照了。

接下来又来了好些顾客，有的直接要求照一寸照，也不止一个像先前那位青年一样，手里拿着纸片不解地询问："师傅请问，什么是免冠呀？"

收场地费

我们正忙着，门口忽然传来呛呛呛咚咚咚敲锣打鼓的声音，然后又有人唱了起来。

我抬头看去，门口来了三四个好像是游方卖艺的人。他们正围着我们门口使劲咚咚呛呛敲着唱着，见我抬头望向了他们，一个就开口连连朝我喊道："老板发财！老板发财！"

显然是以卖艺的名义上门来讨钱的。

见我望着不理，又使劲咚咚咚呛呛呛又敲又唱起来，敲的是什么、唱的是什么谁也看不清听不明白。我更加不想理。

他们见我不理睬，弄出的响声更大更起劲。明显有着你不给钱

203

我们就不走，看谁能这么耗下去的意思。

我当然不能，你这么占着我们门口又敲又唱下去，我们还要做生意吗？我们还能做生意吗？我非常气恼起来，这不是暗暗地含着要挟吗？但是一时又没了主意，不知该怎么办。

化妆师小明冲着他们说："去去去，我们没钱，你们到别的地方唱去吧！"

三四个人听了，当作没听到，一刻也没停下使劲地敲着唱着，摇头晃脑。

我真想给他们来一个黑吃黑，让他们见识见识厉害。可是想归想，也就是一个空想。

我又急又没招。突然想起了报警。但是转念一想，报警吧，人家警察会不会管呢？我真的没有这份自信。我彻底地泄了气。

这三四个人看我没招，有点得意起来。

我又气又急，真想拿起一根棒棒跟他们拼了命，又为这种情急之下产生的想法觉得可笑，至于吗？

正当我束手无策的时候，静子从后面的摄影室走了出来。她看见了这伙又敲又打又唱、有些得意扬扬的人，走上前去不动声色地说："你们要在这里唱大戏，我们欢迎啊！"

这伙人听静子这么说，有些摸不着头脑，木木地就把闹腾的声音下意识地停下来，听静子下面会说什么。

我也不明白静子为什么居然这么说，接下来会说什么，心里又是一急。

只听静子说："但是，这是我们的场地，你们在我们的场地唱戏，我们是要收租金的。按分钟收费，每分钟五十块！"

他们中的一个人听了，脱口嘟囔一句："这么贵呀，抢钱呀！"

说完了才觉得按着静子的思维这么说不对，把手一抬掩住了说话的嘴。

我们和在店里照相的顾客都不禁笑了。

静子说："那么，现在开始，我要计时了。"静子把腕抬起来，看着表："一秒，两秒，三秒……"

一阵沉默的对峙后，突然领头那个吐出一句话："算你狠，我们走！"挥挥手领着这三四个人偃旗息鼓就走了。

大家都松了一口气。

这时，有顾客在一旁开口说话了，她说："老板娘，你真聪明。"又说，"我也是开店的，见了这帮人没法，每次都只好给他们个一块两块三块五块，只求他们快点走，不要影响我做生意。以后我也要学用你这个办法对付他们了。"

黑白照、彩色照

一个女子走进店里来说："我要照黑白一寸照。"

我们都感到好奇怪。自从进入数码时代，不管哪个单位，所有的寸照都不再要黑白照片，都是彩色照片了。

我们向她解释说："现在没有哪个单位再要黑白照了，你大概是搞错了？"

她说："没错，就是黑白照。"

静子说："你把写着要求的字条带来了吗？让我看看吧。"

女子嫌我们啰唆了，很有意见地瞪着我们。意思是我又不是不识字，自己能看不懂吗。

静子就微笑着缓和缓和气氛说："我们这样做，只是为你好啊，你看，你如果照错了相，又浪费了时间，又出了冤枉钱，又办不成事，不值当呀。"

女子听了，心里好像顺了点，说："照吧，照错了，不怪你们。"

相照好了，她拿着照片匆匆走了。

不一会儿，又回来了，脸有点讪讪地笑，手里举着个字条给我们看，说："果然是我弄错了，上面写着照白底彩照，我就看成照黑白照了。呵呵。"

我们都很理解地赔着笑。

她见我们没有取笑她，神色才自然起来，重新把相照了，照好相，拿了照片连声地说谢谢谢谢。

许多人包括我们自己也都一样，做一件事有时就是想当然，根本就没弄清楚，结果多走了弯路。

打印？冲印？

有一个顾客来照快相，听了我们的报价后，说："你们照相收费比隔壁那家相馆贵哦，人家比你们的便宜5块钱呢。"

我们立即承认说："是呀，我们是贵点哦。"

他见我们居然立即承认收得贵，没有掩饰，好像还理直气壮，有点不解，本来因为我们收得贵些想去隔壁家照相的，有些好奇就一时不走了，想听我们解释。

我们就向他解释："我们收费之所以贵些，是因为我们做的照片不是打印机打的，我们不做打印，我们的照片全部是彩扩机冲印出来的，喏，我们的彩扩机就在这里，"我指给他看，"我们只做冲印。"

打印？冲印？

他有些摸不着头脑。

我就向他解释："打印，就是通过打印机用颜料或者墨水打出来照片；冲印，就是通过彩扩机用银盐工艺冲洗出来的照片。用彩扩机冲印照片工艺复杂多了，投资也大多了，所以贵些。但是冲印出来的照片可以长期保留，而打印出来的照片，快的话十天半月就褪色了，不能长期保留。你照的证件照，肯定想要长期保留，如果这些照片是要进档案的，更要长期保留了，你看，你愿意选哪种照片呢？"

这位顾客一边听我说着一边点头，说："我有点明白了。"听完，毫不犹豫决定在我们店照相了。

一般能够听我们这么解释完的，最后都会选择在我们店照相，而且从此会成为我们的长期客户。对此，我们都感觉理所应当了。换了我要照相我也肯定是要冲印的照片，尽管好像收费会贵些呢，它值得，完全物有所值呀，不是这样我们又何必费几十万元购进彩扩机搞冲印照片呢。

自从照相行业进入数码时代，自从科技发明了打印机，可以用打印机打印出照片后，照片市场就完全处于一种无序和混乱的局面。许多相馆把打印的照片交给顾客了。这让一些单位收档的办事人员叫苦不迭，但是刚开始感到束手无策，通过这几年的经验，在我们这座城市许多档案室都订出了一条新规定：凡是交来入档的照片全部规定只要冲印的照片，使得入档的照片不能保存的局面才改观了。

照相机照相要不要钱

入夜，一个非常漂亮的妹妹来照相，左照一张右照一张都不满意，一下说："我哪有这么胖呀，照瘦点照瘦点。"一下又说，"怎么我一只眼睛大一只眼睛小呀，重照重照。"

照来照去照了不少张，我就有点不耐烦了。"照相机就是直接的映像，你长什么样照出的就是什么样。"我向她解释说，"大多数人的眼睛都一只大些一只小些，就像手脚一样，一般也是一只大些一只小些，只是我们平常没留意罢了。"

她见我有点不耐烦，自己解释说："现在数码照相，不费胶卷，照相不用花钱，师傅就多帮我照几张吧。"

我说："照相机按快门的次数是有定数的，我这台几万块钱的照相机，快门就只能够按那么一两万次，你说花不花钱？"

漂亮的妹妹听了，咋了咋舌。她没想到。

她当然不会想到。

我又嘟囔："我帮你照相，多花那么多人工，人工也是钱啊！"

她听了，终于有点不好意思起来："师傅，最后照一张，最后再照一张。"

没办法，我提起相机只好继续照。

相总算照结束了，放进 Ps 软件让她看，她说："这里长了一颗小痘痘要修掉。"又说，"嘴角笑得有点歪了要修正。"

我一一按她的要求修了。

她跑到镜子前仔细看了看自己，说："我的眼睛确实一只有点大一只有点小哦，为什么啊？怎么会这样啊，为什么我从来没发现呢！"

好像很沮丧的样子。

又走回来说："师傅能帮我把眼睛修一样大吗？我知道现在用软件修相很神奇的，什么都可以做到。"

我听到，就笑。软件修相的确神奇，可是也还没神奇到无所不能。

我就用彭化的功能，把她的两只眼睛瞬间修成了一样大。

她见了，欢喜不已。

"师傅，"她说，"能把我的脸修瘦点吗？"

我又用彭化的功能把她的小脸修瘦了点。

她说："再瘦点。"

我又修瘦了点。

她说："还瘦点。"

我笑说："再修，完全不像你了。"又嘟囔一句，"其实已经不像你了。"

"没事，没事，再瘦点。"

现在的人都喜欢那么瘦！几十年前却人人都喜欢胖些。真是三十年河东，三十年河西，人的审美观随着时代的变化居然完全颠倒过来了。谁能想得到呢。

我终于把她修成瘦骨嶙峋的样子，这下她才完全满意了，拿着照片欢天喜地地走了。

照相馆的一天结束了，我看了看门外，城市依然华灯闪耀，不知什么时候，我们的城市悄然地成了一座不夜的城。

2019年1月7日初稿

2019年3月1日定稿

数码时代的照相馆

1.照相

过去照相馆的座机，你看不到了。

过去照相馆的暗房，你也看不到了。

总有顾客进来问："你们这里是照相的吗？"

我们立即热情地回答："是的，是的，要照相啊，请进来吧。"

问的人有点如释重负的样子，抬头再次打量着我们的照相馆："我以为我走错了地方呢。"

数码时代的照相馆真的变得很厉害了，有点不像照相馆了。

许多的相馆里已经没有布景了，没有随时支着的三脚架了，甚至连影室灯都没有了。这些过去照相馆必备的典型的道具都被时代的发展淘汰了，都被数码时代的照相馆丢弃了。照相馆真的越来越不像照相馆了。

过去那种正儿八经，看上去极其专业、无比占地的影室灯，大大黑黑的灯罩，不仅遮着灯盏，也像扑面压迫着坐在影室灯前接受照相的顾客的怪物，常常把前来照相的小孩吓哭。现在被很多照相馆取消了、摒弃不用了。

这些影室灯添置起来不仅昂贵还十分占地儿，在寸土寸金的时代，能不用就不用了。

取代它们的是几支像普通灯泡大小的感应式闪光灯，个儿很小的它们高高地藏在完全不引人注目的墙壁两面或者天顶上，不是专业人员根本注意不到。

有顾客要照相，端坐在了摄影椅上，看到摄影师拿着照相机对着他对焦、构图，要照相了，忽然惶惑起来，觉得摄影室有什么地方不对劲儿了，似乎缺了点什么，不安地、下意识地又站了起来，茫然地四下看，发现了问题："你们照相不用打灯的吗？"

摄影师听了，微笑着答："用。"

顾客又认真地四下观察："没见灯啊？"

摄影师继续面带着笑靥向他解释："如今科技发展了，不用打那种又占地又耗电的灯了，"摄影师指指两面的墙给顾客看，"喏，灯全藏在墙两边呢。"

顾客顺着摄影师的指点，看了看墙，却什么也没有发现。依然疑惑："但是，你不用把灯开亮吗？"

"用，"摄影师又耐心地解释，"现在的灯是自动连闪的了，我这里一按快门，灯就自动跟着亮了。"

顾客听了应了声哦，还是摸不着头脑，半信半疑地坐下了。

摄影师再次对焦、构图、按下快门。快门咔嚓一声轻响的时候，影室里果然闪出一阵白光把顾客照得眼都花了。

顾客有点又惊又喜，又觉得摄影师刚才拍摄的时候没抓好时机，连忙站起来说："重拍过重拍过，我刚好眨眼睛了，肯定拍瞎了。"

摄影师说："不会不会，你眨眼睛的时候，相都照好了哦。灯闪了你会下意识地眨眼，但在这之前相就照好了呢。"

211

顾客却不信。

摄影师把握在手里的数码相机打开屏幕请他看刚照下的相。

顾客探头来看，看到自己两眼炯炯，神采奕奕。松了一口气，放心了，又有些惊喜，满意而开心地笑起来。

有些照相馆不耐烦总要接收到顾客的疑问，干脆在影室里装起几支日光灯，要为顾客照相的时候，把电灯开关一开，顿时日光灯发出的光亮把摄影室映得雪亮，顾客进到光照明亮的摄影室就没有怀疑了。摄影师心里便有点得意，其实照相的时候根本不能用这几盏日光灯的灯光，还是得用连闪灯发出的光。

越来越多的顾客知道现在照相馆都使用数码相机照相了，他们对照出的相提出的要求更高了，照了一张相，站起来，看看摄影师照出的自己的相："不好不好，我有那么难看吗？"坐下来，再照，再看，"还是不好，太难看了。"又照，又看。

如此多次。

有顾客照太多次了，自己也觉得有点不好意思了，笑，既像是对自己其实是对摄影师说："反正照相不用胶卷，多照几张没什么。"意思是照相不花成本。

摄影师只好耐着性子："没事没事。"

有时，重拍次数实在太多了，实在有点过分了，拍得摄影师都没有了耐性，摄影师就嘟哝："人工才是钱呢，耗不起啊。"

大多顾客听了，真不好意思了，说："最后拍一次，最后拍一次。"

最后一次拍完了，站起来，挑了其中一张，连声说"谢谢谢谢"。

摄影师听了这一迭声的谢谢，对刚才自己的嘟哝也有点不好意思起来。

一时，大家居然都有点不好意思了。然后彼此会心似的微笑起来。

也有极少数的顾客可不体谅别人，依然拍得理直气壮：顾客是上帝，你就是要把顾客服务得满意喽。

顾客都走了，几个摄影师凑在一起说："怎么现在的人总是不满意照出来的自己呢？"

2.布景

布景一直是照相馆除了照相机和灯光以外的主要道具。小的照相馆有小的布影，大的照相馆有大的布景。小的可以小到只有一米多高，一米多宽，刚刚能够照一个人的全身相；大的几米高，几米宽，甚至十数米宽，可以照几十人的合影相。

最先，一般照相馆往往只有一幅布景，展开来钉牢在一面墙上。后来一幅布景显然不够用了，又添置几幅布景。这些添置的布景，被一幅幅地用方条做成的木架支撑起来，叠靠在墙上。顾客看中哪一幅布景了，需由两个人抬起来，把它调放到最前面。挺麻烦的。摄影器材公司就向相馆推销一种电动控制的布景轴。电动布景轴装置在墙顶，不占地儿，每轴最少可以放三四幅布景，想用哪幅就把哪幅放下来。如果觉得三四幅布景还不够用，可以加装组轴。如此，想放多少幅布景就可以放多少幅布景了。方便，快捷，不占地儿，布景又多，大受相馆欢迎。每个相馆几乎都用上了布景轴。

布景多了，顾客的选择余地大了，前来照相的机会也多了，相馆的生意比前更好了。

有一批江浙人专门上门卖布景，他们卖的布景内容繁多、五花八门，有关于时令的布景，比如春节、中秋的，有关于全家照的布景，还有世界各地著名风光的布景。不仅内容多，价格还特便宜，只有当地布景的一半价钱。很快垄断了布景销售的市场。江浙人硬是能做生意啊。

每年年前，就是他们上门贩卖布景的时节，只见他们肩着一卷卷的布景，在城市乡镇奔走，上一家家相馆的门，推销布景。相馆每年这个时候就会一心等候他们上门，如果他们来晚了，还会受到埋怨。他们就笑嘻嘻地解释，哪个地方的哪些相馆布景要得意外得多了，不够卖了，又跑回去添货了，所以来晚了，等等。相馆的老板也就不再朝他埋怨，一心一意地挑选起布景来。把挑好的布景买下，装好，安安心心等待春节的照相旺季到来。

然而这些曾带给照相馆丰厚回报的布景，在数码时代却遭到了淘汰。

数码时代的来临不仅改变了照相馆的照相模式，更改变了照相馆的生产模式。大多数照相馆使用起了数码相机后，可以通过电脑做后期合成了，就逐渐取消了那些各种各样的节庆布景、风光布景。现在照相馆里大多只用几张纯色布景了：白色、蓝色和红色。

先请前来照相的顾客在纯色背景下把相照好了，然后打开电脑请顾客挑选电脑中存储着的电子布景。

这些布景再也不是过去的三五张可比了，有成百上千，成千上万种。顾客在电脑里可以尽情挑、尽情选，过去真是没得比啊。

第一次这么挑选布景的顾客都要眼睛一亮，面带无比的惊喜，无限的欢喜。他们感慨科技的发展真是太神奇了。世界在他们面前打开了，南国的山峦、北国的冰雪，上海的东方明珠、北京的古老长城，以及世界各地的风光，法国的凯旋门、巴黎的圣母院，意大利的斜塔，日本的樱花、富士山，美国的自由女神像……应有尽有，任选任挑。选好了，经由电脑瞬间合成，一张天衣无缝、美轮美奂的照片就出来了。

数码时代，做照片就似玩魔术，什么奇迹都能创造出来啊。布景从实走向虚，而世界却由虚走向了实。顾客们拿着这些照片，虽然足不出户，却真像在地球上漫游了一圈。

3.修相

在数码时代之前，修相是一门最费心机、最需要细致耐心最令人头疼的活，总是由最有经验的老师傅做。

底片冲出来了，如果有了瑕疵就需要修相。

那时候的许多相馆都配备有修相箱，箱里亮着一盏可调光度的灯，灯上面是一块玻璃。需要修的底片就小心地放置在这块玻璃上。光从玻璃下透出来把底片照亮了，修相师傅摆出大笔小笔、各种颜料、放大镜以及修相专用的薄刀片，开始修相了。一张底片，大的座机拍的有五六寸、十来寸，还容易修些；小的仅比拇指大些，比如135底片，需修的地方往往细如发丝，这就很考量修相师傅的功夫了，稍有不慎整张底片就可能给修报废喽。所以修相师傅面对一张待修的底片，总是小心翼翼、如临大敌。

因此不管底片大小，修相常常都需要花费数小时甚至数天时间，不仅费工费时费脑，还不一定修得好。

有些底片实在不敢下笔，便晒成相片，在相片上修。

一般晒出来的相片都是放大的相片，而且放大了好多倍，再在上面修相，难度就小了很多，主要是不再担着风险，万一不慎修报废了，最多再放一张出来就行了。虽然增加了成本，却完全规避了风险，照相馆都喜欢用这招。

把一张需要修的底片放大成合适的照片，修相师傅拿着这张照片摊放在修相桌上，将照片上的瑕疵慢慢修掉。这些瑕疵常见的有因为胶卷冲洗过程造成的沙眼，某些地方不小心被刮花了，等等。

215

照片修好了，重新翻拍成底片，大功就告成了。

用照片修相再翻拍，好处太多了，可以任意而为，不怕修坏，修相师傅能够放开手脚。坏处也有一个，就是把修好的照片再翻拍成底片，与原底比，会不可避免地提高反差，或多或少地损失掉层次、影调、某些细节。可是，这也是无可奈何的了。

如今，数码时代，让修相瞬间成为轻而易举的事情。

底片拍好了，把底片输入电脑，用 Ps 软件调出来，爱怎么修怎么修，修好了存盘，修坏了，可以推倒再来。

一张底片还能复制成千百张底片，修相没有任何风险。

传统底片时代，要修掉底片上人脸上长的一颗痣，得百般地费心思，要小心翼翼，上颜料的时候得恰到好处，浅了，没用，深了，黑痣变白痣，白做了。真是要拿捏得准准的。用 Ps 软件修，鼠标调取"修相工具"，拿这个工具把这颗痣画一个圈，往边上一拉，不用一秒钟，痣就不见了，不仅修掉了，而且修得天衣无缝。感谢时代，感谢科技，真神奇啊。

随着数码时代的来临，随着修相因此成为一件轻而易举的事情，顾客对照片的要求也大大地提高了。

以前照相，修相师傅基本上只是对有伤痕的底片或有明显瑕疵的底片进行修相。

现在不成了，凡是照出来的相，顾客一律要求修相。

头发乱了啊，要修；嘴巴好像歪了啊（其实自己长得就那样），要修；一只眼睛大一只眼睛小啊，更要修。

照完相，顾客看着电脑里的自己，几乎每一位顾客特别是女性顾客都会用夸张的语气大惊小怪道："我哪有这么胖啊！"

这让摄影师哭笑不得："你不这样胖我能照出这样胖嘛！"

顾客是不讲理的，讲的是心情——得修。

结果是把每一位女顾客都修成了美女。

看着自己经过修相后瘦小下来的脸型，顾客乐了，满意地点着头，对修相师傅大竖拇指："OK！OK！"

有时有些顾客对修相的要求实在有点过火了，修相师耐不住了，嘟哝说："这还像你吗？"

可是没办法，一边嘟哝一边还得继续按顾客的意愿修啊。

不知是从什么时候开始的，感觉这个时代就是一个人人都需要过分修饰的时代。

4.晒相

当数码相机来临的时候，我们的暗房终于可以拆掉了，从此不需要了。

静子长长地舒了口气："今后再也不用进这密不透风，散发着刺鼻药水味的、又黑又小的暗房受罪了。"

在这之前，静子已经在这间暗房晒了二十年的相了，她已经极其厌倦了。

每天夜里，当相馆打烊了，门店的大门关上后，相馆总还有最后一道工作要做：冲胶卷，晒相。

冲胶卷还算轻松：把胶卷，冲卷罐放进暗袋里，拉上拉链，手伸进暗袋摸着黑把胶卷装进冲卷罐，然后将冲卷罐拿出来倒入药水冲洗就成了。

晒相可烦琐多了，首先要在一间特制的、完全不透光的叫作暗房的屋里装上红灯，摆放上诸如晒相箱、放大机、显影药、定影药等工具和用品，人进到里面，关严门，打开红灯，晒相的工作就开始了。

小时候，我的父亲第一次带我进暗房教我晒相，当红灯亮起来时，心里同时也亮起了一个陌生的世界。只见眼前所有的物件都在暗红的灯影里隐隐约约，定影液的酸醋味弥漫在整个房间，透露着一种神秘的气息。

父亲坐在晒相箱前，让我坐在他旁边，给我做示范。

他拿起一张底片放在底片夹里，将装好了底片的底片夹平放在透着红光的晒相箱上，然后打开相纸盒，取出未经曝光的相纸，张开手把相纸压在底片夹面上，另一只手按下曝光开关。

在他按下曝光开关的瞬间，晒相箱里忽然亮起匀匀的白光，从父亲按着底片夹的手掌边沿透出来，刺花了我的眼睛。

曝过光的相片依次放进显影液、停显液和定影液里，最后水洗，上光，切边，一张照片才算基本制作完成了。

我第一次看到经过曝光的相片放进显影液后，原来白纸一张的相纸在显影液里慢慢由浅入深一点一点现出了图像，感觉神奇极了，有趣极了。可是，一干二十年，我也像静子一样极其厌倦了。一件事情最初感觉再神奇、再有趣，成为职业后，一日复一日，终于不再神奇，不再有趣，不仅不再神奇有趣，还慢慢变得令自己憎恶了。这些年来，每要晒相的时候，我和静子都互相推诿，谁也不愿主动，都不情愿进暗房晒相。晒相成了我们的心理负担，成了彼此的尴尬。多亏数码的出现，解脱了这种尴尬。

如今的数码晒相是多么便捷惬意呀，用数码相机把相照好了，如果照的是快相，当即把图像输入电脑，在电脑里面把图像尺寸、色彩调好，按一下打印键，不到一分钟，一张照片就打印出来了。我们用的爱普生打印机，出片品质很不错，就是保存性稍差。如果顾客有时间等，我们就用数码彩扩机出片。数码彩扩机出的片，能够长久保存，一般档案性的照片，一定要用数码彩扩机出。

我的发小张静波与我一块跟我父亲学的摄影，只是后来，我们走的路途完全不同。我把摄影走成了我终身的职业，而张静波把摄影走成了票友、发烧友。这个差别，使得我们在暗房晒相的心态完全不一样。我渐渐并且越来越厌倦、抵触做暗房，而张静波始终对暗房孜孜不倦、乐此不疲，每拍完一个胶卷，就会迫不及待地冲进暗房。冲卷，晒样，放大。二十年来，他对在暗房晒相的钟情从来没有改变，从来没有稍减过，就算如今进入数码时代了，他家里专辟的暗房也没有拆掉，并且依然时时使用。在我们这座城市，胶卷、药水、相纸早已没有经销商了，他就网上购买。职业人和发烧友，对待一个相同的东西，态度居然截然相反。一个作为饭碗，一个作为艺术，差别竟是这么大。

5.选相

有顾客前来相馆选相晒相，应该是一件令相馆欢喜的事情，但是在数码时代，竟成为一件费时费力，令人烦恼的苦差。

顾客照了相，需要晒相了，把数码相机拿到相馆里说：晒相。

相馆师傅接过相机，把存储卡取出来，插在读卡器上，将卡里存储的照片输入电脑，然后问顾客："都晒吗？"心里自然期望顾客答都晒。这样又省事又可以多赚钱，倒是一件乐事。

可是，基本没有一位顾客会答都晒，他们大多会说："选选看。"

师傅就得在电脑里打开图像。

刚开始师傅们都很笨拙，死心眼儿，全程陪着顾客一张一张看，一张一张选。

多数顾客看到自己照的相片，都会兴奋，津津乐道，这张怎么样，那张怎么样，向接待他的师傅喋喋不休地讲述和回忆如今呈现在眼前的过去的美好时光，还时不时要求师傅提供意见。

接待的师傅一边装作很感兴趣（有时还真感兴趣，多数的时候也就是露出一种职业微笑）地耐心地倾听着，一边费尽心机小心地引导、提示、暗示希望能督促和加快顾客选相的进程。一般这样选下来没有小半个小时，甚至一两个小时，结束不了。令接待的师傅叫苦不迭。

真是无比怀念胶卷时代啊。那会儿完全没有顾客在店里面千挑百选的选相这道接待程序。顾客照好胶卷了，拿到照相馆里，把胶卷往柜台一放，说："师傅，晒相。"接待的师傅将胶卷拾起来，用相袋装好，开好票收好预收款，把票交给顾客，说一小时取或者明天取，顾客点着头拿着票走人，就完事了。多快捷，多干脆，感觉都用不到一分钟。

后来各家相馆好像一齐脑洞大开了，发明了接待顾客前来选相的最佳方法：预先打好一张表格，表格上大概的内容为底片号、要晒张数等。顾客来选相晒相了，接待师傅把要选要晒的电子图像全输入电脑后，打开图像，拿出表格来，请顾客自己一张一张看电脑里的图像，确认，然后自己填号写出要晒的张数。

不用再陪顾客一张张看片选片耗着了，接待的师傅心情顿时好起来了，还总是做好人提醒顾客："慢慢选，慢慢看，不急。"再不像以前恨不得顾客一分钟就把片选好了呢。

顾客听了师傅的提醒，也连连点头，表示同意，觉得这家相馆接待顾客的态度真是太好了。脑袋一点再点。

相馆里电脑有的是，不够再添再置，人却不多，不敢随便添置，为晒几张相而添人，养不起啊。

第一次面对这种选相方法，有少数顾客觉得有点难以接受，觉得受了冷落，可是自个选着选着，也就看到好了。这种选法，真正可以不受干扰，慢慢选慢慢挑，不容易弄错。顿时心情也大好。下次再来晒相，会主动要求："师傅，拿表格来。"

接待的师傅听到了，微笑着，心里大乐，愉快地把一沓表格大方地掏出来，送到顾客手里。

可是相馆和顾客达成的这种令人愉快的选相模式，用了没几年，时代又变了，又不能用了。这些年，数码相机在绝大多数的顾客手里逐渐匿迹了、消失无踪了，代之而来的是手机。就像几年前数码相机迅速地取代了传统相机，现在，手机的照相功能也以无比迅速的速度取代了不久前还一统天下的数码相机。时代的变化真是快速无比，一日千里啊。好多东西来了，又去了，来的时候你还没来得及看清认清，去的时候你更来不及追寻回味。一切如白驹过隙，晃眼间都成过去式了。时代变化太快了，科技发展的速度快得让人目不暇接。

越来越让人怀念起过去的那种慢生活啊。

手机与相机比起来是一种更私密的物件，照相馆对顾客手里拿着的手机更加谨慎起来，顾客也很谨慎，本能上都不愿随便把手机交到别人手上。

刚开始顾客拿着手机来选相晒相的时候，接待的师傅要用数据线把手机和电脑链接起来，不仅效率低还常常链接不上，调不出手机里的图像。并且师傅操弄顾客的手机，总让顾客下意识地排斥与担心。

后来，微信兴起了，一下解决了这个难题，顾客再来选相，接待的师傅不需要接触到顾客的手机也能接收图像了。

有顾客把手机拿来了，接待的师傅就微笑着问："加了我们好友了吗？"

是回头客，会答，加了。

第一次来的摇了摇头。

"先加好友吧。"师傅就会说。然后拿出加好友的一张二维码请顾客扫一扫。

　　"成为好友了，"师傅说，"你在手机里选相，选好哪张就发哪张给我吧！"

　　第一次来的顾客听了，常常感到意外：呀！然后又是一阵欢喜。不再需要把手机交给别人，心里完全踏实了。

　　顾客坐下来，都成了低头族，低着头，选相，发相。忙个不停。

　　挂着微信的电脑里，嘀嘀嘀嘀地接收到顾客发来的图像信息的声音响个不停。

　　这时，接待的师傅却成了个闲人，待在一边看着顾客忙乎，自己竟然无事可干。

　　顾客选好发完相了，师傅下好单，让顾客收下单后，会不忘提醒顾客："以后你还想晒相，不需要专门跑一趟相馆的，在家里选好相通过微信发来就可以了，等我们晒好相了，有空你来取就得了。可以省跑一趟路。"

　　"可以这样啊！"顾客听了更高兴了，笑呵呵的，"那我下次一定这样做！"

2018年12月6日初稿

2019年4月1日定稿

做行活

1.错误

我们开始做行活是由一个错误导致的。

在 2009 年，静子和我都不满足于开一家小小相馆了，决定增加经营项目。

我们想了想，觉得依托照相馆增加的项目顺理成章地就是做彩扩。

当时一台改装的日本富士 248 数码片夹彩扩机只要三万元，投资不多。如果我们每天能接 300 张数码相片，收一元钱一张，一个月就会有近一万元的营业额，利润几千，几个月就能收回投资，不错了。这还未算波及周边产品的利益回报。这么划算着，心里痒痒的。

很巧，一天在网上瞎逛，就看到 A 市有一家公司在卖富士 248 数码片夹机，我就去了 A 市。

进到这家公司，看到一台富士 248 数码片夹机正在扩片，一张张色彩饱和、颜色亮丽的数码相片，从机器里噗噗地吐出来，让我心生羡慕和激动。自从彩扩业由传统胶片时代转入数码时代，动辄一两百万的激光数码彩扩机买不起，彩扩业就已远离了我的视线，没想到，现在我却可以通过片夹机的方式进入数码彩扩业了。

我把248扩出的照片拿回给静子看。静子看了，认为虽然和激光数码彩扩机扩的相片比有一定差距，但也不错，可以接受。我们就把248买了。

可是，一旦经营起来才发现，数码彩扩时代和传统彩扩时代完全不同。

在传统彩扩机时代，相馆的门店里有没有彩扩机是分水岭。没有彩扩机的相馆收到顾客拿来冲印的彩扩片极少，有彩扩机的相馆收到顾客拿来冲印的彩扩片很多，有实质和本质的差别。有彩扩机的相馆在业务上可以把没有彩扩机的相馆甩几条街。顾客拿着一个胶卷去晒相，大多会选择一家有彩扩机的门店，极少选择没彩扩机的门店。

现在，这样的消费观不知什么时候已经改变了。

如今顾客要想晒数码相片，居然不再看你有没有数码彩扩机了。也就是说，拥有数码彩扩机的相馆同没有数码彩扩机的相馆比，不具有天然的优势了。

在还没买彩扩机时，我没发现这种消费观的变化，在买了彩扩机后，发现了，却搞不明白为什么会有这种改变。

一时一片茫然，出了一身冷汗！

一直在照相行业里滚打着，顾客的消费观已然有了本质变化，我却还两眼一抹黑，感觉不到，看不到。现在，看到了，却也看不明白，不知是怎么回事。

我是怎么在这行里混的啊。

想想，不仅我看不到，大量的同行业人员其实和我一样，也都看不到。或者看到了，一样也整不明白。科技的神速进步，不仅不可逆转地迅速改变了产品的生产方式，同时也悄然而迅速地改变了消费者的消费模式。这个转变过程只在一两年间。让人惊叹，又多么可怕！令我们这些从业者根本来不及做好准备，张皇失措。

我们买的248几乎成了摆设，一点也没有扩展我们的业务，没有一定的量，连彩扩机也开动不起来，几成废铁，还占地儿。我们就这样犯了一个错。

犯下的这个错，让我们发愁。

2.失败

静子说："在城市里，我们的机器没有用武之地，到县城去，应该还有用武之地吧。"

静子这么一提，我想很对。去周边的县城看了看。

我看到的结果是：一、周边的县城也都有了数码彩扩机，二、虽然都有了数码彩扩机，好在还都只是片夹机，而且还都是国产的片夹机。也就是说，我们的富士片夹机如果到这些地方去，还可能去争一争市场，还可能有用武之地，心里有了些宽慰。

最终，我选择了B县。让静子据守本部，我去B县发展。

选择它的原因：第一，离我所居住的城市很近，不仅只有一小时行程，交通还很便利，任何时候都可以往返，你就是半夜里想从B县赶回市里，也不用发愁，花五十元钱就可以乘出租车回来了。第二，B县算得上一个大县，有四五十万人口，人口基数大，想必生意就会多。第三，B县是一个工业强县，居民的消费能力与其他县城比应该会强些。最重要的是第四，这么大的一个县，真正意义上的彩扩部事实上居然仅有一家，门面还偏在一隅。

我想根据这些情况综合起来看，B县肯定还能容下一家彩扩部。如果我把门面位置选好点，照片做好点，要把彩扩部做成B县的行业龙头还是可以的。

这样想着，我心里有点美滋滋的，像《水浒》里的好汉那样在心里叫一声"惭愧"，要在 B 县大展拳脚了。

事实上，我做的这个选择事后证明又是一个错误。

我看到了 B 县离市里近，考虑到自己在两地往返便利，却忽视了就是因为这种地缘上的便利，使 B 县人的大量消费都被城市吸纳去了。晒相片也不例外，好多 B 县消费者一面到市里玩一面就把相片在市里冲晒了。难怪别的县城一般至少有两家彩扩部，B 县这么大一个县城却只有一家呢。我明白的时候，已经身陷在 B 县这座沦陷商人的江湖一时出不来了。不仅如此，因为 B 县的商业深受城市商业的辐射影响，同其他行业一样，照相彩扩行业不仅在县城进行同行竞争，暗暗地，也不得不与市里的同行产生竞争，这就使其质量比别的县城要求更高，等同市里的质量。没在 B 县开店我没有看到这一点，等来到 B 县开店了，看到了，却为之晚矣。这些都是后话。如果我一开始就明白的话，我一定不在 B 县开彩扩部，随便到本市周边稍远的任何一个县去开彩扩部，生存肯定都要容易得多，收益也会多得多。

就这样，我在 B 县县城的中心文化广场上租了一间门面，把 248 从市里搬来，重敲锣鼓重开张了。

你不身在其中，你永远也不能真正知道水有多深。在我把店开到 B 县前，我已几次前去 B 县了解市场，也不止一次看了将来的竞争对手 B 县那家彩扩店扩出的照片质量，感觉虽然蛮好，但也不是好到怎样，认为自己若来 B 县把彩扩部开起来，质量一定能胜出。信心是满满的。

真正落脚 B 县了，把机器开动起来，照片出来了，听了顾客的反响，才知道扩出的照片水平并不如人家。

开始还不信，多次认真比对后，我确信了。吓了一跳。

究其原因，第一，自己是外地人，一时半会儿还不能清楚本地的欣赏习惯，诸如对影调呀、色彩啊、饱和度啊、密度啊的分寸掌握都不到位、都难达火候，都没有十分扣准和完全贴近 B 县人的习惯，等等。第二，在扩片的技术水平上特别是经验上，看来也和人家差着一截，毕竟人家是这行的资深人士了，做数码彩扩已经经年，我这个初出茅庐的哪能跟人家比呀。第三，个人的悟性看来也比人家差，从扩出的照片就看得出来，人家对色彩、影调等都要比我敏感、敏锐，拿捏得更准，水平和能力都要比我高。

而我要想完全拿下市场，除了照片质量以外，身居 B 县做生意了，才发现人脉也很重要。我在 B 县没有任何人脉关系，所有机关单位、厂矿、企业的生意我无法拿到，不仅如此，我还不是一个愿意跑的人，因此我要想打破对方的这种垄断，现在办不到，今后也办不到，也许永远也别想办到。这样，在这个市场注定我就缺了一角。

这令我好生郁闷。

所幸我们的店开在龙头位置，地理位置好，总算有一点胜出的了。

古人讲天时、地利、人和。现在，天时大家都占有，地利我占有，人和对方占有。似乎还可一搏。

开业以后，依靠着地缘优势，又有彩扩机支撑，生意居然还可以，在 B 县 10 多家相馆彩扩部里，我们彩扩部的地位用不到一年，就做到不是老大也成老二了。为了加强竞争能力，立即追加投资，机器升级，购进了一台转手的富士 330 激光数码彩扩机。激光数码彩扩机与片夹机扩出的照片，在质量上不可同日而语，完全拉开了档次。

正在我有点沾沾自喜，百尺竿头更进一步的时候，对我的生意造成灭顶的灾难却一步一步来到了。

我们租的门面本来费用就很高，做到第二个年头，新订租房合同时，房东把租金翻了一番，但生意总算还可维持。到第三年，即是 2013 年时，房东又要把房租再直接翻一翻。

这种疯狂涨租金的节奏，直接把我们整死，完全无法维持了。

B 县市面上的商业与其他县城比较为萧索，外部原因是靠市里太近，成了卫星城，被市里商业辐射，内部原因是门面房租实在太高了，高到离谱，像我租的这间门面，租金已经超过了市里商业中心处的黄金门面租金。由于门面租金畸高，商人租下门面后，摊到商品成本里，成本也变高了，出货价格也就没有了优势，直接影响了销售，价高抑制了消费者的消费冲动和消费热情。现在我才好像有点明白了人家那家彩扩部为什么会偏在一隅了。

我只好悄悄地卷起包袱，关张门面，灰头土脸地走人。

我在 B 县的生意就这么混不下去，失败了。曾经还设想换一个地方偏一点价钱便宜一点的门面，但是想又会好到哪里去呢？决意不恋栈了。

3.想试水本市行活

内心有一点点惊慌，选择做数码彩扩，看来是一个错误。选择在 B 县做数码彩扩，是又一个错误。

而当你的资本已经投出去了，才发现结果是一个错误又一个错误。心里有着多少无奈，多么悲凉啊。

虽然一个错误往往会导致另一个错误，但我想不会永远引向错误。

人生就是这样吧，当你做出了一个决定后，很多时候，以后的决定就都是你最初那个决定推动着走出来的。看上去由不得你了。

把机器运回市里本部后，我们不能看着我们的彩扩机完全成为一堆废铁。便自然而然地想到在市里做行活。门面上的生意是做不下去了，唯有做行活，才可能盘活我们的彩扩机。

所谓做行活，就是做同行的生意。

市里有近200家照相馆，他们没有彩扩机，收到顾客的数码底片后，要拿去有彩扩机的彩扩部出片。彩扩部接收这种生意就叫作行活。

当时在市里做行活的彩扩部有C彩扩部、D彩扩部、E彩扩部、F彩扩部。他们的经营方式是通过QQ接下数码底片，然后冲扩出照片，再派专人把冲扩好的照片分送到各家照相馆。我们没有进彩扩机前，一直在这些彩扩部里出片，已经有多年了，是它们的老客户了。对于它们的经营可算得了如指掌。而正因为了如指掌，看到了做行活竞争的残酷性，像我们这种小店根本不敢想，更不敢染指。也有一两家相馆曾心生做行活的念想，可想归想了，一认真看看市场一经分析市场现有形态，就胆怯了，就止步了。要不是我们现在捂着一台甩不脱的烫手彩扩机，也不敢做。

我们的店是一家小小的照相馆，可以说在市里近200家照相馆中，我们从门面大小以及经营规模上来说，都位居末流那一级。不仅门面只有20多平方米，吃喝拉撒全在里面，小得不能再小，最重要的是生意也在业内很一般，差不多也是处在最后几名。可是现在花了大量真金白银买下的一台激光数码彩扩机捂在手里，难以转让出去，总不能让它就成了废铁呀。决心拼一拼。

虽然市里有四家做行活的彩扩部，几年来其实就只有两大龙头：C彩扩部和D彩扩部。

刚开始C彩扩部用的是国产多丽数码彩扩机，D彩扩部原来是做广告业的，看到有隙可乘，立即投资一台原装进口的诺日士

3301 型激光数码彩扩机，以一流的硬件设备打入市里的数码彩扩行业。

进口的数码机和国产的数码机不可相提并论，D 彩扩部迅速占领了市场的龙头位置。

C 彩扩部眼看着昔日的江山不保，立即奋起反击，更新换代，也购进了一台原装进口的诺日士激光数码彩扩机。而且它的机型是3701，比 D 彩扩部的 3301 更胜一筹。胜出的地方在于 D 彩扩部的3301 机最大只能出 14 英寸的照片，而 C 彩扩部的 3701 机却能出到 18 英寸，长条片更吓人，甚至能出到长达 36 英寸的照片。极大地满足了相馆对大片、长片的要求。一举挽回颓势。

之后数年间，双方形势互有消长，形成拉锯。

正在 D 彩扩部如日中天与 C 彩扩部互争龙头地位的时候，D 彩扩部突然做了一个让业内感到匪夷所思的奇怪举动：把店面撤离市中心搬到一个偏远地方。这一举动让它从此一蹶不振，不到一年就退出龙头竞争的地位。到我们打算入行的 2013 年，它只能可怜巴巴地靠着捡点市场的残羹剩饭度日了。

这样，市里市场形成了 C 彩扩部一家独大，它在市里的河南、河北的商业中心地段各开一家数码彩扩部，并把整个城市划分成四个片，配置四个送片员，全覆盖地向市里各个相馆提供送片服务。

做生意无非做的就是质量、价格和服务。质量 C 彩扩部与任何一家比都不算差；服务送货上门，让人坐享其成，已经无可挑剔；价格也是市场价，不高，亦不低。再加之地理位置位于城市商业中心地段。C 彩扩部遂成了"巨无霸"，长成为一只行业大老虎。

我们要在这样一只大老虎口里夺食，行吗？

4.敌我多方的优势和劣势

我们的对手除了C彩扩部，另外三家：D彩扩部、E彩扩部、F彩扩部我想基本可以忽略不计，如果我们能夺下C彩扩部手里的一些份额而生存下来，其余三家的市场份额必定也可以轻而易举地拿下。

在2013年前，D彩扩部原来也是用四条线分片布局，送片服务覆盖整个市。但在我们打算试水入行时，它所拥有的客户已经不成线只是点了。它的送片员也由原来的四名撤减为仅剩一名。虽然瘦死的骆驼比马大，却奄奄一息，不成气候。

E彩扩部也辉煌过，它以市里数码彩扩片质量第一的口碑，赢得过一些市场份额。但E彩扩部志不在行活，它一直选择性地只做一些生意较好、业务量较大的相馆客户的行活。也就是它只做优质客户的行活，其他生意一般的相馆一概进不了它的法眼。这些相馆如也希望去它那里彩扩，它也不拒绝，但会给出较高的价格，实际上等同拒绝。没有价格优势的产品，甚至高于同行价格的产品，想覆盖性占有市场不可能，E彩扩部也不想有这种可能。

F彩扩部做摄影耗材起家，当它做数码彩扩的时候，售卖耗材也仍然是它的主业，而且依然为绝对主业，彩扩从来只是它的副业，始终占额很小。它的心态是能在彩扩上得点算点，分得一杯羹即可，并无大志。由于它是做耗材的，几乎所有市里的相馆与它都有业务往来，所以要在彩扩这块分一杯羹，面子在，做得成，但是由于相片质量稍差，只是分到一小杯羹而已。

在我们即将入行时，整个市里彩扩业的态势就是这样，并且经过一些年的争拼、交错、相互渗透和磨合，已经基本形成一种稳定和平衡，各有各的或多或少的份额，大家相安无事。

如今，我们要入行，势必打破这种稳定和平衡。而当我们纵身跳入这样的商海之中，会被淹没和呛死吗？我们是如此一个小得不起眼的相馆，毫无经济实力，毫无做行活的从业经验，他们随便哪家都有10倍于我们的经济实力和丰富的从业经验，一只蚂蚁要和几头大象争夺地盘，要想不被踩死，看着实在是有点悬、有点可笑啊。

但是，我也看到了可乘之机。

除了E彩扩部用的是富士机，C彩扩部、D彩扩部、F彩扩部使用的都是诺日士机。

诺日士机的优点是照片色彩还原比较真实，但缺点也很突出，就是色彩不够艳丽，和富士机比起来鲜艳度差了一截，锐度也明显差一个档次。中国的老百姓喜欢色彩鲜亮的照片，在这方面，我们胜出。

对于这几家来说，最要命的是诺日士机在扩相馆的营业寸照时，总是灰蒙蒙的，多年来一直没能让客户满意，尽管他们曾经也想尽了办法，甚至不惜重金请来诺日士公司的工程师前来帮助解决，最后也没能改进。营业寸照是相馆的立馆之本，寸照质量不过关，相馆前景就堪忧了。我们的富士彩扩机在这块的表现上要远远强过他们的诺日士机。凭了这点，我认为，我们就更有了立足之地。

还有，在送片的时间上，我也看到了可乘之机。这几家彩扩部送片都是每天两次，早上一次，下午一次。这没有什么可说的。可说的是早上这趟送片，他们送片的时间都较迟，当送达最后几家相馆时，甚至都到了下午1点了。而过了12点再送来的照片对相馆当天的发相来说差不多就没有什么意义了。大多数顾客都是上班族，11点半下班，下班后顺道前来取相。这个时间段相馆没有得到相片，无法给顾客相片，就成了相馆经营上的短板。为了弥补这个短板，以前我们店还做彩扩部的客户时，常自己去取。这样早上的这趟送片对一些相馆来说，利用不上名存实亡。这点很容易改进，安排早点送出相片就能做到了。我决定我们做行活后，我们的每位客户最迟在11点都将得到相片，让我们早上这趟送相对每一家客户都有用、都名副其实。这样我们就又具备了一个胜出的优势。

当然最重要的是价格。在一个行业，除了质量和服务，价格永远是争取市场份额的第一要素。一个新入行的商家，不管你是大商家还是小商家，除了要在质量和服务上不逊于甚至优于同行外，几乎一无例外地开始都要走低价路线，没有价格优势，很难赢得市场。像我们这样的弱小商家，如果不走低价路线，没有价格优势，注定失败，连尝试都没有必要了。当时市里做行活的市场价格，5寸是0.42元/张、6寸是0.53元/张，我们决定打出5寸0.35元/张、6寸0.45元/张。在服务和质量不差于甚至还可能高于竞争对手的状态下，再通过低价格冲击市场，很可能能拿下市场。

5.开启行活之旅

我内心还是很忐忑，不单是在我，在所有人看来，对手都太强大了，并且市场充分饱和，产能过剩，每一家的彩扩机都没有吃饱。我们在彩扩业行活的严重同质化竞争中，还能有立锥之地并且继而开拓出一片自己的天地来吗？

这次我小心翼翼不敢铺张。当初D彩扩部入行与C彩扩部争夺市场时，一开始就在整个市里布下四条线并请了四个送片员送片，我决定先开拓一条线，并且暂不请送片员，就自己送片。而让静子留守门面接待上门客户。

233

这让静子大吃一惊，她简直不可想象："你扩完片，又去送片？"

"是的。"我平静地、很肯定地点头答道。

静子觉得有点不妥："老板没请扩片师傅自己扩片已经有些让人看低了，这下，甚至还要自己满大街跑地出门送片，不是更让人看低吗？"

"我是这么想的，"我对静子说，"能不能拿下业务还难说，先不请人，自己做负担小，牵涉面小，可进可退，万一做不成退回来也容易。主要的是先期开拓市场，由我一家一家直接面对面接触客户，能第一时间知道客户的反映和要求，能全面听取到客户的意见和建议，比经过送片员转达的反馈强太多了。可以第一时间就做出反应和调整。而第一时间能得到客户的反映并迅速跟进，对我们赢取市场，是多么重要啊！"

静子听了，感到此话大大有理，连连点头。

我继续对静子道："我准备这样，做成熟一条线，才交给送片员，然后再去开拓一条线，滚动式前进，不急于求成，不急于求大求全，一步一步、一片一片、一条线一条线来做。"

静子紧张的脸上有了笑容，看来她赞同了我的想法。"但是，你身体能吃得消吗？"她担心地问。

是啊，扩片，送片，本来是两个人的工作，还都是体力活儿，都由我一个人做了，吃得消吗？

我说："长期不行，顶一顶，应该可以。"

就这样，在 2013 年中秋节过后，选了一个阳光灿烂的日子，我骑上电动车去拜访客户，开始了做行活之旅。

我的首条线路：我命名为甲线。居于本市的东片一带。沿途每到一家相馆，我就下车来，先在门口停一停，看看里面有没有顾客，如有顾客便耐心地等一等，等顾客走了，没人了，我才进去。我是来拉生意的，首先不能妨碍甚至破坏别人做生意，这点得小心留意。以后我每请一个送片员，关于这点，我都一再交代、强调，要求每位送片员一定都要特别注意并身体力行地做到。

我进了门喊一声，老板，生意好！然后做自我介绍，说明来意，交给对方一张价目表，并请求对方给予我进行联系的 QQ 号。

令我惊喜的是，所有老板听我介绍后都接过了我递出的价目表，并都写给了我 QQ 号。

回到店里，我把这些 QQ 号全加了，就等业务上门啦。心情又兴奋又忐忑，不知结果会如何，是全军覆没还是旗开得胜？

等了不久，第一单业务就来了，是一家叫 G 相馆发来的。

当 QQ 嘀嘀响起来，G 相馆的 QQ 头像一摇一摇地动起来，等待我们接收，让我内心一阵欢喜并得到了一丝安慰，总算没有白跑，总算不是一场空，总算有业务来了。

我点开 G 相馆的 QQ 对话框，看到一个装着数码相底的文件夹停在那里，正耐心地等待我们接受。

我立即点了接收，看着接收的进度条在一点一点由灰变蓝，最后完全接收成功，心里一阵喜悦。

一会儿，QQ 嘀嘀声又响了起来，分别有 H 相馆、I 相馆、J 照相馆等，八九家相馆向我们发来了底片。我喜上眉梢。

第一天能有这样子的开局，事前简直不敢想。

I 相馆有加急相，老板自己前来取相，见居然有多家相馆发相来晒，也吃了一惊，他给朋友打电话，语气夸张地嚷道："有好多家相馆在这里晒相哦。"

我们听了，泯然一笑。

6.一张客户调查表，一个乌龙球

运行了一个月，已经有了约 20 家相馆成了我们的稳定客户。据此，我们开始有了自己的市场份额。最重要的是，我已把送片的工作交给了招来的送片员手上，再不用自己风吹日晒雨淋出没在街头巷尾扩完片后接着还要跑去送片了。

这天刚一打开电脑，就收到了 C 彩扩部通过 QQ 发来的一张客户调查表。

调查表的抬头写的是我们照相馆的名字，称我们尊敬的客户，并问好。调查表里的调查内容有对近期相片质量有什么看法，对送片服务有什么建议，对价格有什么要求，等等。其实就是拐弯抹角问：你为什么不来我们彩扩部晒相了？

我看着，面上不动声色，心里却实在忍不住，哈哈大笑，笑得直弯了腰。

我们一直以为，当我们做行活的价目表发出去后的第一时间 C 彩扩部就会知道了呢。没想到，至今他们还两眼一抹黑呀。

我发出去的价目表拿在相馆老板手上，所有的这些相馆老板都像我过去一样基本全是 C 彩扩部的客户啊。有些说不定还会是 C 彩扩部的小弟跟班死党呢，比如那些我发出了价目表邀请他们前来我们店晒相而至今坚决不来的，就很有嫌疑啊。我猜想他们肯定第一时间就会向 C 彩扩部报告这个重大的行业变化和行业动态。

没想到，我们运行了一个月，整整一个月了啊，C 彩扩部居然还蒙在鼓里，居然还不知道我们已经是对手了，居然还因为我们一个月没去它那里晒相了，发一张调查表来试探和了解！

他们肯定听说有一家新起的做行活的彩扩部了，但是它不知道是谁，它想破脑瓜也没想到会是我们。

是呀，我们是那么小的一个小相馆，再轮也轮不到我们啊。

而特别让我没猜到的是，居然所有的业内人士，其中有相馆老板、相馆员工，有药水供货方、相纸供货方，还有各种耗材比如塑片的供货方，他们都第一时间知道我们杀进行活的市场里来了，这些人都与C彩扩部相识并且甚至有着一二十年千丝万缕的交往和联系，却没有一个去告诉C彩扩部，那个新起来做行活的人就是我们！

这太不可思议了。

由于不知道敌人在哪里，C彩扩部居然给我们发来了一张客户调查表，这一脚乌龙球可真是糗大了。这让我更看清了市场绝对不是铁板一块，不仅没有铁板一块，还各有心事、各怀鬼胎，与C彩扩部离心离德啊。

7.开辟第二条线

我开始开拓我们的第二条线：我命名为乙线。居于本市的西片一带。

这条线犬牙交错，C彩扩部、D彩扩部、E彩扩部、F彩扩部统统都在这里各有份额，几个优质客户掌握在E彩扩部手上。

所有彩扩部都扎堆在这里，一是说明这里片量大，二是预示着更不容易打开局面。

我实在没有把握是否能开成这条线。

我依然是自己送单、送片。

结果，惊喜却出人意料地到来。

由于E彩扩部的富士机已经运行多年，严重老残，三天两头停机罢工，甚至机器由于要等待从日本寄来的维修配件会停机一两个月，E彩扩部自己焦头烂额不算，他们的客户更是心生恐慌如无头苍蝇般到处乱碰乱撞。C彩扩部、D彩扩部、F彩扩部，他们都去了，晒出来的照片都不能令他们满意。看惯了富士机晒出的锐利、鲜亮的照片，再换到诺日士机出片，心理落差肯定大，肯定不能接受。正在他们茫茫然无处落脚的时候，我们出现了，正是瞌睡遇着枕头，立即掉头前来试片，一试就定下了，一直到现在，他们都是我们店最坚实的客户。

没想到我们居然会有如此好运。遇贵人相助啊。

而C彩扩部、D彩扩部、F彩扩部在这条线上的客户最终也让我们或多或少地分到了一杯羹。我们的相片质量好，价格低，自然会有应得的份额，这是市场的铁律。

顺利运行一个月后，我再次招兵买马，把这条线交到了新上岗的送片员手上。

8.遭遇的困惑

我在市里照相业混了近二十年了，虽然一直是一家小小的照相馆，但结识的同行相馆老板也有二三十个。我们相处在一块机会最多的时候就是都在彩扩部自取照片时。碰到一起了，总是相谈甚欢，谈笑风生，而且大多相交有十多年了，算得上朋友。

我们做行活了，我把这二三十家相馆都放在我将来的基本客户群里。想这些都是与我有交往的、有点交情的，肯定会最先给予我支持吧。

还有我们周边的相馆，一者离得我们最近，最方便他们前来扩片；二者与我基本都有些交情，应该更是我们最先的客户吧。

静子却不这么看。她说不见得。

我不信，为什么不见得？

事实上运行起来后，果真是这样，那些被我视为朋友的相熟的相馆老板没有一个第一时间前来我们店晒相，没有一个第一时间给予我们支持。他们一停；二看；三不通过、不理睬，不来。

这让我感到好生失望，好困惑。

请教静子。

静子说："没有永远的朋友，只有永远的利益，这个道理，你的明白？"

"嗯。"我应着，其实并不明白，如果我明白我就不会错误地期待我这些朋友前来捧场了，就不会满心期望却等得个一场空了。

我不明白的是，如果说没有永远的朋友，只有永远的利益，他们就更应该来呀。我们做行活与这些相馆老板看上去不仅没有利益冲突，反而是有利可图、相辅相成。他们得到了更方便的服务和更低廉的价格，我得到了市场，应该是一件皆大欢喜的事啊。

可是他们最初以至很长一段时间像集体协商好似的，就是不来，就是不光顾、不捧场。

我是一点人情面子都没有啊。

9.小计谋，摆个小迷魂阵

小李前来探营。

他先看我们的机器。"嗯，嗯，不错不错。"他说。

再看我们的照片，把照片拿在手上，对着光亮细细地看，特别是对刚扩出的相馆的营业相，看得更仔细。"不错不错。"他又说。

小李是经销柯达相纸的某公司在 K 省总代理的业务代表，负责向 K 省的彩扩部经销柯达相纸和药水，与 C 彩扩部至少已有十多年交情，C 彩扩部不仅长期向小李买相纸和药水，包括机器的维护和维修都由小李负责。而我认识小李也有 1 年了，但是由于我们没有什么业务往来，只是混个脸熟，泛泛之交。

小李来看我的相纸，嗯，柯达纸。

又看药水：嗯，富士亨。

谈了谈，扯了扯，问了问纸在哪儿进的，药在哪儿买的。

我都假装坦诚地告诉他是在某某二级、三级的批发商处进的买的。

最后，小李点了点头，笑眯眯地，走了。

我也点了点头，笑眯眯地送他走了。

小李来探营，看照片质量是顺带的，主要是评估我们的成本，看样子他心里已经有数。

我知道他的结论是：我们的成本比 C 彩扩部高！

这正是我要他做出的结论。

想当然的应该就是这样啊。我们虽然也同 C 彩扩部一样都用柯达纸，可是 C 彩扩部是在一级批发商处要的货，而我们是在二级、三级批发商处拿的货，不言而喻，进价肯定比 C 彩扩部高。而药水的价格更是天差地别了，C 彩扩部用的是柯达药，我让小李看到我们用的是富士亨药。富士亨药比柯达药售价几乎高出一倍。二者相加，我们总体成本肯定比 C 彩扩部不止一般般地高。

其实我给了小李两个假情报。

第一个假情报是，我们根本不是通过二级、三级的批发商拿货，而是通过外省的总代理处拿货，同样走的是一级批发啊，而且因为我们是跨省拿货，人家为了得到我们的订单，给了我们更优惠的报价，连运费都是全包的。现在的市场不仅全国一体化，全球都一体化了，我并不是非得要向你 K 省片的小李代表以及之下的二级、三级批发商才能拿到货啊。这点小李那时不明白，不知现在明白了没有。

第二个假情报是，我让小李看了我们所用药水的包装盒：富士亨。其实开始我们是用富士亨药，很快我们就改换了药水，同样用上了柯达药。这个包装盒是我特别留下来，就是要蒙小李这样的探营者的。小李来的时候，我们用的早就是柯达药了，我却故意把富士亨药的包装盒亮给他看，并且明确地告诉他我们用的是富士亨药。

看他笑眯眯的样子，定是认为探营得成，信以为真了。

我也偷偷地乐。

这点小计谋，小迷魂阵，当然是故意要逗一逗小李。由于他的报告，C彩扩部在心理上就会有错误定位。

让对手犯错，真的是值得一乐的事哦。呵。

10.C彩扩部反击

C彩扩部反击的路数开始很保守，它一家一家上门做客户工作，凡是没转向我们的客户就保持不动，凡是开始转向我们两边都分相的客户，它就进行价格调整、跟进，并对客户声称我们给什么价它也给什么价。还说我们只有一台机器，而它们有两台，它们出片更有保障，更可依靠，这点倒是实情。希望以此能既保住既得利益的最大化又能稳定住有所动摇了的客户。

这一招，果然稳住了阵脚。资历也是生产力啊，有了老资历，客户不太敢得罪，总要留一点余地哦。一些已来我们店晒相的客户纷纷回缩，再度退到C彩扩部的阵营里去了。

收复了失地，C彩扩部有些趾高气扬。

正在它有所松懈的时候，我决定再度出击了。C彩扩部声称"我们给什么价它就给什么价"，那我就再度把价格往下调，看你跟不跟，看你能不能跟，看你敢不敢跟。

这时我再一次对成本进行核算和对比。

第一是人力成本对比。比如 C 彩扩部的河南店的人员配置如下：请有店长一名、接待四名、扩片师两名、送片师傅四名，还有上机动班的一名、财会一名，一共十三人。我们却仅请有送片师傅两名，再加上静子和我，总共四人。13 比 4 的差是 9，也就是它要比我们多出了 9 个人工费用。当然它多出来的 9 人做着还有我们没涉足的市场，但刨出这个因素，店长、接待、机动、财会合起来至少多出五人的人工费用，足够吓人。当下市场已经不是几年前、十多年前的市场。那时的市场人工成本低廉，一个老板开店时，甚至基本可以忽略人工成本，请一个工人两三百块，每天多卖一个胶卷工资就出来了。现在人工成本已经成了许多老板、运营商的第一开支，已是畸高，甚至有些高于市场的承受力了。

第二是耗材进货价对比。在这点上前面说过 C 彩扩部对我们严重误判。因为我们是小店，资历又浅，它始终认为我们的进货价同它比一定高出一截。我也故意在小李面前坐实了这个说法。事实上由于批发市场早已不是多年前的传统销售模式了，以前的批发市场只能按区域进货，属哪个区只能在所属的那个区进货。现在，我们可以跨区域进货，全国哪里便宜我们就去哪里进，而 C 彩扩部却一直按区域所属进货，所以我们的耗材进货价从开始就比它便宜，它不仅不知道，还始终误判，以为我们在耗材这一块成本高过它呢。

结论是不管是人力物力，它的成本不仅不比我们低，还远远高过我们。

而最重要的我认为还有第三：心理承受能力。在这方面，我们更是太强过他们了。所谓赤脚的不怕穿鞋的。这是普遍真理，放之四海皆准的道理啊。我们本来就一无所有，我们怕什么呢。我们可以血拼到底。我的最低的心理承受价位说出来会吓死它，淘宝价：

5 寸 0.25 元 / 张！

商业战胶着到一定程度就成了心理战，谁顽强，谁心理承受力强，谁能走得更低，谁最终胜出。

经过细致的成本核算和对对方的揣摩，我把价格下调为 5 寸 0.32 元 / 张、6 寸 0.4 元 / 张。

定下这个价，我对静子笑，说："我们还有板凳深度，我看 C 彩扩部应该没有了。不是它也跟着下调就亏本了，而是它没有了这样的心理承受力和耐受力。"

静子也笑，点头同意，她一定想着我们的最终底价 0.25 元呢。

果然，此价一出，C 彩扩部再也没有跟进，自打了"他们给什么价我们也给什么价"的嘴巴，信誉受损。它应对打出的牌是宣称这个价格是亏本价，我们是在搅局，作垂死挣扎，最多能支撑三个月，三个月过后，就会死翘翘了。C 彩扩部这时放出了拼死一搏的最狠一招：要求客户站队。不是站向我们就是站向他们。

我最担心它放这招，我最怕的也是它放这招。

我对静子说过这招，问静子 C 彩扩部会不会用这招。静子判断应该不会。这一招等于是在要挟客户，不仅伤人，最后也会自伤。

我却保持怀疑。

现在，C 彩扩部终于祭出这招了。

果然立竿见影。客户由于畏惧 C 彩扩部这只大老虎，害怕三个月后我们真会被他们逼迫得倒闭，纷纷屈从，只好去抱 C 彩扩部的粗腿，从我们店抽身而去。

一时我们的生意极度清淡，不止一次送片员收回的货款别说赚钱，连付他的工资都不够。

C 彩扩部忒狠，要直接把双方往绝路逼啊。商场真的就是战场！

我咬牙坚持。

要命的是，工人可不会坚持。我的工人眼看形势不对，心旌动摇，要离职另就了。

这是我没料到的。我原来以为只要老板有信心坚持，员工也就会坚持，树倒猢狲散，真到树倒了猢狲才散嘛。

好在我向员工做了工作后，最后他们都被我的恳诚挽留打动了，决定再与我一道坚持下去。

这样三个月熬过去了，我们没有倒下，没有倒闭，依然活着，依然存在。

客户见状，冰雪开始融化，又慢慢回归向我们一点点走来。

我们终于渐渐熬出头，度过一劫，柳暗花明。

11.再遇贵人相助

这回再一次遇到了相助的贵人。

我们的 330 彩扩机像 D 彩扩部的 3301 彩扩机一样有着相同的一个软肋：就是最大只能出 14 英寸片，而市场上相馆对出片的要求是 16 英寸。一家做行活的彩扩部出不了 16 英寸照片，永远也难以得到全心全意只认自己的客户，因为满足不了他们的需求，他们就还需要另找一家能出 16 英寸相片的彩扩部做备胎。这是非常危险的，因为这个短板，会促使客户随时抽身而去。

一开始我就看到了这一点，我也暗暗着急，可是没办法，我们没有资金购一台能出 16 英寸照片的彩扩机，当时想，能做一点是一点吧。可是随着市场这么运作下去，不能出大片越来越成为我们开拓市场的"瓶颈"。许多客户一听说我们出不了大片，态度就犹疑了，特别是在 C 彩扩部要求站队后。

我多次向静子表达了若能进一台可出 16 英寸片的机器就好了，

我们就能扬眉吐气了。

可是这只是一个美好的幻想。没有钱，一切成空。

有一回又有一个客户因为我们出不了16英寸照片这个短板而没能拿下来。这时已经进入2014年秋季，也就是说，我们入行做行活已经一年了，也开始有了一点资历！我突然对静子说："我们可不可以向张老板赊账，先付我们力所能及付得出的一部分钱，余款再慢慢分期给，以此迅速拿回一台能出大片的机器？"

静子嘟了一下嘴巴说："想都不要想。张老板是你什么人，沾亲带故，亲朋好友？人家凭什么把一大笔钱押在你手上？你转身跑了呢？"

"是呀，是呀，这怎么可能呢。"我一下泄气了。

张老板既没和我们沾亲带故，也不是亲朋好友。张老板凭什么要冒风险帮我们。

张老板是广东一家专营富士激光数码彩扩机的老板，他与我们的交情只有一点点，就是这一年来我们一直请他做我们机器的维护工作。双方一年来合作得挺愉快，彼此还是有了一点了解，建立了一些信任。但是，仅凭这一点点关系，就想让他赊账给我们进机器，真是异想天开。

可是有一次，我还是决定一试了，我给张老板打电话，吞吞吐吐地向他说了我们目前的经营现状和遭遇的瓶颈。

"我知道我知道。"张老板用带着广东话腔的普通话说。

电话虽然打了，临了却实在开不了口。我沉默了。我以为通话应该就此结束了，却突然听到张老板说："罗老板，说吧，你想要得到我什么帮助？"

他的话令我一喜，既然他这么鼓励，我就把我的想法统统告诉了他。

他听完了，沉吟了一下，说："让我考虑考虑，过会再回答你。"

他很快就回了电话，说："可以！"

我们商议了一下我首付给他多少，然后又分多少期每期付多少钱。

一切像做梦一样，轻轻松松便搞定了。最有意思也有点说不过去的是，张老板对我信任到连一纸协议都不用签，他收到我的首付款后，立即发货给我了。

半个月后，一台最大能出到 20 英寸的改进型顶级激光数码彩扩机富士 570 就开进了我们店里。

人应该有梦想，而梦想除了自己努力去实现，有时候更应该依靠出现在你面前的贵人，让他帮助你一块来实现。有时，没有贵人相助，梦想也许永远只是一个梦想，有了贵人相助，梦想只要贵人一句话，就会变成现实。

张老板就是出现在我们面前的又一个这样的贵人。

当然，他所以决定帮我，是他对我的诚信做了评估，并给出了肯定的答案，他认定我是一个诚实可信的人，认为我这个朋友值得交，也值得帮。

我时常在心头升起对他的感念，并暗暗叮嘱自己一定要始终做一个能得到别人信赖的实诚可靠的人。

从此，我们不仅也可以出大片了，并且也有了两台机器，在硬件上可以全面和 C 彩扩部比拼了。

12.C彩扩部打了一场漂亮的阻击战

我想把甲线向 L 镇延伸。L 镇在市郊，一个 6 万人口的大镇，相馆有 8 家，是一块肥肉，多年来一直由 C 彩扩部一家独食。我想和它分食。

由于自从做行活以来，开局很顺，后来所遭遇的困难和挫折我们也都一一有惊无险地度过了，这次我十分托大。

我居然选了一个晚上骑着电动车来到了 L 镇。大概是晚上 9 点、10 点钟，L 镇街上依然很热闹，许多人在摆地摊，吆喝声不断，人们熙熙攘攘，一种充满着浓郁的乡镇赶集的味道扑面而来，真是久违了。小时候最爱逛的就是地摊，地摊上不仅货便宜而且仿佛是个百宝箱，什么意想不到的奇妙东西都有。真怀念有地摊的城市啊。

我在 L 镇逛了一圈，发现每家相馆都已打烊了。就这么空手而回又心有不甘，便决定从每家相馆的门缝里塞价目表。我就这么做了。

我以为这些相馆拿到这张价目表，就会找上门来，成为我们的客户。

这不仅是一种托大，简直太小觑人、太不尊重人了。我刚做行活时那种小心谨慎、恭恭敬敬，到哪里去了？！人一处在顺境就容易滋生自高自大，自以为了不起，要小心呢。

回到家我等了几天，L 镇方面没有一家相馆有回应。

我又选了一个下午再次来到了 L 镇，走访了这几家相馆。他们说："你来晚了，你给的这个价人家 C 彩扩部一个月前已经给了，同样的价格下，我们作为它的老客户不可能另选一家了。"

我铩羽而归，颗粒无收。

我万万没料到，C 彩扩部为了防我打入 L 镇会事先就对市场做下了布置，对我做了阻击，把价格率先主动地降了下来，等待我来进攻。自己太托大了，没有做好情报收集，想当然，盲目出手，惨遭滑铁卢，让 C 彩扩部对我打了一场漂亮的阻击战。

这次挫败使我对 L 镇至今都不敢再轻举妄动了。

13.招工难

自从开辟了甲、乙两条线后，我一直在招工。

除了招送片员，我更需要招彩扩师、接片员。

市里最大的一家摄影集团 2015 年停下了他们的机器，与我们建立了合作关系，把他们的片全部拿给我们扩了。他们的彩扩师因此闲下来，没事干，他们的王经理把他介绍给了我们。

他先是电话联系，了解我们店在哪里，最后决定要来看一看。

我说："好的好的，欢迎欢迎。"

人来了，在我们店附近转悠来转悠去，始终也找不到我们的店面。

打电话给我，问："你们店在哪里？"

我一边接电话，一边出到门口看，就看到他一边打电话，一边东张西望。我赶紧向他招手。

他这才认清了门。一看大失所望，一脸不屑："我以为是一个大店，原来，这么小啊！"

我很惭愧："是啊是啊，就是这么小啊。"

他似乎很不解他们那么大的一家摄影集团会同我们这么一家不起眼的店对接合作。

然后他进了门东看看西看看，没再说什么，走了。

不久，一个朋友介绍了一名来自桂林的彩扩师。人很精灵，一天傍晚自己就找上门来了。

进门的时候我才发现他，还以为是顾客呢。

他微笑着做了自我介绍。

居然自己能找到我们这个小小的门店，让我暗暗欢喜，猜想这个大概靠谱吧。

当时我正在忙着清理彩扩机槽架，他立即蹲下来一边帮我干活儿一边聊。

最后，敲定了。月底来上班。

可是到了月底，左等右等也不见人来。

可能是我们的店实在太小了，庙小请不动菩萨啊。

不仅彩扩师难请，连接片员也不易请来。我们打出的招工广告已经一个月了，仍没有结果。

这应该不单是我们庙小的问题了，而是城市进入了用工荒，有一技之长的工人不愁找不到工作，像我们这种小店就难以入他们法眼，不肯低就了。

好在办法总比困难多，请不到熟练工人，我们就请不熟练的刚出校门的青工，自己培养人才，终于逐渐解决了无人可用的难题。

14.做生意讲的是谦让

做生意要随和，不要趾高气扬，门槛要低，不要人为设置障碍，被客户认为门难进，脸难看。

我们是做小相馆出身的，看惯了各种脸色，当我们也坐到上游的位子后，我规定我们尽量没有任何门槛，客户来去自由，你今天来、明天走、后天再来，我们一视同仁，欢迎，绝不另眼看待。

扩印出来的照片你若不满意，不用说任何理由，直接退片。

如果你晒错了相片，你心痛了，你找我们，我们立即也全部给你退片。虽然这是你自己的错误造成的损失，我们也情愿承担。

而若是我们的错误造成的，比如有相片晒漏了，晒错了，你还急要，可是我们的送片员都已出门，没人送，就算增加成本，我们也会立即把相片晒好另外请车，给你第一时间送去。

很多时候跟客户是不能讲理的，以前我不明白，认为这世上讲的就是一个"理"字，有理走遍天下，做了行活，我逐渐才明白，错！做生意有时候是不讲理的，是不能讲理的，讲理就做不成生意，你认为你有理你讲出来同客户争辩，客户可能转身就会走了，做生意讲的是谦让。

做人大概也是一样，是不能事事皆讲理的。

15.丙线是怎么开起来的

居于城市北面一带的地方我把它命名为：丙线。说起来有点好玩，丙线是在王经理的电话中开起来的。

我原也有开丙线的想法，可是一直在犹豫。生怕太急速冒进把战线拉得太大太长，把控失度反而不好。更担心丙线不会给我带来盈利。城北地广人稀，相馆分布密度小，优质客户不多。

这时王经理给我打了一个电话，说他们集团司机刘师傅由于集团缩编失业了，家庭负担很重，很需要立即有一份工作，请我帮助安排他一个送片员的职位。

我想我的送片员职位都有了啊，怎么安排呢，犯难了。

可是我又不能回绝王经理，也不愿回绝王经理，决意帮帮这位下岗工人。如是便把丙线立即开辟起来了。

丙线是在这种情况下开辟的，这一反我一贯先亲力亲为，直到线路盈利了、成熟了才交给送片员的先例，我只带刘师傅走了一圈、熟悉一下线路、认一下各相馆的门，就交给刘师傅了。

对于丙线，我的想法是能保个收支平衡就 OK 了，若稍微亏损也接受，不大亏就行。话说回来，大亏的可能性也不大。

丙线开起来后，善有善报吧，居然并不亏损，不但收支平衡还略有盈利。真是令人欣喜。

这样我在整个市里的布局就基本完成了。C彩扩部、D彩扩部的布局是四条线，我用三条线完成了几乎同样覆盖的布局，心里很高兴。

16.逆势而行的C彩扩部

进入 2017 年，由于国家层面上对环保的更严格、更刚性地管控，水变清了，天变蓝了，真是利国利民的大好事啊，但是对于造纸行业却成了紧箍咒，应对国家的环保要求，造纸行业的成本因而大幅上涨，一时进入困局。最后化解的办法自然是将增长的成本传递稀释到下游，顿时纸张涨幅甚至达到 30%。在微信上大家纷纷晒出造纸厂的涨价通知。相纸价格也随之大幅上扬。

传导到我们，一时压力颇大。我一直念叨着我们行活业的价格几年不动，应该要动一动了。几年前五毛钱一根的油条，现在都已涨到一元了，我们还不该动吗？随着这一轮的涨幅，得涨上去，消化掉因上游涨价导致的成本压力。

我虽然一再有涨价的冲动，却终于没敢动。市场太敏感了，我生怕自己稍微动一动，稍微把价格往上调一调，就会迎来灭顶之灾。要动也应该是行业老大C彩扩部先动啊。

可是左等右等，却见C彩扩部按兵不动。

为了促成C彩扩部能动一动，我不仅放出了涨价的风声，还动了真格，涨了部分无关大局的客户价。

这时，C彩扩部果然出手了，它的出手竟然不是涨价，逆势而行，居然把价格在往下调。下调后它的价格全面和我们一模一样，就是说它是照着我们的单抄价放价的，直接就是针对我们叫板。

一件商品的价格，里面包含着种种要素，比如进货价要素，人工成本要素，生产厂家的资历要素，口碑要素，品牌效应要素，等等。一件相同的商品，由于受这些要素的综合影响，定价就会有差异，最后各取得一个价格的平衡点。拿我们和 C 彩扩部来说，当初我们同 C 彩扩部的价格平衡点就是五分钱的差价，如果缩小这个差价，我们就将遭遇失去市场的危机，如果扩大这个差价，C 彩扩部就会遭遇失去市场的危机。

现在 C 彩扩部把这个价格差拉平了，初听到这个消息，我内心一阵恐慌，第一冲动是立即跟进，把价格再调下来。后来再一打听，又确证了一个消息，它的调价早在三个月前就实施了，我却在三个月后才得到这个消息。

迟到的消息反而让我大大松了一口气。原来它的这个调价已运营三个月了，却对我们毫发无损，我们一点也不知觉，客户也没有流失。

由此我意识到，经过几年的苦心经营，不知不觉间我们不但有了资历，重要的是，已经建立了自己的口碑和品牌，它使我们在价格上居然可以与 C 彩扩部平起平坐了。

17.生意归生意，交情归交情

我一直期望能和 C 彩扩部握起手来。生意归生意，交情归交情。我毕竟做了 C 彩扩部十多年的客户，同他们的老板、员工都有一定交情。现在虽然成了对手，我很希望大家能够很绅士地在一起握握手、对对话，彼此还留下一点人脉。

D 彩扩部、E 彩扩部、F 彩扩部尽管我们也都成了对手，却都做到了生意归生意，交情归交情。他们机器出现状况了，扩不了相了，就会拿到我这里让我帮扩。偶尔我缺一种什么纸，需一些什么药，也向他们借。彼此互通往来，依旧一团和气。这多好啊，让我很开心，甚至对他们心生感激，感激他们还愿维系彼此的交情。

可是自从我们入行后，自从 C 彩扩部确定我们入行后，不仅不再跟我们往来，而且把我们当作了死敌。我多次通过多种渠道向它示好，明确表达了交好的愿望，可是它一概不回应、不理睬。这让我感到十分遗憾。

古今中外，好像都有这样的情况，同行不仅是对手，还是仇家，有的老死不相往来，更有甚者逮着机会就落井下石。

在现代社会，这种古旧的经商习气和观念应该改改了。我、D 彩扩部、E 彩扩部、F 彩扩部，不是都改了嘛。

2017年12月21日初稿

2018年6月27日定稿

照相馆月令

一月

生意就像节气，照相馆的生意更像节气，跟着节气走。

一月，小寒、大寒。

这是一年里最寒冷的时节，照相馆的生意也像寒冷的土，被冻着，冰封着，万物收藏。生意是蔫了、僵了，有一搭没一搭，守在门店里，半天也难见一顾客。

春节前夕，所有人都奔春节了，不免冷落了日常生活，照相馆进入了小寒大寒。

一个生意新人、生手，如果是在这个月份入行、开业，因为生意少，不好，不仅会带来无穷的烦恼，甚至会怀疑这一行能不能做，本小店还能维持多长？只有老生意人，遇到一月生意上的小寒大寒，依然乐呵呵，袖着手教育这个新人生手："小子，耐心点吧，好日子在后头呢。"

有的照相馆老板干脆选择关门了事。

做个体户，一年里头难得几天休息，趁着这生意淡季，也给自己放个假，休整休整，挈妇将雏，或去乡下亲近泥土自然，或做千里万里之游。

我姑爷开了二十年余照相馆，有一次在进入一月的某天，给我打电话："喂，小子，猜猜我现在在哪儿？"

我答："在哪儿，还不待在你照相馆！"

"错。"他说，哈哈地笑，打开手机同我视频通话，让我亲眼看一看他现在在哪儿。

只见通过他的手机，我看到了一个百花盛开、夏日炎炎的世界。

"你现在在哪里？"我大吃一惊，不知道这小寒大寒里哪里还有繁花盛放。

"哈，想不到吧，是在马尔代夫呢。"

是想不到。

真没想到姑爷利用这个生意淡季，跑马尔代夫旅游看繁花盛开去了。

二月

二月，立春和雨水。照相馆经过一月的小寒大寒，在二月就像这春天的大地被立春的雨水滋润了一样，生意开始复苏。春节过后，生意迎来了一年里第一个旺季。

春节刚过，许多人又要出门奔向祖国各地，甚至海外天涯。求学的求学，工作的工作。临走前就想到要把过春节期间一家人其乐融融的美好画面，不仅存留在手机上、电脑里，也应该珍存一份纸质照片。他们纷纷来到照相馆晒相。

这时，在二月的春风拂面里，每家照相馆都顾客盈门，人来人往。

这几年又多了个学生的寒假作业。

学校搞素质教育，敬老爱幼，要求学生的寒假作业之一就是学校开学的时候，学生要向学校交上学生本人在假期里具体做了哪些敬爱长辈老人的好人好事的照片。

结果在假期里学生为老人做好人好事忙得不亦乐乎，学生的父亲母亲为了记录下儿子女儿的好人好事，成了新闻记者，拿着相机、手机左拍右拍，上拍下拍，也忙得不亦乐乎。

照片拍好了，却都不忙着冲印，好像一块约好了似的，一定都等开学前一天、前两天，才一齐涌向照相馆晒做好人好事的相片。

一下让照相馆忙得焦头烂额，生意好得手忙脚乱。

相馆的老板就有点又喜又忧地轻声抱怨："又不是临时交下的作业，干吗不早点来晒啊？"

相馆老板们喜的是生意真好啊，忧的是忙不过来，接待不过来，怕顾客不耐烦等待，来了又走了，空欢喜。

被抱怨的家长并不计较，甚至还有点不好意思，把不来及时晒相的责任全推给孩子："唉，小孩子就这样，临了才讲要给学校交作业啊，这不就急急忙忙赶来晒相了嘛。"

让孩子这么做好人好事，不免有点儿形式主义，不过好多家长都满脸地欢喜："以前，让小孩子洗个碗、扫个地，都不会干的，现在已经主动干了。"

其实相馆的二月在数码时代以前，也就是传统胶卷时代，更是一个繁忙的旺季，而且这个旺季不是在春节以后才开始的，是早在春节之前就开始了，而在春节期间达到了高峰。

我的姑父常常对此怀念不已。他说："那时没有一个春节，我们是能关起门来安安定定吃上一顿年夜饭的。"他仰着头眼睛望向遥远的地方，仿佛往事就在那遥远的地方待着，让他伸手可捉。

我是从1992年开始做照相馆的，我也经历过胶卷时代春节生意的盛况。那时每个春节前后各个相馆都是一年里最忙活的，节前忙卖胶卷、电池，出租相机；节后忙收胶卷、晒相，为顾客照各种各样大大小小的全家福，整个年里没有一天会关门休息、能关门休息，就是在大年三十吃着年夜饭也是要开着门，迎候着顾客，边做着生意边吃年夜饭。你就是想关门休息，那些陌生的更多的当然是熟门熟路的老顾客，也会找上门来，把你的门拍得叭叭响："买胶卷！老板，买胶卷！"他们一边用力敲着门，一边焦急地大声呼喊。你唯有笑嘻嘻地把门开开，然后就再也关不上了。

过了年夜，到了初一，街上到处是带家带口，一家老小闲逛的人，他们逛着逛着就逛进照相馆来了，喜气洋洋说："老板，照相，照全家福！"许多的家庭都满脸欢笑地涌进照相馆里候着，挨着个排队照相。

照相馆里这样忙碌的日子一直要忙到过了元宵后好多天才算稍稍清闲。

三月

三月，惊蛰和春分。年也过了，假也休了，在三月的惊蛰里，万物苏醒，生长发芽，人也像大地上所有的植物一样在萌动，整装待发，准备外出工作。

这时，三月里的照相馆，其中一项带有时令特点的生意，就是为外出工作的顾客，照各种各样的证件照。

在我们这座外出流动人口较大的城市，前来的大多是农民工。

身着西装的，身着中山装的，身着夹克休闲装的。

空着两手的，拎着皮包的，扯着拉杆箱的，甚至背着棉被、垫被的。

脸色白皙的，脸色黢黑的，脸色不黑不白的。

头发梳得整整齐齐甚至油光发亮的，头发也不梳也不绺像一堆野草乱蓬蓬的。

……各种各样，应有尽有。

他们进了门来，有的一开口就把要照什么什么相，讲得清清楚楚、明明白白。

有的一进来喊道老板照相。你问他照什么相，有什么要求时，他把眼一瞪："你开照相馆的，还不懂要照什么相？"

我被弄得哭笑不得，只好耐心解释："各行各业，所照的相各有要求，我们不知道你是哪一行哪一业，怎么帮你照？"

他还是不依，还是觉得你就该懂得。

摄影师有了经验，就说："如果你一定要我们帮你做主，我们就只好把所有行业不同要求的相都为你照一遍，比如办驾驶证的照片、办电工证的照片等，每照一份相都要收一份钱，你会多花好多冤枉钱哦。"

这位顾客听了，急起来，忽然就能把所要照的相的要求一下讲清楚了。

我们就笑。

除了照这些外出做工的顾客的照片外，还有照出国旅游的各种照片：护照照片，各个国家的签证照片。

现在人们自我隐私的保护意识太强了，当我们为顾客照护照相时，相照好了需要把照好的护照相上传到顾客户籍所在地的公安局去，就要向顾客核实顾客的户籍在哪里，不少顾客听了立即小心谨慎起来，开始总是拒绝透露，最后他们终于明白了必须把户籍所在地告诉我们，我们把照片传到公安局后，他才能到公安局办成护照，就很不情不愿地说了，然后像被侵犯了一样说："这样一来，我的隐私你不就都知道了？！"

我们有点无言以对。

这确实是你的隐私，可是不是所有的隐私都完全是个人的，不是所有的隐私都应该向所有人保密呀。对于某些隐私，还是有责任和义务向特定的人员说明的。

国人具有了隐私观念是好事，隐私观变强了，自我保护意识强了，更是好事，但过于担心而一概封闭起自己的隐私，也不一定对，事实上也行不通啊。

四月

清明和谷雨的时节，山水葱茏，令人神清气爽，在这个季节，我有点坐不住了，望着窗外，树是翠绿的，花是娇艳的，想象着更远的郊外，山是黛青的，水是墨绿的，太诱惑人，太吸引人了，恨不能一步就踏到大自然里，融化在大自然里。

人来自大自然，所谓天地人间，最终还是要归属于大自然。

而在一年里却总要找一个契机、一个时间的节点，去亲近自然。

这个契机和时间的节点便是四月里的清明。

小时候在这一天，三叔娘会在天没亮的时候就早早起床了。生火，做饭。

不只是我三叔娘，村子里的许多叔娘都这样。

这时如果你站门外看，依然暗黑而朦胧的村庄天空上，家家户户的烟囱都升起白雾一般的袅袅炊烟，如梦，如幻，如画。童年的时候常常令我看得痴了，一时间，不知是在梦乡还是在现实。

吃罢早饭就向山里奔去，踏青、郊游，这是多么美好的一天。

长大了，开照相馆了，这样的踏青、郊游好多年都没有了。

倒是每年的四月会收到好多前来晒相的顾客踏青郊游的照片。

从照片里看到了天南海北各处不同的四月。

南方的四月草长莺飞，绿了的是芭蕉，红了的是樱桃。

北方的四月，在极寒之地还是冰雪苍茫，同是一个地球，景象却迥异，可是你仔细瞧去，却也能看到嫩黄的绿芽像孩子刚长出的一颗小龅牙，悄悄从树皮里噗地冒了出来，不动声色地迎风挺立在这个春天的料峭里，你惊喜，并可以期望，可能不用几天，它以及它的小伙伴们就会忽辘辘抖开了身段，绿色盖过了冰雪，逼退了冰雪，冰雪在它们的绿里一点一点消融了，退缩了，逃跑得无影无踪了，绿成了世界的主宰，然后它们在谷雨的滋润里把花迎来，让这个世界无比地缤纷起来。

我一边晒着相，一边通过照片端详这四月里所有的世界。

开照相馆的好处就是足不出户，却能看遍了繁花胜景，看遍了世界的灿烂。这也算是一件美好的事情吧。

五月

五月的节气是立夏和小满。对于立夏百度这样写道：万物生长，欣欣向荣。看到这八个字，我心里顿生喜悦，精气神也有了。这一阵我一直怀疑我是不是病了，有气无力的，看了这几个字，忽然觉得精神振奋、神清气爽，感觉没病了，有病病也自个儿好了。

五月的照相馆生意就像立夏和小满，一天一天向好，一天一天欣欣向荣。这时候的生意没有特别的突出点，万物生长，什么样的生意都有，都一齐到来。有来照身份证相的，有来照驾驶证相的，有来照港、澳通行证相的，有来照美国、日本以及其他国家签证相的。

这些年出国的人多了，照护照相的多了，照签证相的多了。去欧洲的，去日本的，去美国的，去东南亚的，甚至去非洲的。世界各地，到处都有。

刚开始面对这个现象让我有些惊诧，便有意与顾客聊天，想知道他们是怎么去的外国，为什么去外国。

原来无非是出国留学、探亲访友、出国旅游，而以出国旅游最多。

以前国人多是国内游，现在更多的是世界游了。有一位老顾客来照签证相，向我历数他已游历了哪些国家。"趁现在身体好，还能走，多去外面看看。"他说。就像那位因为一句话而成了网红的老师说的：世界那么大，我想去看看。

六月

六月的天气是如此明媚，太阳高照，空气洁净，站在城市的高楼上向远处眺望，可以望见极远处的山岚如盘龙横亘在山腰，氤氲氤氲，缥缥缈缈，看远方的山看远方的云雾，有一种虎踞龙盘之气势和城市对峙着。

六月的时序迎来了芒种和夏至，夏天开始了，植物成熟了，人也要在这个成熟的节气里迈向成熟。

这时候学生们开始进入毕业季，照相馆里每天都忙着为学生照毕业照。

我想起我高中毕业的时候，一个人又兴奋又胆怯地跑到照相馆照相的往事来。

眼看着自己毕业了，要成为大人了，无比兴奋，每个小孩都盼着自己快快长大，这一天终于要迎来了，哪有不兴奋的道理呀，可是要我一个人去照相馆照相，又不免有点胆怯起来，磨磨蹭蹭，希望父母带着去。

父母好像不知道我盼望着他们陪我一块去照相，对我照毕业照这件事装作不知道。

我又不敢主动要求，眼看自己就是大人了，连这点事都不能自己担当吗？！东挨西挨，最后终于挨不过了，才怯生生地向照相馆走去。

我生性羞怯，要我一个人去出头露脸，真是千难万难，来到照相馆门前胆怯得都不敢踏步进去，在门外来来回回徘徊，幸好遇见了同学，才有了勇气跟着同学进了照相馆的门把相照了。

我自己开了照相馆后，每到毕业季，我都会多留个心眼，在忙碌的工作中常常用余光瞅瞅门外，注意一下门外。

我果然经常看到如当年的我一样想进来又没勇气迈进来照相的羞怯的学生。

这时，再忙我也会立即走出门外用热情的口吻招呼这位羞怯的同学快进来，看着他羞羞怯怯的模样，想着当年的我也不正是这个模样吗？不觉在心里会心微笑。

七月

七月，小暑，大暑，时令迎来了一年里最炎热的时期。好多人喜欢用"七月流火"来形容这个炎热的时令，还以为用得真是恰到好处，殊不知已是谬之千里，甚至在报刊上我也不止一次读到过。小时候我读书也喜欢望文生义，比如有一次读到"匠遇作家"就理解为"一个工匠遭遇到了一位作家"，并进而联想：一个工匠遭遇了一位作家是什么情况呢？这么想着觉得真是有趣极了，发生这样的事情有趣极了，这个成语因此也有趣极了。后来才知道我是会错了意，表错了情，自以为是地想岔了。又想到曾不止一次拿着这个成语乱用，在别人面前显摆炫耀，更是羞赧不已。

在七月的小暑、大暑里，照相馆的生意也像被炎热烤焦了，变得一塌糊涂，五月、六月里的欣欣向荣、生长成熟都不见了，真是有点开到荼蘼花事了的味道。看着门外，人行道上行人少了，马路的机动车道上过往车辆也明显变稀了。大暑正是中伏天，古人说"宜伏不宜动"，正是啊，大家都躲着不出门了。

我们这座城市正在发展，近几年变化得最多、最快的，就是到处都装上空调了。起先是酒店宾馆装，后来是党政单位的楼堂馆所装。有一回也正是这三伏大暑天，我到一位在政府上班的同学办公室去，进门凉飕飕的，真是好享受啊，进去了都不想出来了，在这炎热的天气里，有空调的地方真是美妙无比、舒服无比啊。

在炎热的大暑天里，夜晚睡觉的时候就算开着风扇也还是感觉热得不行，怀里抱着一个冲了冷水的瓶子才勉强睡着了。我就想什么时候家里也能装上空调呀？那时候产生了这个梦想，立即摇了摇头把这个梦想丢掉了：就算买得起空调，也用不起呀，这得花多少电费呀。

没想到，不几年，家里居然就像那些酒店宾馆、政府的楼堂馆所一样，装上空调了，用得起空调了。

不仅家里装起了空调，大前年的大暑日要来临的时候，静子突然对我说："我们照相馆也装空调吧？！"我听了，又欢喜又担心，一下点头一下摇头。

欢喜的是，若我们的照相馆也装上了空调，从此我们在照相馆上班也能像我那位在政府上班的同学一样在炎夏享受到清凉了，担心的是我们这里是南方城市，南方城市做生意的特点是开门做生意，门要尽量开大，现在若装了空调就要把门封闭了，会不会影响生意？顾客会不会望门而退，不进来了？

所以我不知道是点头还是摇头。

静子却是明白我矛盾的心思，她说："装了空调当然得把门用帘了隔起来。这有利有弊，利是在大热天里有了空调，照相馆里的服务环境立即大大地变好了，提升了。你说在我们南方这种大热天里，一家有凉飕飕的空调，一家没有空调，顾客愿选哪家照相馆消费？"

"那还用说，一般讲肯定是要选有空调的了。"我像小学生回答循循善诱的老师提问一样大声回答。

"这就对了。弊是门被帘子挡了，肯定会有一些顾客不进来了。但是进来的一定更多。"

我们立即把空调买回来，不用一个小时就装好了。

坐在照相馆里，吹着凉丝丝的空调，大感舒服，心情大好。

顾客见我们的照相馆装有空调，也纷纷上门消费，几天下来，盘点生意，超意料的好，这叫逆势增长啊。心里美滋滋的。

八月

八月，立秋，处暑。草木结果，收获的季节来临，天气一天一天凉爽，一年里最美好的节令到来。忽然想起辛稼轩的"却道天凉好个秋"。他是愁苦，我却是喜悦。我喜欢这个入秋的时节，溽暑正在退净，清凉一天一天到来。在南京的时候，我最喜去的地儿之一就是清凉寺，便是仅仅因为有"清凉"二字。我和父亲在南京举办父子摄影个展，展址是我选的，我就选在了清凉寺。那时父亲感到好生奇怪，问我为什么选清凉寺？我笑而不语。那一种小小的欢喜不足道也。父亲也就不追问了。

八月到来的时候，学生也面临开学了，开学前要做的第一件事就是军训。

其实在军训里学生们要做的是两件事。

第一件是军训。第二件是照军训照。

对于大多数同学来说，也许军训是他们人生的第一个重大节点。如果不算重大节点，至少也是一生中重要的事件之一，意义依然重大，值得珍惜和珍藏。

每年的军训，学校都要请摄影师前往照相，然后学生们老师们就拿着底片到处去晒相。

在八月，照相馆的一项重点生意就是接学生军训照的活儿。

我们相馆每年也是如此，但又同别的相馆有所不一样，我们不单直接接老师学生前来晒相的活儿，因为有彩扩机，我们还接同行照相馆的活儿。每年的这时候就更忙了。

最忙的时候一天要晒一万多张相片，这时候晒相师傅总要加班加点忙活到半夜三更。

一天的活儿忙完了，并不立即就去休息，总还有余兴，拿着这些学生的照片东看西看，观赏不已。这些青春年少的学生，脸庞掩映在军帽中，不管是男孩还是女孩，英武之中都带着一点稚气的妩媚。想象自己当年也有过同样的青春年华，心中不免生了感慨。

九月

八月的处暑之后迎来了九月的白露和秋分，天气更寒凉了，有一次天要黑未黑的傍晚，我骑着自行车走在郊外的路上，一阵风吹来，穿着单衣的我不禁打了个寒噤。凉秋真正地到来了。如果说八月立秋的时候享受着清凉、清爽，感到了凉爽，在九月的白露和秋分里，忽然感到的气候不仅是凉爽，而是真正有了凉意，晚上要加衣了。那次骑车走在路上，被这寒凉的秋风一吹，不知为什么，心头忽地生出一种无端的伤感，像少男少女怀春，多愁善感，不禁自笑。

想起了杜甫《伤秋》的诗："林僻来人少，山长去鸟微。高秋收画扇，久客掩荆扉。懒慢头时栉，艰难带减围。将军犹汗马，归。"

其实在九月里，我最喜欢的还是黄巢的"待到秋来九月八，我花开后百花杀。冲天香阵透长安，满城尽带黄金甲"。用字平实，不仅朗朗上口，且自有气势。有人说黄巢的这首诗带着妖气、戾气，不喜。我听了哈哈而笑，我也觉得是有某种戾气，不过还是喜欢。在中学读书时，一读到这首诗就喜爱上了，只随口诵一遍就记住了。也许我的身上也有着某种戾气吧，像古人爱说的同声相应了。如今课本里所学的东西现在大多都不记得了，仍牢牢记得的就只有这首诗。

说到古人总爱悲春伤秋，悲春伤秋成了古人最千古不变的吟诵主题，又想到了李白的《渌水曲》。李白写诗常常出人意表，别人悲他却偏要笑，别人愁他却偏说喜，这也就是李白之所以成为诗仙的窍门所在罢。李白的《渌水曲》就是这样一首诗，见秋不愁，满是明艳喜悦："渌水明秋月，南湖采白蘋。荷花娇欲语，愁杀荡舟人。"

如果说人生可能并不总充满诗意，却是时有诗意的，我是非常赞同的。

在九月照相馆的生意像一首抒情诗，你想不来有什么特别具体的内容，可是它却抒写着生活，吟唱着生活，也喟叹着生活。

我坐在九月的诗意里，迎来送往，看着顾客来来往往、进进出出，对秋天的伤感忽然就没有了。

十月

人进了十月，总有一种为之一爽的感觉，总有一种顿生的豪情。也许十月有我们祖国的建国日、生日，内心总有一种特别的豪气。

在十月里，我喜欢听也喜欢唱那首《歌唱祖国》："五星红旗迎风飘扬，胜利歌声多么嘹亮，歌唱我们亲爱的祖国，从今走向繁荣富强……"打小就最最喜欢这首歌，这首歌伴随了我几十年的人生。每次听到这首歌，心里就热血沸腾，就充满温暖，就充满力量。

在十月里街道店铺的门首挂满了飘满了国旗，一夜之间整座城市流淌着火红的颜色。

在十月一号这一天，我们把店铺的门打开来做的第一件事，也像许多人家一样，把一杆国旗高高地悬挂在了门店的上空，欢喜地看着它在门口猎猎地迎风飘扬。

时令进入了寒露和霜降，在我老家的高寒山区里，这时早晨起来有时需要披上棉袄了，可是在这座南方的城市里气候很多时候依然是热火朝天，照相馆的生意也热火朝天，随着十月国庆长假的到来，照相馆的生意一天比一天忙碌起来，许多顾客欢欢喜喜地前来晒相，取相。

我们这座城市，在十月里，除了与其他城市一样，普天同庆，欢度国庆，又有它的不一样，特别举办有一个水上狂欢节。因此，在十月长假的 7 天里，我们迎来了全国，甚至是世界各地的游客。

以前的节假日我们总是往外跑，去看人家的风景，去看人家的城市，去参加人家的活动。现在，我们也还向外跑，也还喜欢去看各处的风景、各地的城市，去参与人家的活动。但也要邀请人家来看看我们的风景、我们的城市，参与我们的活动了。

在这些日子里，我们利用我们城市山清水秀的独特地理优势，温暖的气候，举办和承办 IAC 世界水上极速运动大赛、百里柳江中国东盟千人钓鱼邀请赛、中华龙舟柳州邀请赛、中国名人帆船邀请赛、中国国际高空跳水邀请赛、友好城市橡皮艇赛、友好城市摩托艇赛、花船花车狂欢巡游表演……内容多多，令人目不暇接。

狂欢节带来了商机，迎来了城市消费的新高，处处商铺都顾客盈门，我们照相馆也是一样，有前来照相的、晒相的、取相的，被挤得水泄不通。

十一月

十一月立冬和小雪，冬天真正开始了。

而冬天是从早晨开始的。

我的作息时间每天总是要在上午9点才姗姗起床，常常感受不到节气细微的、特有的变化，十一月立冬来临的时候，我总觉得和十月也没有什么不同，直到有一天因为有事要办，特别要赶一个大早，早上6点不到就起床了，掀开被子穿好衣裤打开门，就被一阵寒风吹得直打战，这才感觉原来真是冬天到来了。

我的小侄有时嘲笑我们先人总结出来的这二十四节气，说它不准，不对，我也疑惑，颇有同感。

我姑妈却直斥我小侄"懂什么"，她说老祖总结的东西没有不对的，准得很。

后来我开始认真地去观察和感受，发现真的准得很。感慨我们的先人所具有的智慧，在几千年前就已经精细地总结出了这些关于时令变化的二十四节气，用于指导人们的生产生活了，春播冬藏，令现代的我们如今看来还叹为观止，惊奇不已。它不仅指导了农耕时代的生产生活，发展到当今的信息时代，仍对我们的生产生活不失指导意义。像我们开的现当代才发明仅仅只有150年历史的照相馆，一年里生意的旺淡、兴衰基本都是跟着节气走，就是一例。

在十一月，想望极北之地已然大雪飘飘了，人们窝在家里，窝在温暖的炕上，再也不出门，或者很少出门了，户外一片肃杀。我在安徽马鞍山工作的时候，每到十一月就会迎来一年里的第一场雪。刚开始我还不知道这意味着什么，照旧骑着自行车跌跌撞撞地去上班，到了厂里才发现空荡荡的，值班主任见我到来感到很奇怪，有点哑然，问我："你怎么来了？"我更感到奇怪："轮到我上班啊！"后来才知道当大雪纷飞的日子，可以不用来上班的。而坚守在岗位的人还要坚守下去。这时候食堂会给坚守的职工供应最丰盛的餐饮，而且全部免费。

在南方十一月就有点像喜欢变脸的小孩，一会儿冷若冰霜，一会儿春风拂面。在季节上我不太喜欢南方，不太喜欢身处的这座城市，它的四季不像北方那么泾渭分明，春是春，冬是冬。当然人们会用另一种方式赞美它：四季如春。

在四季如春的这座城市十一月的马路上虽然也时会刮起朔风，却总是人流如鲫、熙熙攘攘，这又让我感到南方的好了。人们在冬天里跟其他季节几乎没有什么两样，照常逛街，照常消费，我们照相馆的十一月也像过往的日常生活那样，照样开门迎客，照样为顾客照相、晒相，一切按部就班，一如往常。

十二月

十二月大雪和冬至，可惜生长在这南方之地，我已经几十年没有看到过雪了，真怀念雪啊。

在记忆里的雪还要回溯到 1984 年，那年我还在读高中，正是星期天，那天一整天天空像一位严肃的老人板着阴阴的冰凉冷朔的面孔。有人说可能要下雪了，更多人嘲笑这位说话的人是想雪想疯了，怎么可能下雪呢？我们听了也笑，然后入夜了就跑去电影院看电影。电影没看完，就听到门外人大喊：下雪了！下雪了！只听暗黑的电影院里哗的一声，人们全站了起来，像听到了命令似的置好看的电影不顾，争先恐后奔出了门。

那时我是和同学赵杰、何政一一块看的电影，我们奔出门外，看见了好大一场雪，把门外马路上的行道树都压垂了头，几乎像是快挺不住了，但是树枝还是绿油油的、茂盛着的。

我们立即兴奋地手挽着手，大踏步地走在雪地里，雪被我们踩得咔嚓咔嚓地欢叫，为了使雪叫得更响、更欢，我们故意把脚用力地踩在雪上，后来干脆踢着雪和铲着雪走路了。不一会儿，我们的鞋子、裤脚全都湿漉漉了。我们毫不在意，我们大笑着、大喊着一直朝前走去。没有方向，也没有目的地，只是这样，只管朝前走去。

满街都是人，都是像我们这样毫无目的地大踏步踩动着脚下的雪朝前走着的人。我们互相望着，不管认不认识，彼此都笑呵呵，不管是大人小孩全成了人来疯、雪来疯。

记忆中的雪多么美妙，记忆中雪里的我们多么纯真，仿佛回到了童稚的时代。

十二月是一年的年终，各个单位都在开总结会、表彰会。会议开完了，就轮到我们照相馆显身手了。

各种各样的总结会、各种各式的表彰会，都被照相机的快门捕捉了，以前是被胶卷定格了，现在是被电子底片定格了，殊途同归，最后都在我们的彩扩机上通过相纸的曝光、显影、定影、水洗、烘干，变成一张张色彩艳丽的纸质照片。

照片上戴着光荣大红花的被表彰者，有的满脸荣光神色拘谨地对着镜头憨笑，有的神采飞扬灵动地伸出手做出"V"的手势，有的一脸严肃两眼直瞪着镜头似乎要把镜头看穿看透。

还有集体照，几十人的，百余人的，几百人的，济济一堂。

2019年3月13日初稿

2019年4月8日定稿

一个个体户的业余生活

——写作记

1997年：《柳城报》

表哥和表嫂决定在柳城开一家彩扩部，他们邀我一块干，我不干，他们没有技术，就干不成，有点让我技术入股的意思，但是又没说清楚我是多少股，如何分成。只说，不会亏待兄弟我。我想，也是。就同意了。那时候以至现在，在中国民间也还没有很好的契约意识、契约精神，特别是亲戚之间，一般就是口头表示，在口头上达成某种默契。我认可了这种默契，同表哥一块去上海把彩扩机买了，等彩扩机运到柳城，我们就操弄着把彩扩部开起来了。

表面上看我还真像这家彩扩部的一个老板，许多事情我都可以点头做主。

事实上这是假象。这个假象一段时间甚至把我都蒙蔽了，还真将自己视为这家彩扩部的一个老板了呢。

我们这家彩扩部是柳城的第二家彩扩部，由于扩片质量不错，生意很好，盖过了第一家。生意好人就意气风发，我自己走路昂首挺胸，旁若无人，每至傍晚带着表哥三四岁的儿子——我的表侄在大街上散步。他也被我的神情感染了，走起路来也是雄赳赳、气昂昂。我们这么在大街上走着，就有些与众不同。这让小表侄感到很有趣，走得就更风风火火了，他甚至会拉着我跑了起来，我不得不也跟着他跑啊跑啊，一直跑到柳城的河边，然后我们站在河岸边喘着气快活地仰天大笑。

我开始有点喜欢自己操弄的彩扩机了，每天我坐在彩扩机的工作台边按动着各种按钮扩片。彩扩机在我的操控下，把照片一张一张从肚子里吐出来，好像一只在生蛋的母鸡。经常有顾客目不转睛地隔着玻璃橱窗，盯着正在下蛋的彩扩机看，久久不离去。一种自动化的重复出现和发生的动作以及结果，不是容易被人完全忽视，就是容易被人专注地注目，被瞧得津津有味。这很有趣也很奇怪。

在此之前，我还操弄过井冈山 811 型彩扩机。那是一套三体分离的彩扩机。就是说冲卷机、扩印机和冲纸机是分离的。并且还是一套二手的彩扩机，经常不是这里出毛病，就是那里有问题。冲卷机独立那是自然、应该，而扩印机和冲纸机独立就整死人，你扩片的时候，就得先把冲好的胶卷拿到扩印机上在相纸一张一张曝光，然后再把曝过光的相纸拆下来用暗袋装起，拿到冲纸机里安装好，再按动按钮冲洗。这个过程完全是一个体力活，累死人。你要不断地把曝过光的沉重的相纸从这头卸下来，在那头装上去，反反复复，无休无止。不仅体力繁重，还总是弄得人晕头转向。如果在操作过程中发生了故障，比如卡纸，那更是让人手忙脚乱，心焦得跳脚跺地。那时我是多么渴望能有一台扩、印一体机呀，这边你只管在扩印机上咔嚓咔嚓地曝光扩片，那边连接成一体的冲纸机就自动把你曝过光的相纸带进药水里冲洗出来了。一切是那么省力带劲。多么美好，多么美妙。不过那时候我们没钱，这些都是空想。

现在，表哥这套彩扩机就是一体机了，还是全新的一体机，完全得心应手。扩着片时，手指有节奏地按动着键盘，美妙得就像在弹着一架钢琴，演奏着一部交响曲。因此，如果有顾客当观众目不转睛地在观看的时候，我在扩片时就扩得更心花怒放，更从容不迫，更举重若轻。我一边扩着片，一边时不时抬头望望顾客，望望我的观众，感到心满意足，得意非凡。小人得意喜形于色，我就是这样的小人了。

可是这家彩扩部毕竟不是我的，许多事情我不能操心，不用操心，不由我操心，于是我就有点百无聊赖，特别是晚上，店铺打烊了，感到特别地无所事事。表侄见我无所事事就拿着他的单板游戏机缠着我同它下棋。单板机设置的程序简单，总是三下两下我就把它下赢了，无趣至极。表侄却反复地让我跟单板机下，尽管每盘棋下得都毫无悬念，他依然乐此不疲。我只好奉陪，下了一盘又一盘。换到现在，我肯定没有这个耐心了。表侄总是乐呵呵地、兴致勃勃地在一旁看着等待着，等待我不出我们所料地三下五除二把单板机杀败，然后舞动小手欢呼雀跃把表哥表嫂惊动了，望着表侄呵呵地笑。就这样，我消磨着自己的青春。

而等表侄他们离开了我的屋子剩下我一个人的时候，不仅感到更加无聊，还感到了寂寞、空虚。大把的时间不知怎么消遣，不知如何消遣，不懂怎么打发。

彩扩部的隔壁是县图书馆。有时我跑到图书馆去看书读报。我读到了一张叫《柳城报》的柳城办的县报。这让我惊异，柳城居然还办有一份报纸。这张报纸是一张对开大报，显得很气派，这再一次让我惊异。一般的县报都是四开小报，一个县报居然办成一张对开大报。我又读里面的内容，第四版是副刊，登着一些散文和诗歌。读着读着我的心不由得一动，觉得我也可以写写文字在上面登登。这么想着令我兴奋，在脑海里我仿佛已经看到了变成铅字的我的文字，特别是我的大名赫然地印在这张报纸的版面上了。

从此每天晚上，在表侄面前表演完败单板机的节目，他欢天喜地地走后，我一个人就正襟危坐在桌子前，桌面上铺开稿子，拿起笔，打开笔套，开始写作。写作，是一件寂寞的事，正是一个寂寞的人该做的一件寂寞的事，如鱼得水，以前我怎么就没想到要做呢。

稿子写完了誊抄好后，等到第二天傍晚，我就牵着表侄的手，兴冲冲地走进县委大院。来到柳城报社，看看左右无人，有点神秘兮兮地把稿子投进报社门边挂着的一个投稿箱内。

表侄见了问：“表叔你在干吗？”我瞪了他一眼，小声说：“表叔在递送情报。”

表侄虽然年纪小却懂得“情报”的意思，立即噤了噤口，然后也放低了声音悄悄问：“接头的人到了吗？”

“我们不能见接头的人，快走。”

表侄心领神会的样子，牵着我的手，踮着脚尖我们就秘密地撤退了。

从此每一个星期我们就上演一次这个节目，这是我和表侄两个人的秘密。每到这一天，每等到这一天的傍晚，我和表侄就对望一眼，彼此点点头，我拿起装着稿子的信封，就出发了。

《柳城报》第一次登出我的稿子已经是我投稿三个月后。这三个月，我起码投了 10 篇稿子，最后，才用了这么一篇，这是我事先万万没料到的。我原来以为我把文章写出来了，投给它，下一期它就会把我的文章给登出来呢。《柳城报》吗，不就是一个县报吗，我还能上不了吗？没料到结果要想在它上面发表一篇文章，这么艰难，路途是如此漫漫，我等得花儿都谢了，简直让我灰心丧气。正在我快失去信心的时候，它却把我的文章给登出来了，很及时地让我又拾回了一份自信。

就这样，我每个星期在固定的时间，带着小表侄，到固定的地点，把稿件投到固定的信箱。

我投去的稿件被《柳城报》发表得越来越多，越来越频繁。每当拿到新出的报纸，看到了我的名字，我的心里都笑呵呵地，充满阳光。

有一天，我正在彩扩房心里笑呵呵充满阳光地看着登着我文章的《柳城报》，突然来了一个人，很有礼貌地问站在柜台前的表嫂："请问，罗海是在这里吗？"我在彩扩机的后台听到了，吃了一惊。在柳城除了表哥表嫂一家，我再不认识任何人，现在，居然有人把我找上门来了，深感惊讶，是什么人呢？

表嫂说"在在"，回头看我，我就走出来了。

来的是一个男子，中等个子，留着小分头，穿着黑西装。年轻帅气，英俊儒雅。他望向我的时候，那对眼睛热烈而又熟悉的样子，像面对早已谋过面的老朋友。

但我确定我不认识这个人，没跟这个人有过任何交往，我一片迷茫。

他微笑着说："我是《柳城报》的副刊编辑呀。"

听完他的自我介绍，我更加吃惊，我完全没料到编辑会找上门来。我手足无措。

他见了，又说："我们能聊聊吗？"

"可以可以。"我连忙答。

然后我走出来，把他引上大街。我不想在彩扩部影响表嫂做生意。

在大街上，他说："我是莫志明。"然后伸出手来同我握手，我们算是正式认识了。

我们走着聊着，他说："编辑部里的人都对你充满了好奇呢，每星期只见你的稿件从没见你的人，一般来送稿的作者总要见见编辑部里的编辑，同编辑部里的编辑聊聊，唯有你只见送来的稿子却从来不见人。所以，我要来看看你。"

我听了，有点不好意思地笑。

突然我记起来了，现在正是午饭的时刻，莫编辑这时候来，是要我请客吧。是的是的，一定是这样，肯定就是这样。这么想着让我有点紧张起来，让我又有点警惕起来。我连忙说："莫老师，我们吃个便饭吧。"

莫编辑回答说："不用不用，我们聊两句，就走了。"

我抬头看了看他，从他的面容看不出是假装客气实则在等待我请客呢，还是真不用我请。

经过一家饭店的时候，我看到这家饭店，还算上档次，装修得金碧辉煌，大堂内灯火明亮，抬脚就朝饭店里走。

莫编辑伸出手来，一把拉住了我。他定神望了望我，看出我是执意一定要请客了，说："真要吃饭，就在这里吧。"他拉着我走着，进了一条小巷，往大排档一坐。

"就在这样的马路边呀？"我有点吃惊，"这也算请客呀？"

莫编辑笑着招呼我坐，我顺从地坐下了，他喊了一声："老板，来两盒快餐。"

老板应了一声，端了两份快餐放在我们面前。莫编辑大口地吃起来。

我又一次感到手足无措。最后也大口地吃了起来。

吃完饭，我连忙抢先结了账，总不能再让人家结账吧。莫编辑说："我们就这么别过吧，再到编辑部送稿可以找我聊聊。"说完大步走了。

我望着他大步离去，心里有点茫茫然。这份三块钱的盒饭就算我对他请的客了。

后来莫编辑还来看过我，很快我们不仅是编辑和作者的关系，还成了朋友。这份友情持续至今，整整二十年了。在这二十年里，我再也没有请过他吃饭，他也没请我，有点君子之交淡如水的味道。让我心生欢喜。在这二十年里，他当过报纸编辑，文联主席，某局的局长。身份起了多种变化，而我始终是一个个体户。但不管他身份如何变化，却始终是我的朋友、我的哥们儿，彼此之间的友情，从来也没有改变。

1998年：《公安时报》

帮表哥把彩扩部开起来了，我也终于彻底认识到这个彩扩部并不是我的彩扩部，绝非我的久留之地，为表哥带出了彩扩员后，我就离开了柳城回到了融安，开起了一家照相馆。

每天早晨9点钟我把门面打开，一边等待顾客上门，一边在桌子上摊开稿子写作。

早上除了来领取相片的，基本没有上门的顾客。我有大把的时间，便坐在桌子前文思泉涌，健笔如飞。

我门面的隔壁是河西派出所，派出所里有一位姓覃的民警每走过我门面时总见我在健笔如飞，充满了好奇。有一次好奇心使他忍不住就走进门面来，问我："老板，你每天在写什么呀？"一边问，一边就低头看我写的字。"哦，写文章呀？！"看上去他像是被惊着了，惊讶着说出这句话，僵在那里，嘴巴张开着，半天合不拢，好像这张嘴巴不属于他的，他无法控制了。

我看见了，觉得好笑，忍不住"噗"地笑了出来。不过我能理解，像我这样一个小小的个体户，居然每天仕写文章，确实算得一奇。我索性把稿子拿起来，递给他。

这时，他的嘴巴终于回到了他身上，又能开口说话了，赔着小心地说："我能看吗？"

"能能。"我答。

他小心翼翼地把稿子握在手里，认真地读起来。

读罢，把稿子还给我，一转身就跑出了门面。

我见他跑走了，觉得这位覃民警真是有趣，来得莫名其妙，去得也莫名其妙。我低下头正准备继续写我的文章时，覃民警手里拿着一张报纸兴冲冲地大步走了进来，说："老板，我们公安系统也办有报纸，喏，就是这张，叫《公安时报》，上面登的文章，和你写得差不多，你也把写好的文章寄给它吧。"

我接过报纸来看，在第四版是副刊版，果然登着一些散文，和我正在写的散文差不多，一些心情文字，一些生活小品。把报纸拿在手上还没看时，先入为主地以为公安的报纸一定登的是同公安有关的文章，就算它的文学作品，也不例外。没想到《公安时报》的文学版并不仅仅只登与公安相关的文学作品，我眼睛一下亮起来：这样说来，我确实可以给它投稿啊。心里有点微微地激动。在1998年，在我们这样的小县城还没有互联网，看书读报，都是通过纸质的载体。像我这样每天写作投稿的人，最愁的是没有投稿渠道，稿子写好了，不知往哪投，不像现在网上一搜，各种各样的报刊迎面扑来，你想投哪儿就投哪儿，资讯是如此丰富发达，多么便捷啊。那时每出门，每见到地上别人丢弃的废旧报刊，总要捡拾起来仔细看看，看看是一份什么报刊，判断我适不适合给它投稿。最初我就是通过这种方法，收集到了一些适合投稿的报刊。

覃民警把《公安时报》给了我，建议我向它投稿正是瞌睡遇着枕头，我当天就把誊抄好的一篇散文投给了它。一个星期后，这篇文章就被《公安时报》登出来了。

覃民警拿着这份报纸，兴奋地跑来报喜。我看着上面印着我大名的文章，心里也是无比激动。我没想到会一投即中。这可是一家省级报纸，想当初我投稿给县级的《柳城报》，也要投 10 余次稿才中呢。立即又誊抄了一篇散文投去。一个星期后，又登出来了。覃民警这次来报喜时说："我们所订有两份《公安时报》，几个人也不需要看两份，干脆我让邮递员把一份送你。"

"可以吗？"我嗫嚅地说。

"可以。"他肯定地答。

以后，果然，新出的《公安时报》，每期邮递员都给我送了一份。我作为《公安时报》的作者本应该自己订一份的，没订，心里感到惭愧。

我一边经营着相馆，一边写作，两不误。每有老顾客来，见我不是在帮顾客照相，就是在伏案写字，都很好奇。我一概满足我的顾客的好奇心，既给他们看我的稿子，也给他们看我收到的样报。请他们批评。有些顾客看了，做出了评论，有的顾客看了，提出了修改意见，更多的顾客看了，对我生出一份恭敬，觉得我真了不起，一个小个体户，除了做生意，还在写文章，还能写文章，还经常发表文章。有一次一位顾客带着他的小孩来到我门面，让小孩恭恭敬敬地向我鞠躬，令我吃了一惊，我还没明白是怎么回事，只见这位顾客对小孩说："这位叔叔文章写得好，在报上发表了好多文章，你现在拜叔叔为师了，以后跟叔叔学写文章。"我听了，面对这位自作主张的顾客，哭笑不得，只好点头。我就这样飞来学生，为人师了。由于写作，许多顾客都认为我大有文化，很有水平，更成为我的铁杆顾客。中国人是崇拜文字的，我被深深地感觉到了。心里喜滋滋，生活因为写作，平添了许多乐趣。

我自己觉得跟《公安时报》心有灵犀,给它投稿,我总算好时间,《公安时报》是周二报,周二、周五出刊,我寄稿就跟着这个节奏走,使我的稿子总在恰好的时间出现在编辑手上,编辑编稿时,就总可以考虑我的稿子。我果然做得很好。我在《公安时报》上的稿子越来越多,越来越频繁。这时我又心生灵犀,署名时除了署本名,还署了许多笔名,什么"弦歌""素心""方舟""天朵"等,以免每次版面总是出现同一个名字,太扎眼,我果然也做得很对,很好。从1998年下半年发表第一篇稿到1999年,几乎每期的《公安时报》都有我的文章,累起来已经有几十篇了。我的一位文友笑谑说《公安时报》成了我家的报纸了。我呵呵地笑,心里直乐。给我发稿的编辑有农秀红、马爱群、邓红梅、卓婕等。凡是编过副刊的编辑,都不约而同地选发着我的稿子,编辑轮换了,发我的稿子却不变。农秀红老师还给我写来信,鼓励我多写、多投。在这一年,我们多有手写的书信交流。不像现在能见到的编辑老师的来信,多是电子邮件了,失去了手写书信的那种珍贵珍重。我正觉得自己投得太多了,上得太多了,多得都有点不好意思啦。经秀红老师这么一鼓励,从此我的脸皮就厚起来,给他们投稿如打机关枪,连续不停,心安理得。

　　2018年4月,广西文艺期刊骨干培训班在柳州举行,农秀红也参加,趁着这个机会我第一次见了秀红老师。整整二十年,我们才第一次见面。二十年前我还正年轻,二十年后我都已经老了。唉,真遗憾,我没能在我风度翩翩、风华正茂的时候见着秀红老师,而是在二十年后,成了一个中年油腻男的时候,以可憎的面目,才让她见着我。当我挺着一个大肚笋,肥肥胖胖地站在清清秀秀的农秀红面前时,她的内心一定感到非常震惊,虽然面上不动声色,心里肯定大叫:"我的妈耶,我的作者怎么长成这样呀,太有损观瞻了吧。"

不好意思，真是太损形象了。

我只好望着农秀红嘿嘿地傻笑。

秀红回忆以往，说："我给你写过好多信哪。"

"是啊是啊，"我应说，"每一封我都珍藏着呢！"

我给《广西文学》投稿。1999年上了第一篇，2001年连续上了两篇，接着又收到冯艳冰老师来信，说已留用一个稿子，要我改后再寄她，并提出了具体修改意见。心里大为得意，这样看来，是一年三上《广西文学》的节奏啊，有点不得了啊。跟静子吹牛。可是艳冰老师收到我的修改稿后，大大地不满意，最后把我的稿子毙掉。直到现在，我再没有上过《广西文学》。一个人是不能太得意、太张狂的，太得意、太张狂，就会摔跤，跌个狗啃泥，难爬起来。

2000年：《中国妇女报》《成都晚报》

融安的相馆开了两年，我有了一套二手的彩扩机，我便带着彩扩机来到临桂开起了彩扩部。临桂是座小小的县城，大概不到融安的一半大。之所以到临桂开彩扩部，是因为临桂的彩扩业还是一个空白市场。在2000年，广西及广西周边县域的空白市场越来越少，几乎没有了，临桂差不多算是仅存的少数。我就来到了临桂。

在空白市场里做，难度小，容易生存。我所拥有的这台二手彩扩机，不但是二手的，还是国产的，性能极其不稳定，动不动就发生故障，这样的机器，只有在空白市场独家做，市场才承受得了这种折腾，生存下来的机会才大。临桂尽管是那么小的一个小县城，不过五脏俱全，党委、政府、各种机关、学校，一个不少，我把彩扩部开起来了，果然，虽然算不上生意红火，却也衣食无忧。

2000年，在写作上是我写作工具鸟枪换炮的一年，我买了一台电脑，从此跟手写稿拜拜了。

开始学电脑打字的时候，练了几天五笔，难上手。急功近利，不肯下苦功夫练五笔背字根，就改打拼音。拼音吗，上手就可以打，还常低头看键盘找键。有一天突然醒悟这样不行，肯定是路走歪了，南方人讲普通话常常不是很标准，打拼音肯定是弱项，不是正确选择，打字时还低头找键，就更错误了。我立即改正，改打五笔，坚持盲打。一个月后键字如飞，再后可每分钟打百余字，复印打字店，专职的打字员也难有我的打字速度了。欢喜不胜。

有了电脑就上网，上网不仅开阔了写作的眼界，更开阔了写作的渠道。

在网上东窜西窜，常窜的写文章的论坛有新散文观察论坛、中财论坛等。

又上教投稿的论坛，有文友网、大师吧、傻博士吧。这些论坛都有投稿软件，我统统买下，用这些软件，全国各地，四处投稿，一时发表稿件无数，稿费单如雪片般飞来，每天都有几张，多的有十几张，让我们的邮递员大大地辛苦了，风雨无阻天天给我送稿费单。

后来邮递员心生一计，他同我协商，要帮我开一个特殊账户，这个账户专门用来收取稿费，稿费单来了，由邮局操作，直接打入我的账户。如此一来，他就可以不用每天给我送稿费单了，特别是我也不用三天两头跑邮局领稿费了。这是你好我好大家好的事呀，他这么一向我游说，一动员，我听了心就动了，觉得甚好，便把账户开了。

从此如雪片般的稿费单不再来了，差不多半月、一月去查账户，又有了不少进项。看了高兴，终于，又有点失落。以前拿着一沓稿费单领稿费，看得见，摸得着，不仅很有成就感，而且哪来的，来了几多，如哑巴吃着饺子不用说心里有数明明白白、清清楚楚。现在既摸不着，看见了也是一笔糊涂账。只见打出来的账目，只有哪天进了几笔，各笔金额多少，至于哪里打来的，为发表的什么文章打的稿费，全都不知道、不清楚了。

真有点后悔，真想还回到送稿费单的方式。但脸皮薄开不了口。终于只好就这么糊涂下去。

好在大都还收到样报，好在网上也能查一些。收到了样报，在网上查到了自己的大作，就断断续续在本子上记一下，最后统计下来，一年发了大概近千篇次。心里乐开了花，大可以做一个专职写手了哇。

关于稿费单，还有一件挺有意思的趣事。每回收到的稿费单也就是邮局的汇款单觉得太多了，去领稿费前先要在这些汇款单上填写各项内容，比如自己的名字、身份证号、地址等，每次总是感到填写得手都发软。

静子见了，怜悯起我的劳作，说："我帮你解除你这个繁重的劳动吧。"她在电脑上针对着汇款单，专门设计了一个模板，上面有我要在汇款单上填写的各项内容。

再去领稿费领汇款时，只要把这些单子放进打印机，调出模板，唰唰地打印就可以了，再不用一笔一画手填汇款单了。

拿着这些打印好的汇款单，那个乐啊，心情又轻松又欢喜。

第一次把这沓打印的汇款单往邮局的柜台一放，邮局里的那位小姑娘看到了，瞠目结舌，惊讶不已。她一直认为我是一个专业的文字工作者，专业玩文字的人，就是专业呀。呵。

现在不记得是什么原因了，与《中国妇女报》的编辑对上眼，被看中了，成了《中国妇女报》的特约跟评员。这是做写手的工作之一呀，对于一个写手来说，巴不得这样的工作，多多益善呀。方式就是编辑编了一个几千字的大稿后，我们这些三五个跟评员，在稿子后面七嘴八舌嚼舌头，说长论短，写个三五百字的议论。一般引申开来只说好的不说坏的，要说坏的也是假说坏的，真还是说好的，做托儿，趁哄，搞个热闹。编辑说稿酬大优。

写着写着，让我无比地气短，觉得自己不适合，跟着别人的文章后头去捧场，是需要极高智商的，有点脑筋急转弯的味道，像我这种智商一般、不善于交际的人，做不来托儿，做这种捧场文章，大大地苦了我，也苦了编辑，每回总是大费周折，不断承蒙编辑教我如何如何写。

一次，编辑的QQ头像又如期动了起来，在那里晃呀晃呀，嘀嘀嘀地招呼我。赶紧点开对话框，里面已经贴有要我跟评的文章了，并照例交代了跟评要点。

我看过了，便赶紧打开新建文档全力以赴写起跟评来。

跟评写好按时交稿了，松了一口气。

可是编辑看了，说："不行，重来。"

只好推倒重来。

再写，再交。

又不行。

一直弄到后半夜，让人家编辑始终陪着，编辑要定时定点上版，不陪着又能怎的。

凌晨两点了，才终于算过关了。大概也是没时间了。

人家编辑不说自己辛苦还抚慰我，说我辛苦了，许诺这次一定要给我申请最高稿酬。

我以为经过了这一回几乎是滑铁卢了，编辑一定是让我走人了事，愚子不可教也。却没承想，小子依然还是革命队伍中的一员，直到她换岗了，把这个栏目交给了别的编辑，我才真正淡出。

此后不管哪里再约我稿，每写约稿，必感胆战心惊。

看来做一个写手，没几把硬刷刷，可不是那么容易能胜任的。从此死了想做职业写手的心。

我们彩扩部租的是镇政府的门面，前面临街，后面临着镇政府大院，沿着我们的后门走着一条一半明一半暗的排水沟。有一夜八九点钟光景，忽然大雨滂沱。雨有多大？院子里的平地上、球场上都积满了雨水，来不及流走，在路灯的照耀下闪着幽灵一样的光斑。我开着后门，着急地一下看看天，一下看看在地上四处流窜的雨水，希望雨快快停了，不觉十分担心：下这么大的雨，万一排水不畅，就会发生内涝，不就会淹进我的门面了吗。果然，好多时候事情总是这样，你越担心什么偏就越会发生什么。忽然排水沟就堵住了。被堵住的水头迅速升高，眼看就要淹进我的门面，让我心生恐慌：如果水头升高了，淹进门面，并且继续升高，我的彩扩机就可能被水泡，我吃饭的家伙就可能受损，那可是我的大灾难。

正在我惊惶得束手无策的时候，天降神人一般地镇政府的王秘书突然出现了。但是王秘书不是英武的大神，是一个瘦瘦小小弱弱的神。只见暗影中王秘书撑着一把伞，在倾盆的风雨中摇摇晃晃走来。王秘书平时人极清高，对我从来不理不睬，连"嗯"都懒得应酬我一声，总以俯视的姿势觑我这个在芸芸众生里挣扎着的庸俗的小小个体户。

看到他到来，我燃起的希望又顿时熄灭了。可是王秘书走近了，看看水，自语说："我就猜到会这样。"然后找到一个下水口，把伞一扔，蹲下身，低卜头，伸出手，冒着雨，任雨水飘打着全身，就开始掏起来，掏出一把把的杂物、树枝等。我赶紧三步两脚奔过去，尽量拿伞护着他，可结果是根本没用，雨水不仅把我打湿了，也继续在淋湿着他的全身。他奋不顾身，用手奋力地掏着暗水沟，忽然就把一个铁栅栏掏起来了，随着他掏起的栅栏，只见积水打着漩涡，快速地降了下来，危机解除了。我想等王秘书起身了，说几句感激的话。可是王秘书没等我说话，拿起雨伞，大踏步就走了。

在新散文论坛有一天忽然看到《成都晚报》副刊编辑史幼波发了一个约稿的帖子，短短几个字，说稿子写得活泼、有趣即可，附了个电子邮箱。

在新散文论坛，藏龙卧虎，许多知名作家、散文家，或者当时还不怎么知名现在却已是如雷贯耳的作家、散文家活跃在其中。

我看了这则约稿想，再怎么也轮不到我，就把这个约稿的事丢到脑后了。

过了几天，突然又想起了，忍不住就往史先生的邮箱投了一个稿子。

星期天的时候看《成都晚报》的副刊，发现登出来了。

接着又投，又登出来了。

我很快发觉，史先生编的这个副刊带着他完全个人的性子，开的是三五个专栏，每期三五个作者，并且基本总是固定这三五个作者。我记得有大卫，梦亦非，西门媚。这些人都是各有名气的作家了，我却是个无名小卒，也能跻身其中吗？

我突然心又有了灵犀，管它呢，我只管投，登不登是史先生的事。

这样史先生每发出来一篇，我就立即给史先生投一篇，如此循环，居然完全契合了史先生，有一年之久。我一篇接一篇地投，史先生一篇接一篇地登，发了几十篇，直到史先生又有高就离开了《成都晚报》。而在这长长的一年的投稿发稿中，我和史先生却从来没有过一次私人的交流。彼此的关系是如此的纯纯净净，没有一丝杂迹，不进行个人的一点私交，真是很有意思。我感到很惬意。

写作和发表的快乐和惬意，就是你能不需言语地与编辑心意相通。

2006年：博客

2003 年，在临桂仅仅开了三年彩扩部，我就关张来到了柳州市。

临桂实在太小了，不仅仅是太小了，而是感觉在临桂总是生活得太憋屈了，伸展不开，我和静子就来到了柳州市。

从一种大柳州的角度来看，柳州市也可以说是我的故乡，在柳州所辖的乡下，某座山村，我的祖先在那里。柳州市也是我的父亲母亲曾经生活、工作过的地方，工人医院、地委大院、留着我父母的足迹。

也许正因为是这样，我才选择并来到了柳州市。

当我来到柳州的时候，不止一次特意跑到工人医院和地委大院溜达，徜徉。看着那里的一花一草、一树一木，笔直的路，高高的楼，想象着我的父亲、我的母亲，曾经如何在这里生活和工作，难免地惆怅，作古人一般的叹息。那里留下了他们美好的青春年华，现在，一切都消逝了，除了在我的想象中，现实是什么也没能留下啊。

而从此我也要在这里继续他们赋予我的青春年华了。

我们从临桂把彩扩机搬到柳州，这时我们的彩扩机也更新换代了，终于用上了进口彩扩机。

我们在柳州四处招揽照相馆合同户的生意，一时兴旺，心情舒畅，大为开怀。看来来柳州是来对了。

孔子说："行有余力，则以学文。"我又握着笔开始写作了，不是，是我又敲起键盘开始作文了。

我学习写作纯属偶然，长期以来也没有什么抱负和野心。要说我最初开始写作的抱负和野心，就是能在一份县报上发表文章。许多人的人生其实就是怀抱着那么一点点小抱负、小渴望，能拥有那么一点点小温暖、小幸福。对于像我们这样的小老百姓来说，大富大贵那是写在书上的，或者肯定是别人的，与己无关。我们如此渺小地存在着，卑微地生活着。

在柳州我第一次感到了某种认同感和归属感。

以前我在临桂是外乡人、外地人，被当地人的排外所歧视。

现在，在柳州，却被这座城市所拥抱了。在柳州只要在自己申报的经营范围开展业务，爱怎么做就怎么做，没人另加设限，我终于可以开展照身份证相的业务了。

原先，我以为我之所以被这座城市完全容纳了，因为我是柳州人，后来才发现，事实不仅仅是这样。

初到柳州我立即发现，在临桂短短几年，我竟已经完全操着一口桂林话了，在柳州就因为这一口桂林话，居然不像柳州人了，十足外地人模样啊。

可见那些年，我是如何努力地要让自己融化入临桂的环境里、人际里，努力地要再成为临桂人，成为一个让临桂人看不出是外地人的外地人。

在临桂，我的变化是如此迅速而自己却又完全无法察觉，因为总感到不管如何努力，总是外地人，总离融进临桂还有遥远而漫长的距离。现在，来到柳州，才突然发现，其实我已经是如此深入临桂、融入临桂了，我原来一口柳州话的口音已然完全改变，在自己都没发觉的情况下，不知什么时候已经改变成一口桂林腔了。这个桂林腔来到柳州后，与柳州话一碰撞，自然立即就凸显出来，才让我暗暗吃了一惊地发现了。

感到很滑稽，很可笑，这一副腔调，让我这个柳州人，来到柳州，也变成了外地人，没有故乡了。

我惶恐自己在柳州又成了外地人的时候，发现柳州是一座极其包容开放的城市，它不管你来自天南海北，基本都一律地对待，一律地看待，都一视同仁。我的心才渐渐安定下来。越小的地方往往越有地域观念，越讲地域观念，到了一个大地方，地方大到一定格局，地域观念的传统禁锢不觉就被打开了，很少存在了，越来越不存在了。柳州已经是这样一座城市了。

我具体是什么时候出于什么原因开始写博客的，已经不记得了。

人是多么容易遗忘。

对过去，对曾经的过往，我们怎么那么容易忘掉呢？

我上我的博客翻找，翻找到我在博客上写的第一篇文字是2006年4月15日，不觉间离现在已经过去了13个年头，我开博客原来真的已经很久了。

博客的产生几乎给社会带来了写作的革命，这个革命被命名为"全民写作"。也就是说在博客产生以前，写作是少数人的事儿，博客产生以后就成了许多人的娱乐。从此文字一方面在纸媒上进入衰退周期，一直持续到今天；另一方面借助网络、借助博客，文字一时成为大众的一种自娱自乐的工具，在网上兴盛、泛滥。工农商学兵，三教九流，各色人等，通过博客，大显身手，大展才华。著名的写博者，通过博客发表的文字，几乎抗衡了纸媒上发表的作品，像木子美、韩寒等因为博客而名声大噪。

我不记得我是怎么开始写博客的，但我清楚地记得，我是怎样持续地写博客的。

我开博客不久，柳州当地的报纸《柳州日报》副刊就开办起了博客版，每周一版，由肖柳宾编辑，用的稿子全是肖编辑上各处博客遴选的。

肖老师也来到了我的博客选发了我的文章。

我是那么功利，因为写博能上报纸有稿费，从此就大写而写。

而肖老师对我的博客也是大用而特用。我立即成了他在《柳州日报》副刊主办的博客版上的主要作者，基本上以每月两篇的频率在这个博客版上发表着我的文章。

我写的博客不但肖老师前来选用，连外省的编辑也有不少光临，比如南京的《新华日报》编辑、山西的《山西晚报》编辑。

我完全不是那种自娱自乐的人，完全不是那种自得其乐的人，我干一件事除了自己快乐，总想着有一点世俗的收获，有了这种收获才能激励我一直干下去，没了这种收获，我往往就收手不干了。这种功利的性情，真是令人有点沮丧，不敢恭维啊。

我的师兄龚老师就不是这样的人，他写博，完全自娱自乐，完全自得其乐，有人来看也好，没人来看也好，有人欣赏也好，没人欣赏也好，都不干他的事，他只顾自个儿大写而特写下去。因此他的博客如涓涓之流，持续不断，直到今天也没停止。写作写得如此纯粹。

而我由于各种报刊上的博客版渐渐取消了，我写博客的动力也没有了，现在，几乎已经完全不写博客了。

博客兴一时，盛一时，最后渐渐退出了历史舞台。而作为在这舞台上蹦跶的大咖、小虾们，曾经风起云涌的大众写作，也是彼一时，此一时，终于像丰子恺老先生的那幅小画：人散后，一钩新月天如水。

2018年10月8日初稿

2019年1月8日定稿